U0165758

Test de Comprensión Lectora del idioma chino.
Nivel intermedio.

華語文
閱讀測驗

中級篇
Nivel intermedio

西班牙語版 (Versión: español)

Fácil de aprender chino

Cristina Yang 楊琇惠 著 Autora
Andrea Wu 吳琇靈 譯 Traductora

五南圖書出版公司 印行

序

　　再次感謝北科大教學卓越計畫的支持，讓本團隊得以持續完成編撰優質華語教材的夢想。

　　《華語文閱讀測驗（初級篇）》出版後，頗獲學生佳評。學生的反應是內容生動有趣，題材多元，又不失實用價值。此外，學生還提到，因為文後附有數則問題，讓人得以在閱讀之後，立即檢測對文章的瞭解，相當方便。非常感謝來自學生們的正面肯定。因為他們的支持，除了給了我們莫大的鼓勵外，更堅定了我們繼續前進的力量。

　　此次出版的《華語文閱讀測驗（中級篇）》，乃是專為學習華語兩年左右的學生所設計的。在編排上，本書承襲了初級篇的模式，將課文分成表格、對話、短文三類，所以會這樣分，乃是因為試圖以多元的形式來增進學生的閱讀能力。例如，就表格而言，書中就出現了高鐵的發車時刻表、醫院的門診時間表、餐廳的顧客意見調查表、產品保證卡、夜市地圖、新人的訂婚喜帖……等等，篇篇精彩，篇篇實用。此外，本書與前書相同，一樣於課文末附有單字，因此既可作為學生自學之用，亦可當成課堂上的教材，使用上相當靈活。

　　凡事之所以能成就，皆是仰賴眾緣的聚合。本書也不例外，若非吟屏和禹宣兩位優秀助理一路相伴，從初級篇到中級篇，在在以最敬業的態度，來創發書中每一篇精彩、生動的文章，今天筆者也無法在此寫序了。因此，筆者以最誠摯的心，向她們二位致謝。此外，還要感謝北科大文發系的郭千禎同學，郭同學為本書畫了數十副可愛的插畫，讓人在閱讀時，不禁望圖莞爾，心情大好。

　　雖然，這已是本團隊撰寫的第二本華語閱讀測驗類書，但因經驗有限，難免有不周之處，還請各界大老不吝斧正，多多指教。

楊琇惠

北科大文化事業發展系

民國101年12月7日

Introducción

Agradezco el apoyo brindado por la Universidad Tecnológica de Taipei y su Plan de Educación Sobresaliente, la cual nos ha ofrecido la oportunidad de continuar con nuestro sueño de elaborar materiales didácticos del idioma chino para extranjeros.

Desde la publicación del libro "Test de Comprensión Lectora del idioma chino nivel principiante", recibimos buenos comentarios de los alumnos, por la creatividad, los temas variados y la utilidad. Mencionaron además la practicidad en la formualción de las preguntas después de cada texto, lo que ayuda en la evaluación espontánea. Agradezco las respuestas positivas de los alumnos. El apoyo de los usuarios es un aliento para mí y también la fuerza que nos da la firmeza para continuar hacia adelante.

Este libro está dedicado a aquellos alumnos quienes han aprendido chino durante el lapso de dos años aproximadamente. En la presente edición continuamos con el sistema del nivel principiante. Dividimos el libro en formularios, diálogos y textos cortos. Lo organizamos así con la intención de llegar a los estudiantes con temas variados y, mediante eso, mejorar la habilidad en la comprensión lectora del alumno. Por ejemplo: entre los formularios aparecieron el horario del tren de alta velocidad de Taiwán, el horario de las consultas clínicas, el cuestionario de opinión del cliente, la garantía del producto, el mapa de un mercado nocturno, la invitación para una ceremonia de compromiso, entre otros. ¡Son interesantes y prácticos!

En este libro, al igual que en el anterior, los vocablos figuran al final de cada lección para facilitar el autoaprendizaje de los alumnos. Constituye además un material didáctico para los docentes en la sala de clase.

Los proyectos se concretizan gracias a la unión de las personas gracias al destino. Este libo no es una excepción. Si no fuera por el acompañamiento de las asistentes Yin Ping y Yu Xuan desde el texto para principiantes hasta este libro, con su actitud positiva en el trabajo de crear tantos textos animados, hoy tampoco tendría esta oportunidad de estar aquí, escribiendo la introducción. Por eso, expreso mi gratitud de todo corazón a ellas dos. También agradezco al alumno Guo Qian Zhen de la carrera del Desarrollo de las Culturas de la Universidad Tecnológica de Taipei, quien diseñó las ilustraciones en las lecciones para avivar la lectura y alegrar a los lectores.

Aunque éste sea el segundo libro de Test de Comprensión Lectora del idioma chino , se advierten aún, por falta de experiencia, algunas limitaciones. Espero su comprensión.

Cristina Yang
Universidad Tecnológica de Taipei
7 de diciembre de 2012

CONTENTS 目錄

CONTENTS
目錄

CONTENTS

目錄

CONTENTS 目錄

單元一　表格

一. 臺灣 高鐵 時刻表
Táiwān gāotiě shíkèbiǎo

㈠表格
biǎogé

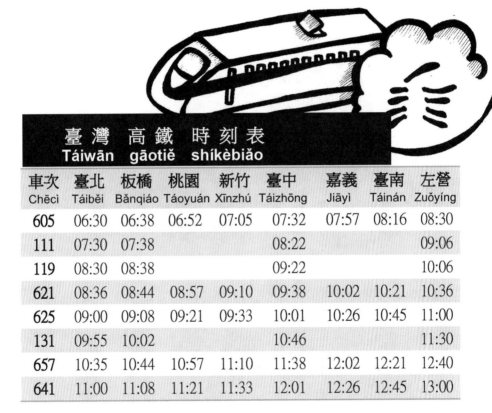

車次 Chēcì	臺北 Táiběi	板橋 Bǎnqiáo	桃園 Táoyuán	新竹 Xīnzhú	臺中 Táizhōng	嘉義 Jiāyì	臺南 Táinán	左營 Zuǒyíng
605	06:30	06:38	06:52	07:05	07:32	07:57	08:16	08:30
111	07:30	07:38			08:22			09:06
119	08:30	08:38			09:22			10:06
621	08:36	08:44	08:57	09:10	09:38	10:02	10:21	10:36
625	09:00	09:08	09:21	09:33	10:01	10:26	10:45	11:00
131	09:55	10:02			10:46			11:30
657	10:35	10:44	10:57	11:10	11:38	12:02	12:21	12:40
641	11:00	11:08	11:21	11:33	12:01	12:26	12:45	13:00

臺灣 高鐵 時刻表
Táiwān gāotiě shíkèbiǎo

(二)問題
wèntí

_____ 1. 什麼 是「南 下」？
shénme shì nán xià

(A) 從北邊去南邊

(B) 南邊的下面

(C) 從南邊到北邊

(D) 臺南的下面

_____ 2.「時刻表」不能　告訴你 什麼？
shíkèbiǎo bùnéng gàosù nǐ shénme

(A) 從臺北開車時間

(B) 從臺北到臺南需要多少錢

(C) 到高雄的時間

(D) 從臺北到高雄需要多少時間

_____ 3. 哪些 車次 經過 的 車站 最 少？
nǎxiē chēcì jīngguò de chēzhàn zuì shǎo

(A) 119、605、641

(B) 111、625、131

(C) 621、625、657

(D) 111、119、131

_____ 4. 車子不一定 會 經過 下面　哪個 車 站？
chēzi bùyídìng huì jīngguò xiàmiàn nǎge chēzhàn

(A) 臺北

(B) 新竹

(C) 臺中

(D) 左營

_____ 5. 從 臺北 到 左營，哪一班 車 開得最慢？
cóng Táiběi dào Zuǒyíng nǎ yì bān chē kāi de zuì màn

(A) 605

(B) 625

(C) 641

(D) 657

_____ 6. 住在 桃園 的 亞當 想 去 找 臺中 的
zhù zài Táoyuán de Yǎdāng xiǎng qù zhǎo Táizhōng de

夏娃。他 想 在 十 點 以前 到 臺中 高鐵
Xiàwá tā xiǎng zài shí diǎn yǐqián dào Táizhōng gāotiě

車 站，他 可以 坐 哪 些 車？
chēzhàn tā kěyǐ zuò nǎxiē chē

(A) 605、 621、111、119

(B) 605、621、625

(C) 605、621

(D) 621、625

_____ 7. 元 庭 在 臺北 的 高鐵 車 站。現 在 是 早
Yuántíng zài Táiběi de gāotiě chēzhàn xiànzài shì zǎo

上 八 點。如果 元 庭 想 在 早 上 九
shàng bādiǎn rúguǒ Yuántíng xiǎng zài zǎoshàng jiǔ

點 半 以前 到 達 臺中 高鐵 車 站，他 應
diǎn bàn yǐqián dàodá Táizhōng gāotiě chēzhàn tā yīng

該 坐 哪一班 車？
gāi zuò nǎ yì bān chē

(A) 111

(B) 119

(C) 621

(D) 625

───── 8. 子捷 住 在 板 橋。他 禮拜六　中　午12點 要 去
Zijié zhùzài Bǎnqiáo tā lǐbàiliù zhōngwǔ　diǎn yào qù

左 營 和 雨 萍 吃飯。他 想　早 一 個 小 時
Zuǒyíng hàn Yǔpíng chīfàn　tā xiǎng zǎo yíge　xiǎoshí

到 左 營 高 鐵 車 站，他 應 該 坐 哪一 班 車?
dào Zuǒyíng gāotiě chēzhàn tā yīnggāi zuò nǎyì bān chē

(A) 119

(B) 621

(C) 625

(D) 131

(三)生 詞
shēngcí

	生詞	漢語拼音	解釋
1	時刻表	shíkèbiǎo	horario
2	車次	chēcì	número de tren
3	板橋	Bǎnqiáo	ciudad de Taipei, situada al norte de Taiwán.
4	桃園	Táoyuán	ciudad localizada al noroeste de la isla, contiguo con nuevo Taipei
5	新竹	Xīnzhú	ciudad localizada al noroeste de Taiwán.
6	嘉義	Jiāyì	ciudad localizada en las planicies al suroeste Taiwan.
7	左營	Zuǒyíng	ciudad localizada al este de Banpingshan en Kaohsiung.

二、門診時間表
ménzhěn shíjiān biǎo

(一)表格 biǎogé

健康醫院十月份 門診 時間表
Jiànkāng yīyuàn shíyuèfèn ménzhěn shíjiān biǎo

門診時間 ménzhěn shíjiān	星期一 xīngqí yī (3.10.17.24.31)		星期二 xīngqí èr (4.11.18.25)		星期三 xīngqí sān (5.12.19.26)		星期四 xīngqí sì (6.13.20.27)		星期五 xīngqí wǔ (7.14.21.28)	
	科別 kēbié	醫師 yīshī	科別 kēbié	醫師 yīshī	科別 kēbié	醫師 yīshī	科別 kēbié	醫師 yīshī	科別 kēbié	醫師 yīshī
上午 shàngwǔ 9：00 ｜ 12：00	一般內科 yìbān nèikē	王大明 Wáng Dàmíng	一般內科 yìbān nèikē	王大明 Wáng Dàmíng	減肥門診 jiǎn féi ménzhěn	吳亨受 Wú Hēng shòu (十月 12,26 日)	外科 wài kē	林雨欣 Lín Yǔxīn	眼科 yǎnkē	陳一展 Chén Yīzhǎn
	牙科 yákē	劉建中 Liú Jiàn zhōng	皮膚科 pífū kē	白幼亮 Bái Yòu liàng	一般內科 yìbān nèikē	王大明 Wáng Dàmíng	一般內科 yìbān nèikē	王大明 Wáng Dàmíng	一般內科 yìbān nèikē	王大明 Wáng Dàmíng

健康醫院 十月份 門診 時間表
Jiànkāng yīyuàn shíyuèfèn ménzhěn shíjiān biǎo

下午 xiàwǔ 2:00～5:30 戒煙門診 jièyān ménzhěn	一般內科 yìbān nèikē	王大明 Wáng Dàmíng	一般內科 yìbān nèikē	王大明 Wáng Dàmíng	牙科 yákē	劉建中 Liú Jiànzhōng	一般內科 yìbān nèikē	王大明 Wáng Dàmíng
何又凡 Hé Yòufán （十月 shíyuè 10,24日 rì）		眼科 yǎnkē 陳一展 Chén Yīzhǎn						

午休 （午休）

＊預約 掛號 天數 為30天
yùyuē guàhào tiānshù wéi tiān

(二)問題
wèntí

_____ 1. 美美喜歡 曬 太 陽，前 幾天 因此曬 傷
Měiměi xǐhuān shài tàiyáng qián jǐtiān yīncǐ shàishāng
了，她可以去 哪 一個 門 診？
le   tā kěyǐ qù nǎ yíge ménzhěn
(A) 減肥門診
(B) 牙科
(C) 皮膚科
(D) 眼科

_____ 2. 王 先 生 想 預 約 十 月25日的一 般 內科
Wáng xiānshēng xiǎng yùyuē shíyuè   rì de yìbān nèikē
門 診，請 問 他 最早 可以 幾號 預約？
ménzhěn qǐngwèn tā zuìzǎo kěyǐ   jǐhào yùyuē
(A) 九月30日
(B) 九月25日
(C) 十月15日
(D) 十月1日

_____ 3. 愛吃 糖 的 小 傑牙齒 痛，媽媽 可以 帶 他 去 看
ài chī táng de Xiǎojié yáchǐ tòng māma kěyǐ dài tā qù kàn
哪一個 門 診？
nǎ yíge ménzhěn
(A) 一般內科
(B) 牙科
(C) 眼科
(D) 戒煙門診

_____ 4. 今天 是 十 月17日，愛 抽 煙的林 先 生 不
jīntiān shì shíyuè   rì   ài chōuyān de Lín xiānshēng bù
想 再 抽 了，他 可以 預約 幾號 的 門 診？
xiǎng zài chōu le   tā kě yǐ yùyuē jǐhào de ménzhěn
(A) 10號

(B) 18號

(C) 20號

(D) 24號

_____ 5. 潔林 不喜歡 自己的 樣子，一直 覺得自己太 胖
Jiélín bù xǐhuān zìjǐ de yàngzi yìzhí juéde zìjǐ tàipàng
了，她 可以去哪個 門 診 問 問 醫生 的意
le tā kěyǐ qù nǎge ménzhěn wènwèn yīshēng de yì
見？
jiàn

(A) 減肥門診

(B) 牙科

(C) 戒煙門診

(D) 一般內科

_____ 6. 林 小 姐一大早 覺得 肚子不 舒服，想 快點
Lín xiǎojiě yídàzǎo juéde dùzi bù shūfú xiǎng kuàidiǎn
去 看 醫生。家裡到 醫院 坐 車 要30分 鐘，
qù kàn yīshēng jiālǐ dào yīyuàn zuòchē yào fēnzhōng
她最晚 可以幾點 出 門 搭車？
tā zuìwǎn kěyǐ jǐdiǎn chūmén dāchē

(A) 8:00

(B) 7:30

(C) 7:00

(D) 8:30

_____ 7. 這間 醫院 的一般 內科 醫生 是伯 廷 的
zhèjiān yīyuàn de yìbān nèikē yīshēng shì Bótíng de
好 朋 友，伯 廷 想 找 一天 請他看
hǎo péngyǒu Bótíng xiǎng zhǎo yìtiān qǐng tā kàn
電 影，請 問 哪一天可以？
diànyǐng qǐngwèn nǎ yìtiān kěyǐ

(A) 18號下午

(B) 21號早上

(C) 24號下午

(D) 18號早上

_____ 8. 可 欣 平 常　工 作 很　忙，最近 眼睛 不太
Kěxīn píngcháng gōngzuò hěn máng zuìjìn yǎnjīng bú tài

舒服，而且 她 想　順 便　去醫院 看　減肥
shūfú　érqiě tā xiǎng shùnbiàn qù yīyuàn kàn jiǎnféi

門 診，但是 她 只 能　請 一天 假，請 問 哪
ménzhěn dànshì tā zhǐnéng qǐng yìtiān jià　qǐngwèn nǎ

一天 最 好？
yìtiān zuìhǎo

(A) 十月26日

(B) 十月19日

(C) 十月7日

(D) 十月28日

(三) 生 詞
shēngcí

	生詞	漢語拼音	解釋
1	門診	ménzhěn	clínica, consultorio externo
2	一般內科	yìbān nèikē	médico general
3	減肥	jiǎnféi	bajar de peso
4	外科	wàikē	departamento de cirugía
5	皮膚科	pífūkē	dermatología
6	戒煙	jièyān	dejar de fumar
7	預約	yùyuē	marcar cita
8	掛號	guàhào	registrarse (en un hospital, etc.)

三、顧客意見 調查表
gù kè yì jiàn diàochábiǎo

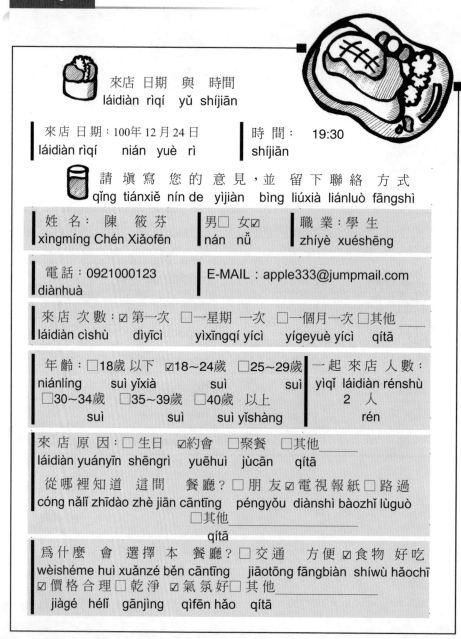

來店 日期　與　時間
láidiàn rìqí　yǔ shíjiān

來店 日期：100年 12 月 24 日
láidiàn rìqí 　nián　yuè　rì

時　間： 19:30
shíjiān

請　填寫 您 的　意見，並　留下 聯絡　方式
qǐng tiánxiě nín de　yìjiàn　bìng liúxià liánluò fāngshì

姓 名： 陳　筬 芬 xìngmíng Chén Xiǎofēn	男□ 女☑ nán　nǚ	職 業：學 生 zhíyè xuéshēng

電話：0921000123
diànhuà

E-MAIL：apple333@jumpmail.com

來店 次數：☑第一次　□一星期　一次　□一個月一次 □其他＿＿＿
láidiàn cìshù 　dìyīcì　yìxīngqí yícì　yígeyuè yícì　qítā

年齡：□18歲 以下　☑18～24歲　□25～29歲 niánlíng 　suì yǐxià　suì　suì □30～34歲　□35～39歲　□40歲 以上 suì　suì　suì yǐshàng	一起 來店 人數： yìqǐ láidiàn rénshù 2 人 rén

來店 原因：□生日 ☑約會　□聚餐　□其他＿＿＿＿
láidiàn yuányīn shēngrì　yuēhuì　jùcān　qítā

從哪裡知道　這間　餐廳？□朋 友 ☑電視 報紙□路 過
cóng nǎlǐ zhīdào zhè jiān cāntīng　péngyǒu diànshì bàozhǐ lùguò
□其他＿＿＿＿＿＿＿＿
qítā

為什麼 會　選擇 本　餐廳？□交通　方便☑食物 好吃
wèishéme huì xuǎnzé běn cāntīng　jiāotōng fāngbiàn shíwù hǎochī
☑價格 合理□乾淨　☑氣氛 好□其他＿＿＿＿＿＿＿
jiàgé hélǐ gānjìng qìfēn hǎo qítā

評價：你的餐點： 牛排 píngjià　nǐ de cāndiǎn　niúpái	滿意 mǎnyì	要加強 yàojiāqiáng
食物的味道 shíwù de wèidào	☑	☐
上菜速度 shàngcài sùdù	☐	☑
服務生態度 fúwùshēng tàidù	☑	☐
服務生名字 fúwùshēng míngzi	Jerry	
餐廳乾淨程度 cāntīng gānjìng chéngdù	☑	☐
價格 jiàgé	☑	☐
分數（1~10分） fēnshù　　fēn	8	分 fēn

其他的意見
qí tā de yìjiàn

牛排 很 好 吃！店裡 放 的 音樂 很 棒，氣氛 很 好。
niúpái hěn hǎochī diànlǐ fàng de yīnyuè hěnbàng qìfēn hěnhǎo
只是 送 菜 的 速度 有 點　慢，咖啡 還 送 錯 了。
zhǐshì sòngcài de sùdù yǒudiǎn màn　kāfēi hái sòngcuò le
希 望　下次 不會 這 樣。我 還會 再 和 朋　友 來 的！
xīwàng xiàcì búhuì zhèyàng wǒ háihuì zài hé péngyǒu lái de

(二)問題
wèntí

_____ 1. 筱 芬 到 店裡吃飯，可能 是為了慶祝
Xiǎofēn dào diànlǐ chīfàn kěnéng shì wèile qìngzhù

什 麼 日子？
shénme rìzi

(A) 除夕

(B) 聖誕節

(C) 生日

(D) 情人節

_____ 2. 筱 芬 可 能 是？
Xiǎofēn kěnéng shì

(A) 國小生

(B) 國中生

(C) 高中生

(D) 大學生

_____ 3. 筱芬 為什麼會知道這間餐廳？
Xiǎofēn wèishénme huì zhīdào zhèjiān cāntīng

(A) 朋友跟她說的

(B) 網路上看到的

(C) 電視上看到的

(D) 半路經過

_____ 4. 這可能 是一間 什麼 樣子的餐廳？
zhè kěnéng shì yìjiān shénme yàngzi de cāntīng

(A) 蛋糕店

(B) 西式餐廳

(C) 冰淇淋店

(D) 中式餐廳

_____ 5. 哪一個不是 筱 芬 來 這間 餐 廳 的 原因？
nǎ yíge búshì Xiǎofēn lái zhèjiān cāntīng de yuányīn

(A) 來這間店很方便

(B) 燈光、音樂都很棒

(C) 東西很好吃

(D) 價格不會太貴

_____ 6. 筱 芬 比較 不喜歡 的 是？
Xiǎofēn bǐjiào bù xǐhuān de shì

(A) 店裡不乾淨

(B) 食物不好吃

(C) 上菜太慢

(D) 服務生態度不好

_____ 7. 這 張 表 可以 做 什 麼？
zhè zhāng biǎo kěyǐ zuò shénme

(A) 餐廳老闆可以知道客人對食物的評價

(B) 餐廳老闆可以知道可以再做的更好的地方

(C) 餐廳老闆可以知道客人對服務品質的評價

(D) 上面的答案都對

_____ 8. 下 面 哪一個 是 錯 的？
xiàmiàn nǎ yíge shì cuò de

(A) 筱芬可能是跟男朋友一起去的

(B) 筱芬還會想再來這家餐廳

(C) 他們吃的是晚餐

(D) 筱芬以前就來過這家店了

	生詞	漢語拼音	解釋
1	填寫	tiánxiě	rellenar, completar
2	聯絡	liánluò	contactar
3	人數	rénshù	número de personas
4	聚餐	jùcān	almuerzo o cena de trabajo, compañeros, etc..
5	路過	lùguò	pasar por
6	選擇	xuǎnzé	elegir, seleccionar
7	價格	jiàgé	precio
8	合理	hélǐ	razonable, sensata
9	氣氛	qìfēn	ambiente, estado de ánimo
10	評價	píngjià	evaluar
11	加強	jiāqiáng	fortalecer, mejorar
12	速度	sùdù	velocidad
13	程度	chéngdù	nivel, grado

四、舒服飯店 房 間價目表
Shūfú fàndiàn fángjiān jiàmùbiǎo

(一)表格
biǎogé

舒服　飯店　　房間　　價目表
Shūfú fàndiàn fángjiān jiàmùbiǎo

房間　種類 fángjiān zhǒnglèi	價格 jiàgé
舒服　單人　房 shūfú dānrén fáng	NT$3,000
舒服　雙人　　房 shūfú shuāngrén fáng	NT$3,500
享受　單人　房 xiǎngshòu dānrén fáng	NT$4,000
享受　　雙人　　房 xiǎngshòu shuāngrén fáng	NT$4,500

◊住房　就送　免費早餐(1F舒服咖啡AM6:30~AM9:30)。
zhùfáng jiù sòng miǎnfèi zǎocān shūfú kāfēi
◊房內　提供　礦泉水、報紙及免費　上網　服務。
fáng nèi tígōng kuàngquánshuǐ bàozhǐ jí miǎnfèi shàngwǎng fúwù
◊免費　使用5F健身　俱樂部(腳踏車、游泳池、三溫暖)。
 miǎnfèi shǐyòng jiànshēn jùlèbù jiǎotàchē yóuyǒngchí sānwēnnuǎn
◊如果需要　加床，　每床NT$ 1,000 (含早餐)，每房　限加
 rúguǒ xūyào jiāchuáng měichuáng　　hán zǎocān měifáng xiàn jiā
 一床。
 yìchuáng
◊需加收10% 服務費。
 xū jiāshōu　fúwùfèi
◊ [享受房]　有按摩、免費　紅酒、洗衣服務。
xiǎngshòufáng yǒu ànmó miǎnfèi hóngjiǔ　xǐyī　fúwù
◊入住時間：下午2點，退房時間：隔日 中午12點。
rùzhù shíjiān xiàwǔ diǎn tuìfáng shíjiān gérì zhōngwǔ diǎn
◊電話：06-9876543
diànhuà

(二)問題
wèntí

_____ 1. 什麼是「雙　人　房」？
shénme shì shuāngrén fáng

(A) 給一個人住的大房間

(B) 給兩個人住的房間

(C) 給兩個或四個人住的房間

(D) 上面的答案都不對

_____ 2. 「舒服　雙　人　房」不 提供　什 麼 服務？
shūfú shuāngrén fáng bù tígōng shénme fúwù

(A) 上網

(B) 紅酒

(C) 報紙

(D) 免費早餐

_____ 3. 「健　身　俱樂部」裡面　沒 有　什 麼？
jiànshēn jùlèbù　lǐmiàn méiyǒu shénme

(A) 腳踏車

(B) 游泳池

(C) 咖啡廳

(D) 三溫暖

_____ 4. 哪 個 不　對？
nǎge búduì

(A) 一間房間只能加一張床

(B) 加一張床要加NT$1,000

(C) 「享受單人房」不能加床

(D) 加床的人可以吃免費的早餐

_____ 5. 宜宣 與健文 選擇住「享　受　雙　人
Yíxuān yǔ Jiànwén xuǎnzé zhù xiǎngshòu shuāngrén

房」一個 晚　上，他們 一共　要付多 少錢？
fáng yíge wǎnshàng tāmen yígòng yào fù duōshǎo qián

(A) NT$3500

(B) NT$3850

(C) NT$4500

(D) NT$4950

_____ 6. 宜宣 與健 文 住在「享受　雙　人房」，
Yíxuān yǔ Jiànwén zhù zài xiǎngshòu shuāngrén fáng

哪一個不是 他們 可以 享　受 的特別服務？
nǎ yí ge búshì tāmen kěyǐ xiǎngshòu de tèbié fúwù

(A) 按摩

(B) 紅酒

(C) 洗衣

(D) 免費晚餐

_____ 7. 宜宣 與健 文 在入住 那一天的　中 午12點
Yíxuān yǔ Jiànwén zài rùzhù nà yì tiān de zhōngwǔ diǎn

到「舒服飯店」附近，他們 必須　等 多久才
dào Shūfú fàndiàn fùjìn　tāmen bìxū děng duōjiǔ cái

能 進去他們 的 房間？
néng jìnqù tāmen de fángjiān

(A) 馬上就可以進去

(B) 20分鐘以後

(C) 1小時以後

(D) 2小時以後

————8. 宜 宣 與 健 文 在「享 受　雙 人 房」睡
Yíxuān yǔ Jiànwén zài xiǎngshòu shuāngrén fáng shuì

了一 晚，隔日早　上10點 起　床，他們 不 能
le yì wǎn　gé rì zǎoshàng diǎn qǐchuáng tāmen bùnéng

做　什麼事 情？
zuò shénme shìqíng

(A) 在1F舒服咖啡廳吃免費早餐

(B) 免費上網

(C) 去游泳池游泳

(D) 看報紙

㈢生 詞
shēngcí

	生詞	漢語拼音	解釋
1	種類	zhǒnglèi	clase, tipo
2	價格	jiàgé	precio
3	享受	xiǎngshòu	disfrutar
4	免費	miǎnfèi	gratis, sin costo
5	礦泉水	kuàngquánshuǐ	agua mineral
6	健身俱樂部	jiànshēn jùlèbù	gimnasio
7	三溫暖	sānwēnnuǎn	sauna
8	加床	jiāchuáng	cama extra
9	限	xiàn	límite, restricto
10	服務費	fúwùfèi	propina
11	按摩	ànmó	masaje
12	紅酒	hóngjiǔ	vino tino
13	入住	rùzhù	entrada (check-in)
14	退房	tuìfáng	salida (check-out)
15	隔日	gérì	el día siguiente

五、永建夜市地圖
Yǒngjiàn yèshì dìtú

（一）地圖
dì tú

永建 夜市 地圖
Yǒngjiàn yèshì dìtú

停車場 tíngchēchǎng

7-11 / 藥房 yàofáng / 醫院 yīyuàn

花店 huādiàn / 麵包店 miànbāodiàn

中正一路
Zhōngzhèng yī lù

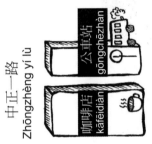
公車站 gōngchēzhàn / 咖啡店 kāfēidiàn

銀行 yínháng / 水餃 shuǐjiǎo / 炒飯 chǎofàn

永建大學 Yǒngjiàn dàxué

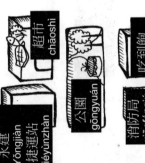
超市 chāoshì / 公園 gōngyuán / 吃到飽 chīdàobǎo / 火鍋店 huǒguōdiàn / 消防局 xiāofángjú / 眼科 yǎnkē

永建捷運站 Yǒngjiàn jiéyùnzhàn / 永建國中 Yǒngjiàn guózhōng

永建國小 Yǒngjiàn guóxiǎo

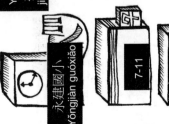
7-11 / 警察局 jǐngchájú

加油站
jiāyóuzhàn

警察局
jǐngcháiú

中正二路
Zhōngzhèng èr lù

書店
shūdiàn

速食店
sùshídiàn

郵局
yóujú

包子店
bāozidiàn

中 Zhōng
山 shān
路 lù

中正三路
Zhōngzhèng sān lù

公園
gōngyuán

牛肉麵
niúròumiàn

一 Yì
心 xīn
街 jiē

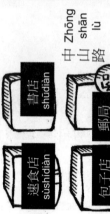

永建夜市
Yǒngjiàn yèshì

永 Yǒng
建 jiàn
路 lù

計程車招呼站
jìchéngchēzhāohūzhàn

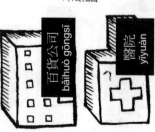

7-11

百貨公司
bǎihuò gōngsī

醫院
yīyuàn

(二)問題
wèntí

_____ 1. 小 雨 的 車子在　永 建　路不見了，他 應 該 去
Xiǎoyǔ de chēzi zài　Yǒngjiàn lù bújiàn le　　tā yīnggāi qù

哪裡 找　人　幫　忙 ？
nǎ lǐ zhǎo rén bāngmáng

(A) 永建路和中正二路的十字路口，7-11的旁邊

(B) 永建路和中正三路的十字路口，百貨公司的旁邊

(C) 永建路和中正二路的十字路口，消防局的對面

(D) 上面的答案都不對

_____ 2. 大 明　在　永　建　國　中，　請 你 告訴 他最 近
Dàmíng zài Yǒngjiàn guózhōng qǐng nǐ gàosù tā zuì jìn

的 7-11 在　哪裡。
de　　zài nǎlǐ

(A) 在永建路上，消防局的旁邊

(B) 在中山路和中正一路的十字路口

(C) 在永建路和中正三路的十字路口

(D) 在永建路上，永建國小和警察局的中間。

_____ 3. 金 水　肚子餓了，想　要 吃 很多　種　不 同　的
Jīnshuǐ dùzǐ è le　xiǎngyào chī hěnduō zhǒng bùtóng de

食物，請　問　他 去哪裡買　食物 比較　好？
shíwù qǐng wèn tā qù　nǎlǐ mǎi shíwù bǐjiào hǎo

(A) 永建路

(B) 一心街

(C) 中正一路

(D) 中山路

_____ 4. 志 祥 在 永 建 國 小 前 面 被 車 子
Zhìxiáng zài Yǒngjiàn guóxiǎo qiánmiàn bèi chēzi

撞 了，請 問 應 該 帶 他 去 哪裡 找 醫 生
zhuàng le qǐng wèn yīnggāi dài tā qù nǎlǐ zhǎo yīshēng

比 較 好？
bǐjiào hǎo

(A) 在中山路和中正二路的十字路口，藥局的旁邊

(B) 在中山路和中正二路的十字路口，銀行的對面

(C) 永建路和中正三路的十字路口，百貨公司的旁邊

(D) 永建路和中正二路的十字路口，消防局的旁邊

_____ 5. 珍 珍 頭 痛，她 想 要 自 己 買 藥 來 吃，她
Zhēnzhēn tóutòng tā xiǎngyào zìjǐ mǎi yào lái chī tā

應 該 去 哪 一 條 路 買？
yīnggāi qù nǎ yì tiáo lù mǎi

(A) 永建路

(B) 中正三路

(C) 中正一路

(D) 中山路

_____ 6. 如果 要 去 永 建 夜 市，坐 什 麼 車 去，下 車
rúguǒ yào qù Yǒngjiàn yèshì zuò shénme chē qù xiàchē

的 地 方 離 永 建 夜 市 最 近？
de dìfāng lí Yǒngjiàn yèshì zuì jìn

(A) 捷運

(B) 計程車

(C) 公車

(D) 上面的答案都不對

_____ 7. 如果 你 從 永 建 國 小 出 發，過 了 永 建
rúguǒ nǐ cóng Yǒngjiàn guóxiǎo chūfā guò le Yǒngjiàn

路 的 馬 路 後，一 直 直 走 到 下 一 個 十字路 口
lù de mǎlù hòu yìzhí zhí zǒu dào xià yí ge shízì lùkǒu

前，你 的 右 手 邊 會 是 什 麼？
qián nǐ de yòushǒu biān huì shì shénme

(A) 超市

(B) 永建大學

(C) 警察局

(D) 咖啡店

_____ 8. 在 一 心 街 上 可 能 買不到 什 麼 東 西 ？
zài Yìxīn jiē shàng kěnéng mǎibúdào shénme dōngxi

(A) 蘋果

(B) 漢堡

(C) 蛋糕

(D) 書

㈢生 詞
shēngcí

	生詞	漢語拼音	解釋
1	國中	guózhōng	escuela secundaria
2	國小	guóxiǎo	escuela primaria
3	藥房	yàofáng	farmacia
4	眼科	yǎnkē	oftamología
5	夜市	yèshì	mercado nocturno
6	加油站	jiāyóuzhàn	puesto de gasolina
7	計程車招呼站	jìchéngchē zhāohūzhàn	parada de taxi
8	警察局	jǐngchájú	comisaría
9	停車場	tíngchēchǎng	estacionamiento, aparcamiento
10	捷運站	jiéyùnzhàn	estación de metro
11	消防局	xiāofángjú	puesto de bomberos
12	吃到飽	chīdàobǎo	bufé
13	火鍋店	huǒguōdiàn	restaurante de Hot Pot (fondue chino)
14	炒飯	chǎofàn	arroz frito
15	速食店	sùshídiàn	restaurante de comida rápida

六、藥袋
yàodài

（一）藥袋
yàodài

臺 大 診 所
Táidàzhěnsuǒ

2012年5 月18日
nián yuè rì

☐ 外 用　　☑ 口 服　　☐ 針 劑
　wàiyòng　　kǒufú　　zhēnjì

姓　　名：李 建 華
xìngmíng　Lǐ Jiànhuá

藥 物　名 稱：
yàowù míngchēng
　　外 觀：　長 方 形，　黃 色，　口 服　錠 劑
　　wàiguān chángfāngxíng huángsè　kǒufú　dìngjì
　　液 狀，咖 啡 色，口 服 藥 水
　　yìzhuàng　kāfēisè　　kǒufú yàoshuǐ
使 用 方 法：口 服 錠 劑 每 天 四 次，三 餐 飯 後
shǐyòng fāngfǎ　kǒufú dìngjì měitiān sìcì　sāncān fànhòu
　　及 睡 前　使 用，每 次 兩 顆。口 服 藥 水　每 天 一 次，
　　jí shuìqián shǐyòng měicì liǎngkē kǒufú yàoshuǐ měitiān yícì
　　睡 前　使 用，每 次 10 c.c.
　　shuìqián shǐyòng　měicì
使 用　期 限：2012 年 5 月 20 日
shǐyòng qíxiàn　　　nián yuè rì

　喉 嚨　痛 的 注 意 事 項：
　hóulóng tòng de　zhùyì shìxiàng
1.多 喝 水，少　說 話。
　duō hēshuǐ shǎo shuōhuà
2.煙、酒、咖 啡、花 生、巧 克 力、餅 乾、辣 椒、太 酸 的、
　yān jiǔ　kāfēi huāshēng qiǎokèlì bǐnggān　làjiāo tàisuān de
　油 炸　的 和 刺 激 的 都　不 能　吃。
　yóuzhà de hé cìjī　de dōu bùnéng chī
3.不 要 用　葡 萄 柚 汁 或 茶 服 用 藥 物，藥 水　請　放
　búyào yòng pútáoyòu zhī huò chá fúyòng yàowù　yàoshuǐ qǐng fàng
　冰　箱。
　bīngxiāng

㈡問題
wèntí

_____ 1. 到 什麼地方 可以拿到 這個 東西？
dào shénme dìfāng kěyǐ nádào zhèige dōngxi
(A) 學校
(B) 公車站
(C) 醫院
(D) 飯店

_____ 2. 李 建 華 怎麼了？
Lǐ Jiànhuá zěnme le
(A) 跟女朋友吵架
(B) 心情不好
(C) 考試成績太差
(D) 身體不舒服

_____ 3. 吃 這 種 藥 的 時 候，可以喝 什麼？
chī zhèzhǒng yào de shíhòu kěyǐ hē shénme
(A) 咖啡
(B) 水
(C) 葡萄柚汁
(D) 酒

_____ 4. 喉 嚨 痛 的 時 候 不可以做 什麼？
hóulóng tòng de shíhòu bù kěyǐ zuò shénme
(A) 少喝咖啡，多喝熱開水
(B) 聽醫生的話照時間吃藥，多休息
(C) 整個晚上和朋友聊天、唱歌
(D) 少吃零食、餅乾

_____ 5. 什麼 時候 吃完 這些 藥比較 好？
shénme shíhòu chīwán zhèxiē yào bǐjiào hǎo
(A) 2012年6月30日以前
(B) 2012年5月19日以前
(C) 2012年6月1日以前
(D) 2012年5月20日以前

_____ 6. 藥 水 喝 完 以後，放 在 哪裡比較 好？
yàoshuǐ hēwán yǐhòu fàngzài nǎlǐ bǐjiào hǎo
(A) 冰箱裡
(B) 書桌上
(C) 沙發上
(D) 容易拿到的地方

_____ 7. 李 建 華 不 能 吃下面 哪 一樣 東 西？
Lǐ Jiànhuá bùnéng chī xiàmiàn nǎ yíyàng dōngxi
(A) 蘋果
(B) 炸雞
(C) 麵包
(D) 牛奶

_____ 8. 下 面 哪一個 是 對 的？
xiàmiàn nǎ yíge shì duì de
(A) 其中的一種藥是長方形、白色的
(B) 一天總共要喝10c.c.的藥水
(C) 李建華除了口服的藥以外，還有外用的藥
(D) 三餐飯後和睡前要喝藥水

(三) 生 詞
shēngcí

	生詞	漢語拼音	解釋
1	診所	zhěnsuǒ	clínica
2	外用	wàiyòng	uso externo
3	口服	kǒufú	vía oral
4	針劑	zhēnjì	vacunarse
5	外觀	wàiguān	apariencia
6	錠劑	dìngjì	pastilla
7	液狀	yìzhuàng	líquido
8	喉嚨	hóulóng	garganta
9	煙	yān	tabaco, cigarrillo
10	花生	huāshēng	maní, cacahuate, cacahuete
11	辣椒	làjiāo	pimienta, chile, ají
12	油炸	yóuzhà	frito
13	刺激	cìjī	estimulante; provocar, irritar
14	葡萄柚汁	pútáoyòuzhī	jugo de pomelo
15	茶	chá	té
16	調劑	tiáojì	preparado magistral

七、訂婚 喜帖
dìnghūn xǐtiě

(一)喜帖
xǐtiě

謹 訂 於 中 華 民 國101年 9 月 9日(星期日)
jǐn dìng yú Zhōnghuámínguó nián yuè rì xīngqírì

為 次女 秀鳳 與林 征局先 生長 男 林 文 邦君
wèi cìnǚ Xiùfèng yǔ Lín Zhēngjú xiānshēng zhǎngnán Lín Wénbāng jūn

舉行 文 定 之喜 敬 備 喜筵 恭 請
jǔxíng wén dìng zhī xǐ jìng bèi xǐyán gōng qǐng

闔第 光 臨
hé dì guāng lín

王 文曲
Wáng Wénqǔ

胡 金葉
Hú Jīnyè

敬 邀
jìng yāo

觀禮：一、時 間：上午 十 時
guānlǐ   shíjiān shàngwǔ shí shí

二、地點：自宅
dìdiǎn zìzhái

台北 市 台北 路30號
Táiběi shì Táiběi lù hào

電   話: (02)1111-6577
diànhuà

席設：一、時 間：中 午十一時 三 十分準 時入席
xíshè   shíjiān zhōngwǔ shíyī shí sānshí fēn zhǔnshí rùxí

二、地點：幸福 餐廳
dìdiǎn xìngfú cāntīng

台北市 台 北路50號
Táiběi shì Táiběi lù hào

電   話: (02)1111-3498
diànhuà

(二)問題
wèntí

_____ 1. 誰 請 你 去 參 加 訂 婚 典禮？
　　　　 shéi qǐng nǐ qù cānjiā dìnghūn diǎnlǐ

　　　(A) 王秀鳳

　　　(B) 王秀鳳的爸爸、媽媽

　　　(C) 林文邦

　　　(D) 林文邦的爸爸、媽媽

_____ 2. 誰 要 訂 婚 了？
　　　　 shéi yào dìnghūn le

　　　(A) 王秀鳳

　　　(B) 王文曲

　　　(C) 胡金葉

　　　(D) 林征局

_____ 3. 訂 婚 典禮 在 什 麼 時候？
　　　　 dìnghūn diǎnlǐ zài shénme shíhòu

　　　(A) 九月九日早上十點

　　　(B) 九月九日早上十一點半

　　　(C) 九月八日早上十點

　　　(D) 九月八日早上十一點半

_____ 4. 訂 婚 典禮 在哪裡？
　　　　 dìnghūn diǎnlǐ zài nǎlǐ

　　　(A) 王秀鳳的家

　　　(B) 林文邦的家

　　　(C) 幸福餐廳

　　　(D) 喜帖沒有寫

_____ 5. 在 哪裡 吃 喜筵？
　　　　 zài nǎlǐ chī xǐyán

　　　(A) 王秀鳳的家

⒝ 林文邦的家

⒞ 幸福餐廳

⒟ 喜帖沒有寫

_____ 6. 什 麼 是 次女？
shénme shì cì nǚ

⒜ 年紀最大的女兒

⒝ 第二個女兒

⒞ 第三個女兒

⒟ 年紀最小的女兒

_____ 7. 如果 你 只 要 吃喜筵，你 應 該 幾點 到？
rúguǒ nǐ zhǐ yào chī xǐyán   nǐ yīnggāi jǐ diǎn dào

⒜ 10:00

⒝ 11:30

⒞ 12:00

⒟ 12:30

_____ 8. 訂 婚 喜帖 沒 有 寫 的 是？
dìnghūn xǐtiě méiyǒu xiě de shì

⒜ 訂婚的時間

⒝ 訂婚的地點

⒞ 喜筵的地點

⒟ 林文邦的父母姓名

㈢生詞
shēngcí

	生詞	漢語拼音	解釋
1	訂婚	dìnghūn	comprometerse en matrimonio
2	喜帖	xǐtiě	tarjeta de invitación de boda
3	謹	jǐn	respetuoso

	生詞	漢語拼音	解釋
4	訂	dìng	definir
5	於	yú	en
6	為	wè	por
7	次女	cìnǚ	segunda hija
8	長男	zhǎngnán	hijo primogénito
9	君	jūn	señor
10	文定之喜	wén dìng zhī xǐ	ceremonia de compromiso (estilo chino)
11	敬	jìng	respetuoso
12	喜筵	xǐyán	cena nupcial
13	恭	gōng	respetuoso, cortés
14	闔第光臨	hé dì guāng lín	toda la familia invitada
15	邀	yāo	invitar
16	觀禮	guānlǐ	apreciar la ceremonia
17	自宅	zìzhái	casa propia
18	設	shè	establecer

八、產品保證卡
chǎnpǐnbǎozhèngkǎ

㈠保證卡
bǎozhèng kǎ

產品　保證　卡
chǎnpǐn bǎozhèng kǎ

商品　資料：
shāngpǐn　zīliào

產品　號碼：JAX-230
chǎnpǐn hàomǎ
產品　顏色：白
chǎnpǐn yánsè　bái

購買　日期：2012年2月 18 日
gòumǎi　rìqí　　nián yuè　rì
保固 時間：一 年
bǎogù shíjiān　yìnián

購買者 資料：
gòumǎizhě　zīliào

經銷商　資料：
jīngxiāoshāng zīliào

姓　名：李 俊 宏
xìngmíng Lǐ Jùnhóng
電話：0922-123-456
diànhuà
地址：臺北市　仁愛 路10號
dìzhǐ　Táiběishì Rénài lù　hào

店　名：旺來　車行
diànmíng　wànglái chēháng
聯絡 電話：(04)2233-1170
liánluò diànhuà
地址：臺中市　四平 路65號
dìzhǐ Táizhōngshì Sìpíng lù　hào

注意事情：
zhùyì shìqíng

1.請您在購買　產品　之後 十 天以內，填好　保證卡　並
qǐng nín zài gòumǎi chǎnpǐn zhīhòu shítiān yǐnèi tiánhǎo bǎozhèngkǎ bìng
寄到本公司，以保證　您的權利。或 到 本 公司 網站
jìdào běn gōngsī　yǐ bǎozhèng nín de quánlì　huò dào běn gōngsī wǎngzhàn
註冊、填好 資料後，開始計算 保固 時間 一年。如果 沒有
zhùcè tiánhǎo zīliào hòu kāishǐ jìsuàn bǎogù shíjiān yìnián　rúguǒ méiyǒu
註冊，則以產品　購買 日開始計算。
zhùcè zé yǐ chǎnpǐn gòumǎi rì kāishǐ jìsuàn

2.保固日期內 免費 修理。過 保 固一年 以 內，費用 八折。
　baogù rìqí nèi miǎnfèi xiūlǐ　guò bǎogù yìnián yǐnèi fèiyòng bāzhé
3.購買日七日內，產品 如果 有 任何 問題，免費 換新。
gòumǎi rì qīrì nèi chǎnpǐn rúguǒ yǒu rènhé wèntí miǎnfèi huànxīn

自行車　公司
zìxíngchē gōngsī

電話：(07)2234-5678　　地址： 高雄市 大安路253號
diànhuà　　　　　　　　dìzhǐ Gāoxióngshì Dàān lù　hào
免費 電話（24小時）：0800-123-000
miǎnfèi diànhuà　xiǎoshí

（二）問題
wèntí

_____ 1. 什 麼 時 候 最 可 能 拿 到 這 種 卡（片）？
shénme shíhòu zuì kěnéng nádào zhèzhǒng kǎ (piàn)
　(A)去餐廳吃飯之後
　(B)上完中文課之後
　(C)去書店買書之後
　(D)買新的電腦

_____ 2. 這 個 人 買 了 什 麼 東 西？
zhège rén mǎile shénme dōngxi
　(A)黑色的自行車
　(B)白色的自行車
　(C)白色的機車
　(D)他還沒決定要買哪一台

_____ 3. 李 俊 宏 在 什 麼 地 方 買了這台車？
Lǐ Jùnhóng zài shénme dìfāng mǎile zhè tái chē
　(A)高雄市
　(B)臺中市
　(C)臺北市
　(D)上面沒有寫

───── 4. 如果李俊宏 忘了上 網 寫他的資料，
rúguǒ Lǐ Jùnhóng wàngle shàngwǎng xiě tā de zīliào

產品的保 證 日期到 什麼 時候？
chǎnpǐn de bǎozhèng rìqí dào shénme shíhòu

(A) 2013年2月18日

(B) 2012年12月31日

(C) 2014年2月18日

(D) 2013年2月28日

───── 5. 李俊宏 在2013年 夏天 和 同 學 一起騎車
Lǐ Jùnhóng zài   nián xiàtiān hé tóngxué yìqǐ qíchē

出去 玩，結果 車子壞 了，本來 修車 的 錢
chūqù wán jiéguǒ chēzi huài le   běnlái xiūchē de qián

需要1000元，李俊 宏 要付多 少 錢？
xūyào   yuán Lǐ Jùnhóng yào fù duōshǎo qián

(A) 500元

(B) 800元

(C) 1000元

(D) 不用付錢

───── 6. 如果 買車 之後 的隔天 覺得 車子怪 怪
rúguǒ mǎichē zhīhòu de gétiān juéde chēzi guài guài

的，怎 麼 做 是 最好 的？
de zěnme zuò shì zuìhǎo de

(A) 七天之後再告訴公司這件事情

(B) 付錢請公司修車子

(C) 告訴公司這件事情，請公司換新的車子

(D) 沒關係，繼續騎這台車子

_____ 7. 如果 半夜 三 點 有 問題 想 問 公司，
rúguǒ bànyè sāndiǎn yǒu wèntí xiǎng wèn gōngsī

可以打 哪一個 電 話？
kěyǐ dǎ nǎ yíge diànhuà

(A) (07)2234-5678

(B) (04)2233-1170

(C) 0800-123-000

(D) 0922-123-456

_____ 8. 什 麼 時 候 把 卡 片 寄到 公 司比較 好？
shénme shíhòu bǎ kǎpiàn jìdào gōngsī bǐjiào hǎo

(A) 2012年2月28日之前

(B) 2012年3月7日之前

(C) 2013年2月28日之前

(D) 什麼時候都可以

(三)生 詞
shēngcí

	生詞	漢語拼音	解釋
1	產品	chǎnpǐn	producto
2	保證	bǎozhèng	garantizar; garantía
3	商品	shāngpǐn	mercancías, bienes, artículos
4	資料	zīliào	datos, infomación
5	號碼	hàomǎ	número
6	購買	gòumǎi	comprar
7	保固	bǎogù	garantía y servicios postventa
8	經銷商	jīngxiāoshāng	comerciante distribuidor
9	填	tián	rellenar, completar

	生詞	漢語拼音	解釋
10	權利	quánlì	derecho, privilegio
11	網站	wǎngzhàn	sitio web
12	註冊	zhùcè	registrar
13	始	shǐ	empezar, comenzar
14	則	zé	entonces
15	計算	jìsuàn	calcular, contar
16	免費	miǎnfèi	gratis, sin costo
17	修理	xiūlǐ	reparar
18	費用	fèiyòng	gastos
19	換新	huànxīn	cambiar por uno nuevo
20	自行車	zìxíngchē	bicicleta

九、音樂會 門 票
yīnyuèhuì ménpiào

(一)門 票
ménpiào

千 華 售 票
Qiānhuá shòupiào

24 小 時 網 路 訂 票 電 話:02-2731-8888
xiǎoshí wǎnglù dìngpiào diànhuà

節 目:馬 友 友 音 樂 會
jiémù Mǎ Yǒuyǒu yīnyuèhuì

票 價:1500 元
piàojià   yuán

地 點:臺 灣 大 學 體 育 館
dìdiǎn Táiwān dàxué tǐyùguǎn
※禁 止 帶 外 食 和 照 相 機
　jìnzhǐ dài wàishí hé zhàoxiàngjī

日 期:2012 / 1 / 7(六)　　時 間:19:30
rìqí　　　　　　　liù　　shíjiān

座 位:3 樓 2 排 10 號
zuòwèi lóu pái hào
※爲 了 安 全,3 樓 座 位 身 高 110 公 分 以 下 兒 童 禁 止 入 場
　wèile ānquán　lóu zuòwèi shēngāo　gōngfēn yǐxià értóng jìnzhǐ rùchǎng

入 場 須 知:
rùchǎng xūzhī
1. 服 裝 必 須 整 齊 乾 淨,禁 止 穿 著 背 心、拖 鞋 入 場。
　fúzhuāng bìxū zhěngqí gānjìng jìnzhǐ chuānzhuó bèixīn tuōxié rùchǎng
2. 節 目 開 始 前 30 分 鐘 入 場,節 目 開 始 後 無 法 入 場。
　jiémù kāishǐ qián fēnzhōng rùchǎng jiémù kāishǐ hòu wúfǎ rùchǎng
3. 會 場 內 請 勿 大 聲 講 話。
　huìchǎng nèi qǐng wù dàshēng jiǎnghuà
4. 手 機 請 關 機。 ※節 目 不 因 下 雨 或 天 冷 而 異 動。
　shǒujī qǐng guānjī　　　jiémù bù yīn xiàyǔ huò tiānlěng ér yìdòng

(二)問題 wèntí

_____ 1. 這 是 什 麼 樣 的 表格？
zhè shì shénme yàng de biǎogé

(A) 門票，有了這張才能去看表演

(B) 這是一個通知，告訴大家表演的時間和地點

(C) 看完表演之後可以拿到這張表格

(D) 告訴你這是什麼樣的節目，進入表演地方的時候可以
拿到這張表格

_____ 2. 從 表 格 中 可以知道這是什麼樣的
cóng biǎogé zhōng kěyǐ zhīdào zhè shì shénme yàng de

節目？
jiémù

(A) 做菜

(B) 棒球

(C) 游泳

(D) 上面的答案都不對

_____ 3. 應 該 去 哪裡看 這 個節目？
yīnggāi qù nǎlǐ kàn zhège jiémù

(A) 銀行

(B) 圖書館

(C) 學校

(D) 宿舍

_____ 4. 下面 哪一個 身 高 的兒童 不能 坐 這個
xiàmiàn nǎ yíge shēngāo de értóng bùnéng zuò zhège

位子？
wèizi

(A) 105公分

(B) 118公分

(C) 123公分

(D) 150公分

_____ 5. 什 麼 時候 可以 進入 表 演 節 目 的 地方？
shénme shíhòu kěyǐ jìnrù biǎoyǎn jiémù de dìfāng

(A) 19：30~20：00

(B) 19：00~19：30

(C) 18：30~19：00

(D) 18：30~19：30

_____ 6. 如果 這 天 下了 好 大 的 雨，請 問 表 演 會？
rúguǒ zhètiān xiàle hǎo dà de yǔ qǐngwèn biǎoyǎn huì

(A) 改變表演的時間

(B) 改變表演的地點

(C) 不會改變

(D) 上面沒有寫

_____ 7. 下 面 哪 一 種 人 不 能 進 場？
xiàmiàn nǎ yìzhǒng rén bùnéng jìnchǎng

(A) 帶食物進去吃的人

(B) 19:15分進去體育館的人

(C) 身高100公分的兒童

(D) 帶手機的人

_____ 8. 哪 一 個 是 對 的？
nǎ yíge shì duì de

(A) 天氣太熱了，穿著背心去看表演比較舒服

(B) 看表演的時候可以講電話

(C) 旁邊朋友聽不到我說什麼，所以我可以大聲地和他說話

(D) 看表演的時候不能照相

(三) 生 詞
shēngcí

	生詞	漢語拼音	解釋
1	售	shòu	vender
2	訂	dìng	reservar
3	音樂會	yīnyuèhuì	concierto de música
4	地點	dìdiǎn	lugar, sitio
5	體育館	tǐyùguǎn	gimnasio
6	禁止	jìnzhǐ	prohibir
7	外食	wàishí	comida de afuera
8	票價	piàojià	precio del billete
9	座位	zuòwèi	asiento
10	入場須知	rùchǎng xūzhī	observaciones para el ingreso
11	服裝	fúzhuāng	ropa, traje
12	必須	bìxū	deber, tener que
13	整齊	zhěngqí	ordenado
14	乾淨	gānjìng	limpio
15	背心	bèixīn	chaleco
16	拖鞋	tuōxié	zapatilla
17	會場	huìchǎng	lugar de reunión, salón de reuniones
18	勿	wù	no
19	手機	shǒujī	celular, telefóno móvil
20	關機	guānjī	apagar
21	異動	yìdòng	cambios, modificaciones

十、集 點 活 動
jí diǎn huódòng

㈠集 點 活 動 說 明
jí diǎn huódòng shuōmíng

多 多 商 店，祝福 娃娃 集點 活動
Duōduō shāngdiàn zhùfú wáwa jídiǎn huódòng

活動日期：2012年11月1日至11月24日23：59
huódòng rìqí nián yuè rì zhì yuè rì

兌 換 截 止 日 期：2012年12月1日23：59
duìhuàn jiézhǐ rìqí nián yuè rì

活 動 辦 法：
huódòng bànfǎ

1.消 費 滿 66元 可 得 一 點。
 xiāofèi mǎn yuán kě dé yì diǎn

2.集 滿10點 加 50 元 可 兌 換 祝 福 娃 娃 一 個。
 jímǎn diǎn jiā yuán kě duìhuàn zhùfú wáwa yí ge

3.集 滿30 點 可 免費兌換 祝福娃 娃 一個。
 jímǎn diǎn kě miǎnfèi duìhuàn zhùfú wáwa yí ge

4.買 中 杯 咖 啡 多 贈 一 點。
 mǎi zhōngbēi kāfēi duō zèng yì diǎn

5.依 煙 害 防 制法，本 集 點 活動 不 包含 煙品 價格。
 yī yānhàifángzhì fǎ běn jídiǎn huódòng bù bāohán yānpǐn jiàgé

※集滿10點可享 以下優惠： jímǎn diǎn kě xiǎng yǐxià yōuhuì			
□Star 咖啡 kāfēi 	□甜甜圈小姐 Tiántiánquān xiǎojiě 	□拿去吃 pizza Náqù chī 	□當當漢堡 Dāngdāng hànbǎo 
第二杯半價 dì èr bēi bànjià	6 入 168 元 rù yuán	大 Pizza100 元 dà yuán	漢堡買一送一 hànbǎo mǎi yī sòng yī

※集滿 10 點免費兌換：			
□千吉巧克力雪糕 Qiānjí qiǎokèlì xuégāo 	□累司洋芋片 Lèisī yángyùpiàn 	□心心餅乾 Xīnxīn bǐnggān  （小）	□無情巧克力 Wúqíng qiǎokèlì 

※五 種 祝 福 娃 娃，等 你 帶 回 家！（隨 機 贈 送）
wǔ zhǒng zhùfú   wáwa děng nǐ dài huí jiā   suíjī   zèng sòng

祝福綠娃 zhùfú lǜ wá	祝福紅娃 zhùfú hóng wá	祝福橘娃 zhùfú jú wá	祝福藍娃 zhùfú lán wá	祝福紫娃 zhùfú zǐ wá
健康 jiànkāng	愛情 àiqíng	財富 cáifù	學業 xuéyè	工作 gōngzuò

(二)問題
wèntí

_____ 1. 錢 小姐 在 多多 商 店 買 了120元 的
Qián xiǎojiě zài Duōduō shāngdiàn mǎile　yuán de

東西，請 問 她 可以 得到 幾點？
dōngxi qǐngwèn tā kěyǐ dédào jǐdiǎn

(A) 0

(B) 1

(C) 2

(D) 3

_____ 2. 林 先 生 在 多多 商 店 買了一杯 中
Lín xiānshēng zài Duōduō shāngdiàn mǎile yìbēi zhōng

杯 咖啡 跟 一 包 餅 乾，總 共 花 了60 元，
bēi kāfēi gēn yìbāo bǐnggān zǒnggòng huāle　yuán

請 問 他 可以 得到 幾點？
qǐngwèn tā kěyǐ dédào jǐdiǎn

(A) 0

(B) 1

(C) 2

(D) 3

_____ 3. 劉 先 生 在 多多 商 店 買了五 包 煙，
Liú xiānshēng zài Duōduō shāngdiàn mǎile wǔbāo yān

總 共330元，請 問 他 可以 得到 幾點？
zǒnggòng yuán qǐngwèn tā kěyǐ dédào jǐdiǎn

(A) 0

(B) 1

(C) 5

(D) 6

_____ 4. 金 小 姐11月30日在 多 多 商 店 花 了
Jīn xiǎojiě   yuè rì zài Duōduō shāngdiàn huāle

132元， 請 問 她可以得 到 幾點？
yuán qǐngwèn tā kěyǐ dédào jǐdiǎn

(A) 0

(B) 1

(C) 2

(D) 3

_____ 5. 如果 你 集 滿 十 點，你不 能 做 什 麼 事 情？
rúguǒ nǐ jí mǎn shí diǎn nǐ bùnéng zuò shénme shìqíng

(A) 加50元換一個祝福娃娃

(B) 免費得到無情巧克力

(C) 用一百元買到大pizza

(D) 免費得到一個祝福娃娃

_____ 6 小 容 是 個 學 生，她最 近 要 參 加 考 試，
Xiǎoróng shì ge xuéshēng tā zuìjìn yào cānjiā kǎoshì

你 覺 得 送 給 她 什 麼 娃娃 最 好？
nǐ juéde sòng gěi tā shénme wáwa zuì hǎo

(A) 祝福紅娃

(B) 祝福橘娃

(C) 祝福藍娃

(D) 祝福紫娃

_____ 7. 關 於 集 滿 十 點 的 優 惠，哪 一 個 錯 誤？
guānyú jímǎn shí diǎn de yōuhuì nǎ yíge cuòwù

(A) Star咖啡一杯100元，如果買兩杯，第二杯只要50元。

(B) 買六個甜甜圈總共只要168元

(C) 買「拿去吃」的大pizza只要花一百元

(D) 買「當當漢堡」會送你飲料

———— 8. 哪一個 錯 誤？
　　　　nǎyíge cuòwù
　　(A) 12月1日23：59以前都可以換祝福娃娃
　　(B) 12月1日23：59以前都可以得到點數
　　(C) 不能選祝福娃娃的顏色
　　(D) 集滿十點可以換心心餅乾

(三)生 詞
shēngcí

	生詞	漢語拼音	解釋
1	集點	jídiǎn	coleccionar puntos de vales o cupones
2	至	zhì	hasta que
3	兌換	duìhuàn	cambiar
4	截止	jiézhǐ	terminar
5	消費	xiāofèi	consumir
6	滿	mǎn	completar; completo
7	集	jí	coleccionar
8	免費	miǎnfèi	gratis, sin costo
9	祝福	zhùfú	bendecir, bendición
10	贈	zèng	regalar
11	依	yī	depende de, según
12	煙害防制法	yānhài fángzhì fǎ	ley de prevención del tabaco
13	本	běn	[formal] este, de uno propio
14	包含	bāohán	contener, incluir
15	煙	yānpǐn	tabaco, cigarrillo
16	價格	jiàgé	precio

	生詞	漢語拼音	解釋
17	享	xiǎng	disfrutar
18	以下	yǐxià	bajo, por debajo de
19	優惠	yōuhuì	favorables, preferenciales
20	半價	bànjià	mitad de precio
21	隨機	suíjī	aleatorio
22	愛情	àiqíng	amor (entre hombre y mujer o de pareja)
23	財富	cáifù	riqueza, fortuna
24	學業	xuéyè	estudios, trabajos de la escuela

單元二　對話

十一、夫妻對話
fūqī duìhuà

㈠對話
duìhuà

家文：喂，一美，妳在 忙 嗎？
Jiāwén　wéi　Yìměi　nǐ zài máng ma

一美：現在 還 好啊，你在 哪裡呢？
Yìměi　xiànzài hái hǎo a　nǐ zài nǎlǐ ne

家文：我 在 餐廳，不過，我 也在 妳心裡啊！
Jiāwén　wǒ zài cāntīng　búguò　wǒ yě zài nǐ xīnlǐ a

一美：哎唷！你肉麻 不肉麻啊？
Yìměi　　ài yo　　nǐ ròumá bú ròumá a

家文：這哪裡會 肉麻？對了，妳今天一定 很 疲倦吧？
Jiāwén　zhè nǎlǐ huì ròumá　duìle　　nǐ jīntiān yídìng hěn píjuàn ba

　　　要 多休息啊！
　　　yào duō xiūxí a

一美：咦？我今天 還好啊，不會 覺得累耶！
Yìměi　　yí　　wǒ jīntiān háihǎo a　　búhuì juéde lèi ye

家文：可是妳今天在 我 心裡跑了好久，腿一定 很 痠
Jiāwén　kěshì nǐ jīntiān zài wǒ xīnlǐ pǎole hǎojiǔ　tuǐ yídìng hěn suān

　　　吧？
　　　ba

一美：你少 來了！打給我 到底要 幹嘛啦？
Yìměi　　nǐ shǎo lái le　　dǎ gěi wǒ dàodǐ yào gànmá la

家文：我是要 問妳，下禮拜六有 沒 有 空，要不要
Jiāwén　wǒ shì yào wèn nǐ　　xià lǐbàiliù yǒu méi yǒu kòng yào bú yào

　　　去吃大餐？我 請客！
　　　qù chī dàcān　　wǒ qǐngkè

一美：你要 請客嗎？當 然 好 囉！不過，爲什麼 你要
Yìměi　　nǐ yào qǐngkè ma dāngrán hǎo lou　　búguò wèishénme nǐ yào

　　　請 我吃大餐 呢？
　　　qǐng wǒ chī dàcān ne

家文：你 忘 了嗎？下禮拜六是我們 的五 週年
Jiāwén　nǐ wàng le ma　　xià lǐbàiliù shì wǒmen de wǔ zhōunián

　　　紀念日啊！
　　　jìniànrì a

一美：對唷！我 差點 忘了！幸 好你還記得。
Yìměi　duì yo　wǒ chàdiǎn wàng le　xìnghǎo nǐ hái jìdé

家文：那 當然！我 說 過妳跟我結婚以後，會是
Jiāwén　nà dāngrán　wǒ shuōguò nǐ gēn wǒ jiéhūn yǐhòu　huì shì

世界 上 第二 幸福的人啊！
shìjièshàng dì èr xìngfú de rén a

一美：哈哈，我記得，不過，爲什麼 不是第一啊？
Yìměi　hā hā　wǒ jìdé　búguò　wèishénme búshì dì yī a

家文：因爲 有了妳，我 才是第一 幸福的人啊！
Jiāwén　yīnwèi yǒu le nǐ　wǒ cáishì dì yī xìngfú de rén a

(二)問題
wèntí

_____ 1. 家文 跟一美 在 哪裡 說 話？
Jiāwén gēn Yìměi zài nǎlǐ shuōhuà

　　(A) 餐廳裡

　　(B) 網路上

　　(C) 電話裡

　　(D) 家文的心裡

_____ 2. 一美 現在 忙 嗎？
Yìměi xiànzài máng ma

　　(A) 很忙

　　(B) 不太忙

　　(C) 她不忙，但是很累

　　(D) 對話裡沒有答案

_____ 3. 一美 爲 什 麼 跟 家 文 說：「你 肉 麻 不 肉 麻
　　　Yìměi wèishénme gēn Jiāwén shuō　nǐ ròumá bú ròumá

啊？」
á

(A) 一美覺得家文肉麻

(B) 一美覺得家文不肉麻

(C) 一美擔心家文身體不舒服

(D) 一美想知道家文是不是肉麻

_____ 4. 家文 爲 什 麼 跟 一美 說：「這 哪裡 會
　　　Jiāwén wèishénme gēn Yìměi shuō　zhè nǎlǐ huì

肉 麻？」
ròumá

(A) 家文覺得餐廳肉麻

(B) 家文覺得一美才肉麻

(C) 家文覺得自己不肉麻

(D) 家文想知道一美什麼地方不舒服

_____ 5. 爲 什 麼 家 文 跟 一美 說：「妳 今 天 在 我
　　　wèishénme Jiāwén gēn Yìměi shuō　nǐ jīntiān zài wǒ

心裡 跑 了 好 久」？
xīnlǐ pǎole hǎojiǔ

(A) 家文今天心情不好

(B) 家文的心不太舒服

(C) 家文今天很想一美

(D) 家文希望一美多運動

_____ 6. 一美 爲 什 麼 跟 家 文 說：「你 少 來 了！」？
　　　Yìměi wèishénme gēn Jiāwén shuō　nǐ shǎo lái le

(A) 希望家文不要說話

(B) 希望家文不要去找她

(C) 希望家文不要肉麻了

(D) 希望家文不要常常去找她

_____ 7. 家 文　跟 一 美　應 該 是？
Jiāwén gēn Yìměi yīnggāi shì

　　(A) 兄妹

　　(B) 父女

　　(C) 男女朋友

　　(D) 先生和太太

_____ 8. 哪 個 不　對？
năge búduì

　　(A) 一美今天跑了很久

　　(B) 家文覺得自己很幸福

　　(C) 家文要請一美吃大餐

　　(D) 一美差點忘記五週年紀念日

(三) 生 詞 shēngcí

	生詞	漢語拼音	解釋
1	夫妻	fūqī	esposo y esposa, marido y mujer
2	肉麻	ròumá	tierno, sentimental, romántico
3	疲倦	píjuàn	cansado y con sueño, con fatiga
4	咦	yí	de sorpresa o desaprobación
5	痠	suān	dolores musculares
6	少來了	shăoláile	(en broma) detente, porfavor
7	幹嘛	gànmá	por qué, para qué
8	週年	zhōunián	aniversario
9	紀念	jìniàn	conmemorar
10	幸好	xìnghăo	afortunadamente
11	幸福	xìngfú	felicidad

十二、買 東西㈠
mǎi dōngxi

㈠**對話**
duìhuà

（莉娜 走 進一家店）
　Lìnà zǒujìn yì jiā diàn

雨心：挑挑 看、選 選 看，喜歡 都 可以 試 穿 唷！
Yǔxīn　tiāotiāo kàn xuǎnxuǎn kàn　xǐhuān dōu kěyǐ shìchuān yo

莉娜：小姐，請 問 這件 紅色 的 外套 還有 大一點 的
Lìnà　xiǎojiě　qǐngwèn zhèjiàn hóngsè de wàitào háiyǒu dà yì diǎn de

尺寸　嗎？
chǐcùn ma

雨心：沒有了耶！這個顏色只剩　最後一件M號　的。
Yǔxīn　méiyǒu le ye　zhège yánsè zhǐshèng zuìhòu yí jiàn　hào de

不過，我覺得妳的　身材　穿　M號　就可以了。
búguò　wǒ juéde nǐ de shēncái chuān　hào jiù kě yǐ le

莉娜：我怕M號　穿　起來太緊，看起來會　很　胖。
Lìnà　wǒ pà　hào chuān qǐ lái tài jǐn　kàn qǐ lái huì hěn pàng

雨心：不會啦！小姐妳的　身材很　苗條。
Yǔxīn　búhuì la　xiǎojiě nǐ de shēncái hěn miáotiáo

而且這件　外套　有特別的設計，穿　起來很
érqiě zhèjiàn wàitào yǒu tèbié de shèjì　chuān qǐ lái hěn

顯瘦，所以賣得　超級好　的，我自己也帶了一
xiǎnshòu suǒyǐ màide chāojí hǎo de　wǒ zìjǐ　yě dài le yí

件呢！
jiàn ne

莉娜：這件　外套　除了紅色，還有　別的顏色嗎？
Lìnà　zhèjiàn wàitào chúle hóngsè　háiyǒu bié de yánsè ma

雨心：還有一件　黑色M號　的，妳要不要　兩件都
Yǔxīn　háiyǒu yí jiàn hēisè　hào de　nǐ yàobúyào liǎngjiàn dōu

試穿？
shìchuān

莉娜：好啊！
Lìnà　hǎo a

（**10**分 鐘 以後）
　　　fēnzhōng yǐhòu

雨心：怎麼 樣？還可以 嗎？
Yǔxīn　zěnmeyàng　hái kěyǐ ma

　　　我 覺得妳 兩件 穿 起來都 很 好 看 呢！
　　　wǒ juéde nǐ liǎngjiàn chuān qǐlái dōu hěn hǎo kàn ne

莉娜：還不錯，兩 件 我 都 很 喜歡。一件 要 多 少
Lìnà　hái búcuò　liǎngjiàn wǒ dōu hěn xǐhuān　yíjiàn yào duōshǎo

　　　錢 呢？
　　　qián ne

雨心：一件 現在特價五百九嗊！妳要 兩件 都 帶 嗎？
Yǔxīn　yíjiàn xiànzài tèjià wǔbǎijiǔ yo　nǐ yào liǎngjiàn dōu dài ma

莉娜：不，我的錢 不太夠，我買 這件 紅色的就好
Lìnà　bù　wǒ de qián bú tài gòu　wǒ mǎi zhè jiàn hóngsè de jiù hǎo

　　　了，你可以算 我 便宜一點 嗎？
　　　le　nǐ kěyǐ suàn wǒ piányí yìdiǎn ma

雨心：很 抱歉，我們 店 不二價，五百九已經很 便宜
Yǔxīn　hěn bàoqiàn　wǒmen diàn búèrjià　wǔbǎijiǔ yǐjīng hěn piányí

　　　了，再算 妳 便宜一點，我 會 被老闆 罵 的。
　　　le　zài suàn nǐ piányí yìdiǎn　wǒ huì bèi lǎobǎn mà de

莉娜：拜託嘛！我 會再介紹 我 的 朋 友 來找 妳買
Lìnà　bàituō ma　wǒ huì zài jièshào wǒ de péngyǒu lái zhǎo nǐ mǎi

　　　的！
　　　de

雨心：真 的不行啦！
Yǔxīn　zhēnde bùxíng la

我們 老闆 説過 兩件一起帶才可以算 便宜
wǒmen lǎobǎn shuōguò liǎngjiàn yìqǐ dài cái kěyǐ suàn piányí

一點，妳要不要也買黑色的那件，兩件一千
yìdiǎn nǐ yàobúyào yě mǎi hēisè de nà jiàn liǎngjiàn yìqiān

就好！
jiù hǎo

莉娜：真 的嗎！？好吧，我 兩件都買！
Lìnà zhēn de ma hǎo ba wǒ liǎngjiàn dōu mǎi

雨心：好 的，謝謝！下次再 幫 我介紹 客人 唷！
Yǔxīn hǎo de xièxie xiàcì zài bāng wǒ jièshào kèrén yo

㈡問題
wèntí

_____ 1. 莉娜進去的 店 應該 叫做 什麼 店？
Lìnà jìnqù de diàn yīnggāi jiàozuò shénme diàn
(A) 書店
(B) 鞋店
(C) 飯店
(D) 服裝店

_____ 2. 雨心是 誰？
Yǔxīn shì shéi
(A) 莉娜的朋友
(B) 那家店的老闆
(C) 在那家店工作的人
(D) 在那家店買東西的人

_____ 3. 如果 妳 要 買 的皮包 是100元，
rúguǒ nǐ yào mǎi de píbāo shì yuán

老 闆 告訴你 這個皮包「不二價」，他的意思
lǎobǎn gàosù nǐ zhège píbāo búèrjià   tā de yìsi

是？
shì

(A) 你必須花100元買皮包

(B) 你必須花120元買皮包

(C) 你只要花20元就可以買到皮包

(D) 你只要花80元就可以買到皮包

_____ 4. 猜 猜看，文 章   中 的「顯 瘦」是 什 麼意
cāi cāi kàn wénzhāngzhōng de xiǎnshòu shì shénme yì

思？
si

(A) 穿外套可以變瘦

(B) 穿外套讓人體重變輕

(C) 穿外套讓人看起來很瘦

(D) 上面的答案都不對

_____ 5. 「五百九」的意思是 多 少   錢？
wǔbǎi jiǔ de yìsi shì duōshǎo qián

(A) 509元

(B) 590元

(C) 599元

(D) 905元

_____ 6. 下面 哪一個句子 中 的「起來」，
xiàmiàn nǎyíge jùzi zhōng de qǐlái

意思跟 其他三 個不一樣？
yìsi gēn qítā sān ge bùyíyàng

(A) 你還好嗎？你看起來很累！

(B) 這件外套你穿起來很好看！

(C) 這道菜吃起來酸酸甜甜的，我很喜歡。

(D) 我昨天太晚睡，所以早上沒起來吃早餐。

_____ 7. 「除了」不能 放 在 哪一個 句子 的 □□ 中？
chúle bùnéng fàng zài nǎyíge jùzi de zhōng

(A) □□美國，我還去過日本。

(B) □□西瓜，我還喜歡吃蘋果。

(C) □□生氣，但是我還當她是我的朋友。

(D) □□去餐廳吃大餐，我們還去看表演。

_____ 8. 哪個 是 錯 的？
nǎge shì cuò de

(A) 莉娜最後買了兩件外套。

(B) 外套有紅、黑、藍三種顏色。

(C) 莉娜本來想試穿L號的外套。

(D) 雨心也有一件跟莉娜一樣的外套。

㈢生 詞
shēngcí

	生詞	漢語拼音	解釋
1	挑	tiāo	escoger, seleccionar
2	試穿	shìchuān	probarse
3	尺寸	chǐcùn	tamaño, talla
4	身材	shēncái	talla (altura, peso), figura
5	苗條	miáotiáo	delgado, fino
6	而且	érqiě	pero también
7	設計	shèjì	diseño
8	顯瘦	xiǎnshòu	aparentar más delgado
9	超級	chāojí	super
10	特價	tèjià	precio especial, en oferta
11	你可以算我便宜一點嗎？	nǐ kěyǐ suàn wǒ piányí yìdiǎn ma	podrías hacerme un mejor precio?
12	不二價	búèrjià	precio fijo

十三、朋 友聊天
péngyǒu liáotiān

㈠**對話**
duìhuà

玉文：好久不見！哇！小均 這麼 大啦！
Yùwén　hǎojiǔbújiàn　wa Xiǎojūn zhème dà la

　　　笑 得好 可愛啊！他現在幾個月了？
　　　xiàode hǎo kěài a 　tā xiànzài jǐge yuè le

日蘋：七個月啦！他現在看到人 超愛笑，
Rìpín　qīge yuè la　tā xiànzài kàndào rén chāo ài xiào

平常　又　超愛　講話　的。
píngcháng yòu chāo ài jiǎnghuà de

玉文：那他都　跟妳　說　些　什麼呢？
Yùwén　nà tā dōu gēn nǐ shuō xiē shénme ne

　　　他會叫爸爸、媽媽了嗎？
　　　tā huì jiào bàba　māma le ma

日蘋：還不會耶！
Rìpín　hái búhuì ye

　　其實我也　聽不太　懂他平　常　在　說　些什
　　qíshí wǒ yě tīng bú tài dǒng tā píngcháng zài shuō xiē shén

麼，就是發出一些　像「啊、喔、安咕」的　聲音。
me　jiùshì fāchū yìxiē xiàng　a　　o　āngū　de shēngyīn

玉文：哈哈，聽起來好可愛呀！
Yùwén　hāhā　tīngqǐlái hǎo kěài ya

　　話　說　回來，他　長　得好　快啊！
　　huàshuōhuílái　　tā zhǎngde hǎo kuài a

　　記得　當　初我去看你　生　小均　的時候，
　　jìdé dāngchū wǒ qù kàn nǐ shēng Xiǎojūn de shíhòu

　　小均只有我半隻　手臂那麼　長，
　　Xiǎojūn zhǐyǒu wǒ bànzhī shǒubì nàme cháng

　　現在大概有我一隻　手臂那麼　長　了吧！
　　xiànzài dàgài yǒu wǒ yìzhī　shǒubì nàme cháng le ba

日蘋：對啊，他也　變得好　重　哪！
Rìpín　duì a　　tā yě biànde hǎo zhòng na

我 現在 沒 辦法抱 他抱 太久了。
wǒ xiànzài méi bànfǎ bào tā bào tài jiǔ le

玉文：妳也好厲害呀！才七個月 身 材就恢復了。
Yùwén　nǐ yě hǎo lì hài ya　cái qīge yuè shēncái jiù huīfù le

喔，不！我覺得妳好 像 比以前 更 苗 條了耶！
o　bù　wǒ juéde nǐ hǎoxiàng bǐ yǐqián gèng miáotiáo le ye

日蘋：帶這 孩子，不 瘦也難！
Rìpín　dài zhè háizi　bú shòu yě nán

他 剛 出 生 的那三個月，
tā gāng chūshēng de nà sānge yuè

晚 上 都不肯 好好 睡覺，一直哭鬧，
wǎnshàng dōu bùkěn hǎohǎo shuìjiào　yì zhí kū nào

我 跟老 公 必須輪流抱他、搖搖他，
wǒ gēn lǎogōng bìxū lúnliú bào tā　yáoyáo tā

他才肯 安靜 下來。
tā cái kěn ānjìng xiàlái

我們 常 常 沒時間 好好 吃飯、睡覺，
wǒmen chángcháng méi shíjiān hǎohǎo chīfàn　shuìjiào

這孩子可把我們 累 壞了！
zhè háizi kě bǎ wǒmen lèihuài le

玉文：說 到 這個，我家那個孩子最近也是 這 樣，
Yùwén　shuō dào zhège　wǒ jiā nàge háizi zuìjìn yě shì zhèyàng

晚 上 常 常 吵得我睡不著啊！
wǎnshàng chángcháng chǎode wǒ shuìbùzháo a

我 最近也累 壞了。
wǒ zuìjìn yě lèihuài le

日蘋：難 怪我 覺得妳看 起來特別 累，不過，
Rìpín　　nánguài wǒ juéde nǐ kànqǐlái tèbié lèi　búguò

妳 什 麼 時 候　生 了孩子，我 怎麼 都 不知道啊？
nǐ shénme shíhòu shēng le háizi　　wǒ zěnme dōu bùzhīdào a

玉文：哈哈，我 說 的是我家會打呼的大孩子，
Yùwén　　hāhā　wǒ shuō de shì wǒ jiā huì dǎhū de dà háizi

我 的老公 啦！
wǒ de lǎogōng la

(二) 問題
wèntí

_____ 1. 日蘋 跟 玉文 可能　多久沒見面 了？
Rìpín gēn Yùwén kěnéng duōjiǔ méi jiànmiàn le
(A) 一年
(B) 七個月
(C) 三個月
(D) 一個星期

_____ 2. 日蘋 和 玉文　沒有 談到 的 事情　是？
Rìpín hé Yùwén méiyǒu tándào de shìqíng shì
(A) 孩子
(B) 老公
(C) 身材
(D) 工作

_____ 3. 下面 哪一件 事情 跟 小均 沒有 關係？
xiàmiàn nǎ yíjiàn shìqíng gēn Xiǎojūn méiyǒu guānxì
(A) 愛笑
(B) 會打呼
(C) 愛講話

(D) 長得很快

_____ 4. 「看 起來特別 累」的「特別」和 下 面 哪一個
kànqǐlái tèbié lèi de tèbié hé xiàmiàn nǎyíge

「特別」的 意思一樣？
tèbié de yìsi yíyàng

(A) 今天「特別」冷

(B) 我覺得妳很「特別」

(C) 我要送他「特別」的生日禮物

(D) 在這個世界上，妳是最「特別」的

_____ 5. 日蘋 為 什 麼 變 苗 條？
Rìpín wèishénme biàn miáotiáo

(A) 她睡得多

(B) 她天天運動

(C) 因為照顧小均很累

(D) 她的老公晚上打呼，她睡不好。

_____ 6. 玉文 沒 有 問 的 問題是？
Yùwén méiyǒu wèn de wèntí shì

(A) 小均的年紀

(B) 小均會說什麼

(C) 小均會不會叫爸爸媽媽

(D) 日蘋什麼時候生了孩子

_____ 7. 「可」不能 放 進下面 哪一個□中？
kě bùnéng fàngjìn xiàmiàn nǎyíge zhōng

(A) 今天□晴天！

(B) 你起得□真早！

(C) 她今天□漂亮了！

(D) 這家店的麵□真好吃！

_____ 8. 哪 個 是 錯 的？
nǎge shì cuò de

(A) 小均長高也變重了

(B) 日蘋比以前更瘦了

(C) 小均會叫爸爸媽媽了

(D) 日蘋聽不懂小均說的話

(三)生詞
shēngcí

	生詞	漢語拼音	解釋
1	超	chāo	super-
2	話說回來	huàshuōhuílái	una vez dicho esto
3	當初	dāngchū	en ese momento
4	手臂	shǒubì	brazo
5	厲害	lìhài	poderoso, inteligente
6	身材	shēncái	estatura, figura
7	恢復	huīfù	recuperar
8	苗條	miáotiáo	delgado, fino
9	鬧	nào	hacer ruido, molestar
10	老公	lǎogōng	esposo
11	輪流	lúnliú	por turno
12	搖	yáo	agitar, sacudir
13	打呼	dǎhū	roncar

十四、買 東西㊁
mǎi dōngxi

㈠**對話**
duìhuà

（世天 與 泰熙 走到 一家店）
Shìtiān yǔ Tàixī zǒudào yì jiā diàn

店員：嗨，帥哥，老 樣子，珍奶半 糖 去冰 嗎？
diànyuán hāi shuàigē lǎoyàngzi zhēnnǎi bàn táng qù bīng ma

世天：沒 錯，麻煩 妳 了！
Shìtiān méicuò máfán nǐ le

泰熙：（對世天說）店員好厲害，怎麼知道你
Tàixī　　duì Shìtiān shuō diànyuán hǎo lìhài　zěnme zhīdào nǐ

要點什麼？
yào diǎn shénme

世天：因為我常常來這家店啊！
Shìtiān　yīnwèi wǒ chángcháng lái zhè jiā diàn a

小美，這是我的韓國朋友，
Xiǎoměi　zhèshì wǒ de Hánguó péngyǒu

我帶她來喝喝看妳們家的飲料。
wǒ dài tā lái hēhē kàn nǐmen jiā de yǐnliào

店員：（對泰熙說）帥哥是我們店的老客人了，
diànyuán　　duì Tàixī shuō shuàigē shì wǒmen diàn de lǎo kèrén le

所以我會記得他喜歡喝什麼。
suǒyǐ wǒ huì jìdé tā xǐhuān hē shénme

美女妳呢？今天想喝什麼呢？
měinǚ nǐ ne　jīntiān xiǎng hē shénme ne

泰熙：我不知道耶，每個看起來都很棒，
Tàixī　wǒ bù zhīdào ye　měi ge kànqǐlái dōu hěn bàng

妳推薦什麼呢？
nǐ tuījiàn shénme ne

店員：帥哥點的珍珠奶茶是我們店裡的招牌，
diànyuán　shuàigē diǎn de zhēnzhūnǎichá shì wǒmen diànlǐ de zhāopái

如果妳喜歡喝茶的話，我們的烏龍綠茶也
rúguǒ nǐ xǐhuān hēchá de huà　wǒmen de wūlónglǜchá yě

很好喝唷，我們是用茶葉泡的，沒有加
hěn hǎohē yo　wǒmen shì yòng cháyè pào de　méiyǒu jiā

香　精，很　清涼　解渴呢！
xiāngjīng　hěn qīngliáng jiěkě　ne

泰熙：那我要　試試　看　烏龍綠茶！我要一杯大杯的，
Tàixī　　nà wǒ yào shìshì kàn wūlónglǜchá　wǒ yào yìbēi dàbēide

謝謝！
xièxie

店員：好　的，甜度　冰塊　正　　常　嗎？
diànyuán　hǎo de　tiándù bīngkuài zhèngcháng ma

泰熙：（對　世天　說）什麼　意思啊？
Tàixī　　　duì Shìtiān shuō　shénme　yìsi　a

世天：她在　問妳，
Shìtiān　tā zài wèn nǐ

你的烏龍綠茶　的　糖　跟　冰塊　要　不要　多加
nǐ de wūlónglǜchá de táng gēn bīngkuài yào bú yào duō jiā

一　點，或是　少　加一點，或是　不改變。
yì diǎn　huòshì shǎo jiā yìdiǎn　huòshì bù gǎibiàn

泰熙：我在減肥，我不想　加糖，
Tàixī　wǒ zài jiǎnféi　wǒ bùxiǎng jiā táng

天氣那麼熱，冰塊　就不要　改變　好了。
tiānqì nàme rè　bīngkuài jiù búyào gǎibiàn hǎo le

店員：那就是一杯　烏龍綠無糖　正　　常　冰。
diànyuán　nà jiù shì yìbēi wūlónglǜ wútáng zhèngcháng bīng

跟　您　收20元，帥哥的是25元，你們　要一起
gēn nín shōu yuán shuàigē de shì yuán　nǐmen yào yīqǐ

算　嗎？
suàn ma

世天：一起算！（對泰熙 說）這 杯 我 請 妳吧！
Shìtiān　yìqǐ suàn　　duì Tàixī shuō　zhè bēi wǒ qǐng nǐ ba

泰熙：這 怎麼 好意思呢？
Tàixī　　zhè zěnme hǎo yìsi　ne

世天：沒 關係啊！下次再 換 妳 請 我 就好了。
Shìtiān　méiguānxì a　　xiàcì zài huàn nǐ qǐng wǒ jiù hǎo le

泰熙：好 吧！那就 先 謝謝你的烏龍綠了！
Tàixī　　hǎo ba　nà jiù xiān xièxie nǐ de wūlónglǜ　le

(二)問題
wèntí

_____ 1. 世天 與泰熙去的 店 是 什麼？
　　　　　Shìtiān yǔ Tàixī qù de diàn shì shénme
　　　　　(A) 餐廳
　　　　　(B) 飯店
　　　　　(C) 飲料店
　　　　　(D) 便利商店

_____ 2. 世天 的 韓國　朋友 叫做 什麼 名字？
　　　　　Shìtiān de Hánguó péngyǒu jiàozuò shénme míngzi
　　　　　(A) 小美
　　　　　(B) 泰熙
　　　　　(C) 美女
　　　　　(D) 上面的答案都不對

_____ 3. 在第一句話　中，店 員　跟世天　說 的
　　　　　zài dì yī jù huà zhōng diànyuán gēn Shìtiān shuō de
　　　　　「老 樣子」是 什麼 意思？
　　　　　lǎoyàngzi　　shì shénme yìsi
　　　　　(A)「好久不見了！」

(B)「你看起來很累。」

(C)「你的臉比以前老了。」

(D)「你要買你每次最喜歡點的珍珠奶茶嗎？」

＿＿＿＿ 4. 「老客人」的「老」和下面哪一個詞中的
lǎokèrén de lǎo hé xiàmiàn nǎ yí ge cí zhōng de

「老」意思不一樣？
lǎo yìsi bù yíyàng

(A) 老人

(B) 老朋友

(C) 老樣子

(D) 老同學

＿＿＿＿ 5. 「珍珠奶茶是我們店裡的招牌」這句
zhēnzhūnǎichá shì wǒmen diànlǐ de zhāopái zhè jù

話是什麼意思？
huà shì shénme yìsi

(A) 那家店只賣珍珠奶茶

(B) 那家店的名字叫做珍珠奶茶

(C) 珍珠奶茶是那家店最好喝的飲料

(D) 除了珍珠奶茶以外，其他的飲料都不好喝

＿＿＿＿ 6. 如果你的朋友想喝烏龍綠茶，他只要一
rúguǒ nǐ de péngyǒu xiǎng hē wūlónglǜchá tā zhǐyào yí

半的糖，不改變冰塊的多少，你可以怎
bàn de táng bù gǎibiàn bīngkuài de duōshǎo nǐ kěyǐ zěn

麼幫他簡單地告訴店員？
me bāng tā jiǎndān de gàosù diànyuán

(A) 烏龍綠半糖去冰

(B) 烏龍綠無糖正常冰

(C) 烏龍綠正常糖半冰

(D) 烏龍綠半糖正常冰

＿＿＿＿ 7. 泰熙的飲料為什麼不要加糖？
Tàixī de yǐnliào wèishénme búyào jiā táng

(A) 天氣太熱了
(B) 泰熙在減肥
(C) 加糖要多加錢
(D) 加糖就不好喝了

_____ 8. 哪 個 是 錯 的？
nǎge shì cuò de
(A) 世天喝了烏龍綠
(B) 世天請泰熙喝飲料
(C) 泰熙第一次去那家店
(D) 那家店的烏龍綠沒有加香精

㈢生 詞
shēngcí

	生詞	漢語拼音	解釋
1	老樣子	lǎoyàngzi	como siempre
2	珍奶 / 珍珠奶茶	zhēnnǎi/ zhēnzhū nǎichá	té con leche y perlas
3	半糖	bàn táng	mitad de azúcar
4	去冰	qù bīng	sin hielo
5	厲害	lìhài	poderoso, inteligente
6	老客人	lǎokèrén	cliente regular, frecuente
7	推薦	tuījiàn	recomendar
8	招牌	zhāopái	cartel o platos especiales del restaurante
9	烏龍綠茶	wūlónglǜchá	té verde con Oolong
10	茶葉	cháyè	hojas de té
11	香精	xiāngjīng	esencia
12	清涼	qīngliáng	refrescante

	生詞	漢語拼音	解釋
13	解渴	jiěkě	saciar
14	甜度	tiándù	dulzura
15	減肥	jiǎnféi	perder peso

十五、搭捷運
dā jiéyùn

（一）對話
duìhuà

傑夫：您好，不好意思，我要去動物園，請問我
Jiéfū nínhǎo bùhǎoyìsi wǒ yào qù dòngwùyuán qǐngwèn wǒ

應該怎麼坐車呢？
yīnggāi zěnme zuòchē ne

三美：請您看這張捷運路線圖，現在您在臺北
Sānměi qǐng nín kàn zhèzhāng jiéyùn lùxiàntú xiànzài nín zài Táiběi

車站，您必須先搭藍線 到 忠 孝 復 興 站，
chēzhàn　nín bìxū xiān dā lánxiàn dào Zhōngxiàofùxīng zhàn

換 成 棕線，再搭9站 就可以到 動 物 園 了。
huàn chéng zōngxiàn　zài dā zhàn jiù kěyǐ dào dòngwùyuán le

傑夫：請問，我 該 怎麼 買 票 呢？
Jiéfū　qǐngwèn wǒ gāi zěnme mǎi piào ne

三美：請 跟我 來。（兩人 走 到 售 票 處前 面）
Sānměi qǐng gēn wǒ lái　liǎngrén zǒudào shòupiàochù qiánmiàn

您可以先 查 從臺北車 站 到 動 物 園 的
nín kěyǐ xiān chá cóng Táiběichēzhàn dào dòngwùyuán de

票價，從 臺北車站 到其他捷運 站 的 票價，
piàojià cóng Táiběichēzhàn dào qítā jiéyùnzhàn de piàojià

都 寫在 售 票 處 上 面貼的 票價圖 中。
dōu xiě zài shòupiàochù shàngmiàn tiē de piàojiàtú zhōng

傑夫：所以，動 物 園 站 上 面 有一個 數字是35，
Jiéfū　suǒyǐ dòngwùyuán zhàn shàngmiàn yǒu yíge shùzì shì

從 臺北車站 到 動 物 園 的 票價就是35元，
cóng Táiběichēzhàn dào dòngwùyuán de piàojià jiùshì　yuán

對 嗎？
duì ma

三美：沒錯，您在機器 上，先 選擇 您要買的 票
Sānměi méicuò nín zài jīqì shàng xiān　xuǎnzé nín yào mǎi de piào

價，再把 錢 放 進去機器裡，就可以買 到 車票
jià　zài bǎ qián fàngjìnqù jī qì lǐ　jiù kěyǐ mǎidào chēpiào

了。
le

傑夫：臺北捷運的單程車票是藍色的、圓圓
Jiéfū　Táiběi jiéyùn de dānchéng chēpiào shì lánsè de　yuányuán

的，真特別。
de　zhēn tèbié

三美：是啊！不過車票很小，您要拿好，別弄
Sānměi　shì a　búguò chēpiào hěn xiǎo　nín yào náhǎo　bié nòng

丟了。
diū le

傑夫：如果我弄丟了，會怎麼樣嗎？
Jiéfū　rúguǒ wǒ nòngdiū le　huì zěnmeyàng ma

三美：萬一弄丟了，就必須重新買票了。
Sānměi　wànyī nòngdiū le　jiù bìxū chóngxīn mǎipiào le

傑夫：我知道了，我會把票拿好的。對了，我看
Jiéfū　wǒ zhīdào le　wǒ huì bǎ piào náhǎo de　duì le　wǒ kàn

到很多人拿長方形的卡片坐捷運，
dào hěnduō rén ná chángfāngxíng de kǎpiàn zuò jiéyùn

請問那是什麼？
qǐngwèn nà shì shénme

三美：那是悠遊卡，如果您常常搭捷運，
Sānměi　nàshì yōuyóukǎ　rúguǒ nín chángcháng dā jiéyùn

我建議您可以買一張，搭捷運可以打八折唷！
wǒ jiànyì nín　kěyǐ mǎi yìzhāng　dā jiéyùn kě yǐ dǎ bāzhé yo

傑夫：真的嗎？我下次也要買一張，
Jiéfū　zhēnde ma　wǒ xiàcì yě yào mǎi yìzhāng

臺北還有很多我想去看看的地方呢！
Táiběi háiyǒu hěnduō wǒ xiǎng qù kànkàn de dìfāng ne

謝謝 妳 告訴 我。
xièxie nǐ gàosù wǒ

三美：不客氣，還有 其他的 問題嗎？
Sānměi búkèqì háiyǒu qítā de wèntí ma

傑夫：小姐，妳 什麼 時候 放假？可以給 我 妳的 手機
Jiéfū xiǎojiě nǐ shénme shíhòu fàngjià kěyǐ gěi wǒ nǐ de shǒujī

號碼 嗎？
hàomǎ ma

（二）問題
wèntí

——— 1. 三美 應該 是？
Sānměi yīnggāi shì

(A) 要坐捷運的人

(B) 到臺灣旅遊的人

(C) 在捷運站工作的人

(D) 上面的答案都不對

——— 2. 怎麼 用 售 票 處 的機器買 票？
zěnme yòng shòupiàochù de jīqì mǎipiào

(A) 選擇要去的地方→把錢放進去→拿到票

(B) 選擇票價→把錢放進去→拿到票

(C) 選擇票價→選擇要去的地方→把錢放進去→拿到票

(D) 把錢放進去→選擇票價→拿到票

——— 3. 如果 傑夫35元 的 單 程 票 不見了，該 怎麼
rúguǒ Jiéfū yuán de dānchéngpiào bújiàn le gāi zěnme

辦？
bàn

(A) 再花35元買票

(B) 再花28元買票

(C) 沒關係，不用再買票

(D) 上面的答案都不對

_____ 4. 35元 的 車 票 打八折，是 多 少 錢？
yuán de chēpiào dǎ bāzhé shì duōshǎo qián

(A) 35*8

(B) 35*0.8

(C) 35*2

(D) 35*0.2

_____ 5. 「萬一」這 個 詞 可 以 放 在 哪個 □□ 裡面？
wànyī zhège cí kěyǐ fàng zài nǎge　　lǐmiàn

(A) 這間房子很漂亮，□□太貴了。

(B) □□他非常有錢，所以他買了很多房子。

(C) □□我明天忘記帶妳的書，請妳不要生氣。

(D) □□我不漂亮，可是我是個好人。

_____ 6. 請 問 下 面 哪一個是 臺北 捷運 的 單　程
qǐngwèn xiàmiàn nǎ yíge shì Táiběi jiéyùn de dānchéng

車 票 ？
chēpiào

(A)

(B)

(C)

(D)

——— 7. 請　看 下 面 的 圖 片，選　出　不 對 的 句 子。
qǐng kàn xiàmiàn de túpiàn　xuǎn chū bú duì de jùzi

(A) 這是臺北車站到其他車站的票價圖。

(B) 從臺北車站到小南門站不用換車。

(C) 從臺北車站到板橋需要25元。

(D) 從臺北車站到龍山寺、中正紀念堂、善導寺都只要20元。

——— 8. 哪 個 是　對 的？
nǎge shì duì de

(A) 悠遊卡是藍色的、圓圓的

(B) 用悠遊卡坐捷運，票價可以打八折

(C) 從臺北車站到忠孝復興站要35元

(D) 傑夫想先去忠孝復興玩，再去動物園玩

(三)生詞 shēngcí

	生詞	漢語拼音	解釋
1	捷運	jiéyùn	metro
2	路線圖	lùxiàntú	mapa de rutas
3	臺北車站	Táiběi chēzhàn	estación central de Taipei
4	搭	dā	tomar,coger (algún transporte)
5	藍線	lánxiàn	línea azul (Metro Taipei)
6	忠孝復興站	Zhōngxiàofùxīng zhàn	(nombre de la estación)
7	棕線	zōngxiàn	línea marrón (Metro Taipei)
8	售票處	shòupiàochù	taquilla
9	票價圖	piàojiàtú	mapa de tarifas
10	車票	chēpiào	billete, boleto (para tren/bus)
11	萬一	wànyī	por si a caso, lo que si
12	重新	chóngxīn	otra vez, nuevamente
13	長方形	chángfāngxíng	rectángulo
14	悠遊卡	yōuyóukǎ	EasyCard, es una tarjeta electromagnética que es utilizada para pagar transportes en Taiwán, ya sea en el MRT como en los autobuses.
15	建議	jiànyì	propuesta, sugestión
16	打八折	dǎ bāzhé	20% de descuento

十六、蜜月旅行
mìyuè lǚxíng

㈠對話
duìhuà

子千：嗨，俊文！好久不見，你的蜜月旅行還好嗎？
Zǐqiān　hāi　Jùnwén　hǎojiǔ bú jiàn　nǐ de mìyuè lǚxíng háihǎo ma

俊文：唉！別提了，一說到這個我就頭痛。
Jùnwén　āi　bié tí le　yì shuōdào zhège wǒ jiù tóutòng

子千：發生什麼事了？旅行應該甜甜蜜蜜的啊，
Zǐqiān　fāshēng shénme shì le　lǚxíng yīnggāi tián tián mì mì de a

你怎麼一個苦瓜臉呢？
nǐ zěnme yí ge kǔguāliǎn ne

俊文：還不是美美，都 不事先把行李準備好，
Jùnwén hái bùshì Měiměi dōu bú shìxiān bǎ xínglǐ zhǔnbèi hǎo

要去旅行那天我們 匆 忙的出門，
yào qù lǚxíng nàtiān wǒmen cōngmáng de chūmén

差點 趕不上 飛機，而且……唉。
chàdiǎn gǎnbúshàng fēijī érqiě ai

子千：別一直嘆氣啊，又發 生了 什麼事嗎？
Zǐqiān bié yìzhí tànqì a yòu fāshēngle shénme shì ma

俊文：我們 住的飯店很不好，房間很 潮濕，
Jùnwén wǒmen zhù de fàndiàn hěn bùhǎo fángjiān hěn cháoshī

而且隔壁房間的人半夜還在大聲 唱歌，
érqiě gébì fángjiān de rén bànyè hái zài dàshēng chànggē

我 們都不能 睡覺。
wǒmen dōu bùnéng shuìjiào

子千：聽起來 真的很 糟糕啊，難 道就沒發生
Zǐqiān tīngqǐlái zhēnde hěn zāogāo a nándào jiù méi fāshēng

什麼好的事情嗎？
shénme hǎo de shìqíng ma

俊文：除了飯店 的食物還不錯 之外，就沒 什麼好
Jùnwén chúle fàndiàn de shíwù hái bùcuò zhīwài jiù méi shénme hǎo

説 的了。
shuō de le

子千：至少 你一輩子都 不會 忘記這趟 旅行啊。
Zǐqiān zhìshǎo nǐ yíbèizi dōu búhuì wàngjì zhètàng lǚxíng a

俊文：不說 這個了，你看起來心情 很 好，跟 佳英
Jùnwén bù shuō zhè ge le　 nǐ kànqǐlái xīnqíng hěnhǎo gēn Jiāyīng

　　　什麼 時候 有 好 消息啊？
　　　shénme shíhòu yǒu hǎo xiāoxí a

子千：我們 在 討論 這件 事情了，有 好 消息一定
Zǐqiān　 wǒmen zài tǎolùn zhèjiàn shìqíng le　 yǒu hǎo xiāoxí yídìng

　　　第一個告訴你。
　　　dì yī ge gàosù nǐ

俊文： 眞 的嗎？眞 是 太好了！
Jùnwén zhēnde ma　 zhēn shì tàihǎo le

子千：等 著 接我們 的「紅色 炸彈」吧！
Zǐqiān　 děngzhe jiē wǒmen de　 hóngsè zhàdàn　 ba

俊文：我 一定 會爲你們 準備一分大禮物的。
Jùnwén wǒ yídìng huì wèi nǐmen zhǔnbèi yí fèn dà lǐwù de

(二)問題
wèntí

———— 1. 從 對話 中 可以 知道「蜜月 旅行」跟 什麼
cóng duìhuàzhōng kěyǐ zhīdào mìyuè lǚxíng gēn shénme
最 有 關 係？
zuì yǒu guānxì
(A)學校假期
(B)生日
(C)結婚
(D)畢業

———— 2. 美美 跟 俊文 的 關係是？
Měiměi gēn Jùnwén de guānxì shì

(A) 先生和太太

(B) 同學

(C) 哥哥和妹妹

(D) 老師和學生

_____ 3. 「別 提 了！」的「提」和 下 面 哪 一個 意思一 樣？
béi tí le　　de tí　 hé xiàmiàn nǎ yíge yìsi yíyàng

(A) 這袋子太重，我提不起來

(B) 你上次提過的那件事我忘記了，可以再說一次嗎？

(C) 這家餐廳提供的服務很好

(D) 今年的學費提高了

_____ 4. 爲 什 麼 俊 文 說「一 說 到 這 個 我 就頭
wèishénme Jùnwén shuō yì shuōdào zhège wǒ jiù tóu

痛」？
tòng

(A) 他忘記了旅行的事情

(B) 想到旅行的事情，所以他心情不好

(C) 旅行時間太久，所以他的身體不舒服

(D) 事情太多他記不起來

_____ 5. 「潮 濕」和 下 面 哪 一 個 詞 最 有 關 係？
cháoshī hé xiàmiàn nǎyíge cí zuì yǒu guānxì

(A) 烤

(B) 乾

(C) 太陽

(D) 水

_____ 6. 「甜 甜 蜜 蜜」原 本 可 以 說 成 「甜 蜜」，
tián tián mì mì yuánběn kěyǐ shuōchéng tiánmì

下 面 哪 一個 詞 也 可 以 這 樣 說？
xiàmiàn nǎyíge cí yě kěyǐ zhèyàng shuō

(A) 方便→方方便便

(B) 安靜→安安靜靜

(C) 幫忙→幫幫忙忙

(D) 難過→難難過過

———— 7. 「苦瓜 臉」的意思 是 指一個人？
　　　kǔguāliǎn　de yìsi shì zhǐ yígerén

(A) 心情不好

(B) 很開心

(C) 肚子很餓

(D) 長得不好看

———— 8. 下 面 哪 一個 是 對 的？
　　　xiàmiàn nǎyíge　shì duì de

(A) 俊文和美美沒有趕上飛機

(B) 一提到旅行，俊文的心情就很好

(C) 子千之後可能要結婚了

(D) 俊文覺得飯店的食物很難吃

(三) 生 詞
shēngcí

	生詞	漢語拼音	解釋
1	蜜月旅行	mìyuè lǚxíng	luna de miel
2	提	tí	mencionar, referir
3	甜甜蜜蜜（甜蜜）	tián tián mì mì (tiánmì)	dulce, feliz
4	苦瓜臉	kǔguāliǎn	cara larga, mirada agonizada
5	事先	shìxiān	por adelanto, antes de tiempo
6	行李	xínglǐ	maleta
7	匆忙	cōngmáng	apresurado, precipitado
8	差點	chàdiǎn	casi
9	嘆氣	tànqì	suspirar

	生詞	漢語拼音	解釋
10	飯店	fàndiàn	hotel
11	潮濕	cháoshī	húmedo, mojado
12	隔壁	gébì	vecino, vivir al lado
13	半夜	bànyè	medianoche
14	糟糕	zāogāo	muy mal
15	難道	nándào	no me diga....., podría ser que....?
16	至少	zhìshǎo	al menos, de todos modos
17	一輩子	yíbèizi	toda la vida
18	討論	tǎolùn	discutir
19	紅色炸彈	hóngsè zhàdàn	(lit) bomba roja, (fig.) tarjeta de invitación de la recepción nupcial
20	準備	zhǔnbèi	preparar
21	禮物	lǐwù	regalo, obsequio

十七、失眠
shīmián

李 先 生： 楊 小姐，最近 有 好一點 嗎？
Lǐ xiānshēng Yáng xiǎojiě   zuìjìn yǒu hǎo yìdiǎn ma

楊 小姐：老 樣子！ 晚 上 還是 睡不著，隔天 上
Yáng xiǎojiě   lǎoyàngzi   wǎnshàng háishì shuìbùzháo gétiān shàng

課覺得 很累。
kè juéde hěnlèi

李先生：這樣 啊……。看 樣子我　上次　給妳的 藥
Lǐ xiānshēng　zhèyàng a　　　kànyàngzi wǒ　shàngcì gěi nǐ de yào

沒有　什麼 作用。
méiyǒu shénme zuòyòng

楊　小姐：你 有 別 的 方法嗎？
Yáng xiǎojiě　nǐ yǒu bié de fāngfǎ ma

李先生：妳已經 吃過那麼 多　種　藥 都 沒 有
Lǐ xiānshēng　nǐ yǐjīng chīguò nàme duō zhǒng yào dōu méyǒu

作 用，讓 我　想　想……。
zuòyòng ràng wǒ xiǎngxiǎng

楊　小姐：最近學 校 要 考試了，我 必須要　認 眞
Yáng xiǎojiě　zuìjìn xuéxiào yào kǎoshì le　wǒ bìxū yào rènzhēn

幫 學 生　複習功課，你有　更 好 的方法
bāng xuéshēng fùxí gōngkè　nǐ yǒu gènghǎo de fāngfǎ

嗎？
ma

李先生：妳可以試試 睡 前 喝杯熱牛奶，或是 泡
Lǐ xiānshēng　nǐ kěyǐ shìshì shuìqián hē bēi rèniúnǎi　huòshì pào

熱水澡 讓 自己放　鬆 一下。
rèshuǐzǎo ràng zìjǐ fàngsōng yíxià

多 少 會 有 幫 助的！
duōshǎo huì yǒu bāngzhù de

楊　小姐：我試過了，還是 沒用。
Yáng xiǎojiě　wǒ shìguò le　háishì méiyòng

李 先 生：那 好 吧！妳 試試 睡前 從 1 數 到3000，過
Lǐ xiānshēng　nǎ hǎo ba　 nǐ shìshì shuìqián cóng shǔdào　　　guò

幾天 再來 找 我 吧。
jǐtiān　zàilái zhǎo wǒ ba

※過了幾天
　guòle　jǐtiān

李 先 生：怎 麼 樣？ 上次 教 妳的 方法 有用 嗎？
Lǐ xiānshēng　zěnmeyàng shàngcì jiāo nǐ de fāngfǎ yǒuyòng ma

楊 小姐：我 依然 睡不著，而且 還 更 有 精 神 了。
Yáng xiǎojiě　wǒ yīrán shuìbùzháo　érqiě hái gèng yǒu jīngshén le

李 先 生：怎 麼 會 呢？妳是 怎麼 做 的？
Lǐ xiānshēng　zěn me huì ne　 nǐ shì zěnme zuò de

楊 小姐：我 按照 你 說 的 從1開始 數，但我 數到
Yáng xiǎojiě　wǒ ànzhào nǐ shuō de cóng kāishǐ shǔ　dàn wǒ shǔdào

1754的 時 候，實在 很 想 睡覺。於是 我
de shíhòu　shízài hěn xiǎng shuìjiào　yúshì wǒ

就喝了一杯咖啡， 終 於才 數到3000。
jiù hēle　yìbēi kāfēi　zhōngyú cái shǔdào

但是 這 樣 一來，我 就 更 睡 不 著 了。
dànshì zhèyàng yì lái　wǒ jiù gèng shuìbùzháo le

(二)問題
wèntí

────1. 這 段 對話 可能 發生 在 什 麼地方？
zhèduàn duìhuà kěnéng fāshēng zài shénme dìfāng
⒜銀行

(B) 醫院

(C) 公園

(D) 辦公室

_____ 2. 楊　小姐可能　是？
Yáng xiǎojiě kěnéng shì

(A) 服務生

(B) 學生

(C) 護士

(D) 老師

_____ 3.「老　樣子」是 什 麼 意思？
lǎoyàngzi　shì shéme yì si

(A) 年紀大，身體不好

(B) 變得比以前差

(C) 變得比以前好

(D) 跟以前一樣，沒有什麼變化

_____ 4. 下 面　哪一個 不是 李 先　生　覺得 楊　小 姐
xiàmiàn nǎyíge　búshì Lǐ xiānshēng juéde Yáng xiǎojiě

可以 試試 的　方 法？
kěyǐ shìshì de fāngfǎ

(A) 喝咖啡

(B) 數數字

(C) 喝熱牛奶

(D) 泡澡

_____ 5. 哪　個　方法 對　楊　小 姐 有　用？
nǎ ge fāngfǎ duì Yáng xiǎojiě yǒu yòng

(A) 吃藥

(B) 數數字

(C) 喝熱牛奶

(D) 都沒有用

_____ 6. 下面 哪一個 句子裡的「多 少」和「多 少 會 有
xiàmiàn nǎ yíge jùzilǐ de duōshǎo hé duōshǎo huì yǒu

幫 助 的！」裡的「多少」意思一樣？
bāngzhù de lǐ de duōshǎo yìsi yíyàng

(A) 你搬來臺灣「多少」年了？

(B) 老闆，這本書「多少」錢？

(C) 不管你餓不餓，「多少」吃一點。

(D) 「多少」年的努力才能換來一次成功？

_____ 7. 爲什麼 楊 小姐最後還是 睡不 著？
wèishénme Yáng xiǎojiě zuìhòu háishì shuìbù zháo

(A) 她要幫學生複習功課

(B) 她爲了數數字所以喝了咖啡

(C) 她沒有聽李先生的話數到3000

(D) 她偷喝了熱牛奶

_____ 8. 哪個 是 對 的？
nǎge shì duì de

(A) 楊小姐白天很有精神，一直不想睡覺

(B) 李先生建議她不要喝熱牛奶，換喝咖啡比較好

(C) 楊小姐爲了讓晚上的精神更好，所以去找李先生

(D) 楊小姐擔心她睡不著的問題會影響到工作

(三) 生 詞
shēngcí

	生詞	漢語拼音	解釋
1	最近	zuìjìn	últimamente
2	老樣子	lǎoyàngzi	siempre lo mismo
3	隔天	gétiān	al día siguiente
4	累	lèi	cansado
5	看樣子	kànyàngzi	evidentemente

	生詞	漢語拼音	解釋
6	藥	yào	medicina, remedio
7	作用	zuòyòng	función, acción, actuar sobre, efecto
8	複習	fùxí	revisar, repasar
9	功課	gōngkè	tarea
10	方法	fāngfǎ	método
11	泡熱水澡	pào rèshuǐzǎo	tomar un baño caliente
12	放鬆	fàngsōng	relajar
13	多少	duōshǎo	cuánto, cuántos
14	幫助	bāngzhù	ayudar
15	依然	yīrán	seguir siendo como siempre
16	有精神	yǒu jīngshén	tener energía, estar energético
17	按照	ànzhào	según, de acuerdo con, conforme a
18	實在	shízài	verdadera, real, de hecho, de verdad
19	於是	yúshì	así, por lo tanto
20	這樣一來	zhèyàngyìlái	en este caso
21	更	gèng	más, incluso más

十八、有趣的故事
yǒuqù de gùshì

㊀對話
duìhuà

有一個人 叫毛 空，他喜歡 講一些 很 誇張
yǒu yíge rén jiào Máokōng tā xǐhuān jiǎng yìxiē hěn kuāzhāng

而且 沒有 根據 的話。有一天，艾先 生 旅行 回來，
érqiě méiyǒu gēnjù de huà yǒu yìtiān Ài xiānshēng lǚxíng huílái

毛 空 去探望 他，兩個人 就開始 聊天。
Máokōngqù tànwàng tā liǎngge rén jiù kāishǐ liáotiān

艾先生：我這一次去旅行了好幾個月，這段 時間
Ài xiānshēng wǒ zhè yí cì qù lǔxíngle hǎo jǐge yuè zhèduàn shíjiān

國內有什麼新聞？你講幾件給我聽聽，
guónèi yǒu shéme xīnwén nǐ jiǎng jǐjiàn gěi wǒ tīngtīng

好不好？
hǎo bù hǎo

毛　空：告訴你一件事情，村裡有隻鴨子下了一千
Máokōng gàosù nǐ yíjiàn shìqíng cūnlǐ yǒu zhī yāzi xiàle yìqiān

顆蛋。
kē dàn

艾先生：怎麼可能？！
Ài xiānshēng zěnme kěnéng

毛　空：好吧，也許不是一隻鴨子，而是兩隻鴨子
Máokōng hǎo ba yě xǔ búshì yìzhī yāzi ér shì liǎngzhī yāzi

下的蛋。
xià de dàn

艾先生：兩隻鴨子也不可能吧。這太離譜了！
Ài xiānshēng liǎngzhī yāzi yě bù kěnéng ba zhè tài lípǔ le

毛　空：那應該是三隻鴨子！
Máokōng nà yīnggāi shì sānzhī yāzi

艾先生：三隻也不可能。你怎麼一直增加鴨子的
Ài xiānshēng sānzhī yě bù kěnéng nǐ zěnme yìzhí zēngjiā yāzi de

數量，而不減少蛋的數量呢？
shùliàng ér bù jiǎnshǎo dàn de shùliàng ne

毛　空：我寧願增加鴨子的數量也不減少蛋
Máokōng wǒ níngyuàn zēngjiā yāzi de shùliàng yě bù jiǎnshǎo dàn

的 數 量。
de shùliàng

艾 先生　仍然 不 相信，繼續 問 他 最近 有 沒有
Ài xiānshēng　réngrán bù xiāngxìn　jìxù　wèn tā zuìjìn yǒuméiyǒu

發生　新鮮 的 事情。
fāshēng xīnxiān　de shìqíng

毛　空：之前 天 上　掉下來一塊　長　三十公尺，
Máokōng　　zhīqián tiānshàng diàoxiàlái yíkuài cháng sānshí gōngchǐ

　　　　寬 二十 公尺 的 肉！
　　　　kuān èrshí gōngchǐ de ròu

艾 先生　搖了搖頭，沉 默了一下。
Ài xiānshēng yáole yáo tóu　chénmòle　yí xià

毛　空：好吧，那 可能 是塊　長 二十公尺，寬
Máokōng　　hǎo ba　nà kěnéng shì kuài cháng èrshí gōngchǐ　kuān

　　　　十 公尺 的肉。
　　　　shí gōngchǐ de ròu

艾先生：那你 說說 看，你是 在哪裡看到 這 塊
Ài xiānshēng　nà nǐ shuōshuōkàn　　nǐ shì zài nǎlǐ kàndào zhè kuài

　　　　肉的？它是 什麼 時候 掉下來的？
　　　　ròu de　　tā shì shénme shíhòu diàoxiàlái de

　　　　還有 什麼人 看到它 呢？
　　　　háiyǒu shénme rén kàndào tā ne

毛　空：這 不是 我 親眼 看到的，我 是 在 路上
Máokōng　　zhè bú shì wǒ qīnyǎn kàndào de　wǒ shì zài lùshàng

　　　　聽別人 說 的。
　　　　tīng biérén shuō de

艾先生：唉！別人在路上　閒聊的 話 你 怎麼
Ài xiānshēng ai　biérén zài lùshàng　xiánliáo de huà　nǐ zěnme

可以 相 信 呢？
kěyǐ　xiāngxìn ne

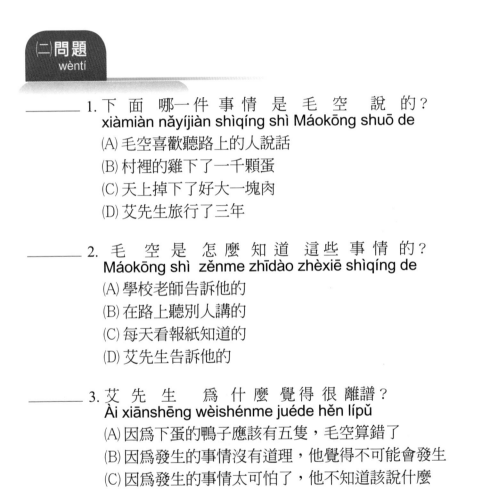

(二)問題
wèntí

_____ 1. 下 面 哪一件 事 情 是 毛 空 說 的？
　　　 xiàmiàn nǎyíjiàn shìqíng shì Máokōng shuō de

　　　 (A) 毛空喜歡聽路上的人說話

　　　 (B) 村裡的雞下了一千顆蛋

　　　 (C) 天上掉下了好大一塊肉

　　　 (D) 艾先生旅行了三年

_____ 2. 毛 空 是 怎 麼 知 道 這 些 事 情 的？
　　　 Máokōng shì zěnme zhīdào zhèxiē shìqíng de

　　　 (A) 學校老師告訴他的

　　　 (B) 在路上聽別人講的

　　　 (C) 每天看報紙知道的

　　　 (D) 艾先生告訴他的

_____ 3. 艾 先 生 爲 什 麼 覺 得 很 離 譜？
　　　 Ài xiānshēng wèishénme juéde hěn lípǔ

　　　 (A) 因爲下蛋的鴨子應該有五隻，毛空算錯了

　　　 (B) 因爲發生的事情沒有道理，他覺得不可能會發生

　　　 (C) 因爲發生的事情太可怕了，他不知道該說什麼

　　　 (D) 他也看到了那件事，所以他覺得毛空說的話是對的

_____ 4. 「新 鮮 的 事 情」這 句 話 裡「新 鮮」的 意思 和
　　　 xīnxiān de shìqíng zhèjùhuàlǐ　xīnxiān de yìsi hé

　　　 下 面 哪個 一 樣？
　　　 xiàmiàn nǎge yíyàng

(A) 這家店的麵包都是「新鮮」剛做好的，所以生意特別好

(B) 他常常往山上跑，除了看看美麗的風景，也呼吸「新鮮」空氣

(C) 水果放久了就不「新鮮」了

(D) 這玩具很「新鮮」，你一定沒玩過！

_____ 5. 「寧 願…，也不…」放入哪 一個句子是 對 的？
　　　 níngyuàn　　yěbù　　fàngrù nǎyíge jùzi shì duì de

(A) ＿＿用盡了所有方法，＿＿還是無法解決這個問題。

(B) 他＿＿一整天待在家裡，＿＿和同學出去打球。

(C) 他＿＿遲到，＿＿該帶的東西也沒帶。

(D) 他＿＿工作再忙再累，＿＿忘記每天跟孩子說聲晚安。

_____ 6. 從 故 事 中 可以知道 毛 空 是 個 什 麼
　　　 cóng gùshìzhōng kěyǐ zhīdào Máokōng shì ge shénme
　　　 樣 的 人？
　　　 yàng de rén

(A) 喜歡幫助別人，很關心生活中發生的事情

(B) 很細心，只相信自己看到的事情

(C) 沒有自己的想法，容易相信別人

(D) 對朋友很好，尤其是艾先生

_____ 7. 哪 個 是 對 的？
　　　 nǎge shì duì de

(A) 艾先生不清楚最近國內發生了什麼事情

(B) 毛空說的話是真的

(C) 那一千顆蛋是三隻鴨子生的

(D) 艾先生最後相信了毛空的話

_____ 8. 你 覺 得 這 篇 對 話 的 重 點 是 什 麼？
　　　 nǐ juéde zhèpiān duìhuà de zhòngdiǎn shì shénme

(A) 要多出去旅行，這樣才能知道一些新的事情

(B) 要常常約朋友聊天，關心他最近發生的事情

(C) 不要太容易相信不真實的話，自己所看到的才是真的

(D) 好朋友很重要，因為他能告訴你什麼事情是對的

㈢生 詞
shēngcí

	生詞	漢語拼音	解釋
1	誇張	kuāzhāng	exagerar
2	根據	gēnjù	de acuerdo; base, motivo, prueba
3	旅行	lǚxíng	viajar
4	探望	tànwàng	visitar a alguien
5	聊天	liáotiān	charlar
6	段	duàn	periodo(de tiempo), párrafo
7	新聞	xīnwén	noticias
8	鴨子	yāzi	pato
9	下蛋	xiàdàn	poner huevos
10	離譜	lípǔ	fuera de razón, ilógico, desorientado
11	增加	zēngjiā	aumentar
12	數量	shùliàng	cantidad
13	減少	jiǎnshǎo	disminuir, reducir
14	寧願	níngyuàn	preferencia; preferir
15	仍然	réngrán	todavía, sin embargo
16	繼續	jìxù	continuar
17	新鮮	xīnxiān	fresco (o algo interesante)
18	長	cháng	largo, extenso
19	寬	kuān	ancho
20	親眼	qīnyǎn	personalmente, con (mis) propios ojos
21	閒聊	xiánliáo	charlar, chismosear

十九、約會
yuēhuì

㈠對話
duìhuà

子婷：真 巧，你也來吃飯啊！難得今天 老師 停課，你
Zǐtíng　zhēnqiǎo　nǐ yě lái chīfàn a　nándé jīntiān lǎoshī tíngkè　nǐ

晚 上 有 什麼計畫嗎？
wǎnshàng yǒu shénme jìhuà ma

家華：我 想 去 行 天宮，妳有 興趣嗎？
Jiāhuá　wǒ xiǎng qù Xíngtiāngōng　nǐ yǒu xìngqù ma

子婷：行 天宮？我 之前 去過，我記得那裡很 熱鬧！
Zǐtíng　Xíngtiāngōng　wǒ zhīqián qùguò　wǒ jìdé　nàlǐ hěn rènào

你怎麼 會 想 去呢？
nǐ zěnme huì xiǎng qù ne

家華：唉，因為最近做 什麼事 都不 順利，所以我
Jiāhuá　ai　yīnwèi zuìjìn zuò shénme shì dōu bú shùnlì　suǒyǐ wǒ

想 去拜拜。
xiǎng qù bàibài

子婷：發 生了 什麼事？
Zǐtíng　fāshēngle shénme shì

家華：我 前 陣子 生了一場 大病。而且最近精 神
Jiāhuá　wǒ qián zhènzi shēngle yìchǎng dàbìng　érqiě zuìjìn jīngshén

很 差，考試 考得很 不理想。
hěn chā　kǎoshì kǎode hěn bù lǐxiǎng

子婷：原 來是 這 樣。
Zǐtíng　yuánlái shì zhèyàng

家華：對了！子婷，妳是 屬 什麼的？
Jiāhuá　duì le　Zǐtíng　nǐ shì shǔ shénme de

子婷：我 屬 馬，怎麼 了嗎？
Zǐtíng　wǒ shǔ mǎ　zěnmele mā

家華：我 昨天 買了一本 書。書 上 寫 說 今年 屬
Jiāhuá　wǒ zuótiān mǎile yìběn shū　shūshàng xiě shuō jīnnián shǔ

馬的人要 注意 身體，不僅金錢運 不 好，也
mǎ de rén yào zhùyì shēntǐ　bùjǐn jīnqiányùn bù hǎo　yě

容易和人發生 爭 吵。
róngyì hàn rén fāshēng zhēngchǎo

子婷：你 相 信 這個 嗎？那 你 屬狗，書 上 怎麼 說？
Zǐtíng　nǐ xiāngxìn zhège ma　nà nǐ shǔgǒu　shūshàng zěnme shuō

家華：書 上 寫 說 今年 要 注意學業。對了！它還
Jiāhuá　shūshàng xiě shuō jīnnián yào zhùyì xuéyè　duì le　tā hái

　　　寫了一句很 重要的話，它說 會有喜歡的
　　　xiěle yíjù hěn zhòngyào de huà　tā shuō huì yǒu xǐhuān de

　　　人 出現，朋友 中 屬馬的和自己最 適合，所
　　　rén chūxiàn péngyǒuzhōng shǔmǎ de hé zìjǐ zuì shìhé　suǒ

　　　以要 常 常 約他出去。
　　　yǐ yào chángcháng yuē tā chūqù

子婷：真 的是 這 樣 嗎？
Zǐtíng　zhēnde shì zhèyàng ma

家華：對 啊！那 妳 願意和我 出去約會嗎？
Jiāhuá　duì a　nà nǐ yuànyì hé wǒ chūqù yuēhuì ma

子婷：你 想 得美！我 怎麼就沒 看到 這句話！
Zǐtíng　nǐ xiǎng de měi　wǒ zěnme jiù méi kàndào zhèjù huà

㈡問題
wèntí

———— 1. 對 話 可 能 發 生 在 哪裡？
　　　　duìhuà kěnéng fāshēng zài nǎlǐ
　　　　(A) 辦公室
　　　　(B) 車站
　　　　(C) 餐廳
　　　　(D) 廁所

_____ 2. 晚 上 的 時間，家華 本來要 做 什麼？
wǎnshàng de shíjiān Jiāhuá běnlái yào zuò shénme
(A) 買書
(B) 上課
(C) 跟朋友一起吃飯
(D) 看醫生

_____ 3. 下 面 哪一個不是家華 最近發生 的 事？
xiàmiàn nǎ yíge búshì Jiāhuá zuìjìn fāshēng de shì
(A) 和朋友吵架
(B) 身體不好
(C) 功課表現不好
(D) 精神不好

_____ 4. 第18行 中 的「它」，指的是 什麼？
dì hángzhōng de tā zhǐ de shì shénme
(A) 家華屬馬的朋友
(B) 子婷
(C) 家華
(D) 那本書

_____ 5. 對話 中 的書最可能 是 下 面 哪一本？
duìhuàzhōng de shū zuì kěnéng shì xiàmiàn nǎyìběn
(A)「如何做出美味的食物」
(B)「2012年十二生肖的運勢」
(C)「臺灣報紙」
(D)「華語文字典」

_____ 6.「想 得美」是 什麼 意思？
xiǎng de měi shì shénme yìsi
(A) 覺得很有趣
(B) 不可能
(C) 希望對方再努力的意思
(D) 答應對方

_____ 7. 從 對 話 中 可以知道，今 年 屬馬 的 人
cóng duìhuàzhōng kěyǐ zhīdào jīnnián shǔmǎ de rén

要 注意 什 麼 事 情？
yào zhùyì shénme shìqíng

　(A) 爸爸媽媽可能會吵架

　(B) 考試成績太差，表現不好

　(C) 可能會生病

　(D) 上面的都對

_____ 8. 哪 個 是 對 的？
nǎge shì duì de

　(A) 子婷也看了那本書

　(B) 家華是屬狗的

　(C) 子婷會和家華一起約會

　(D) 家華說的那些書上的話都是真的

(三) 生 詞
shēngcí

	生詞	漢語拼音	解釋
1	巧	qiǎo	oportunamente, casualmente
2	難得	nándé	raro, muy pocas veces
3	行天宮	Xíngtiāngōng	Templo XingTian, un templo popular en Taipei
4	順利	shùnlì	fluído, sin problemas
5	拜拜	bàibài	postrar
6	陣子	zhènzi	periodo de tiempo
7	生病	shēngbìng	enfermarse, estar enfermo
8	而且	érqiě	pero también
9	最近	zuìjìn	últimamente

	生詞	漢語拼音	解釋
10	精神	jīngshén	vitalidad, ánimo
11	差	chā	mal
12	理想	lǐxiǎng	ideal
13	屬	shǔ	pertenencia al signo zodíaco del calendário chino
14	注意	zhùyì	tener cuidado, vigilar, cuidado
15	金錢運	jīnqiányùn	suerte para la riqueza
16	爭吵	zhēngchǎo	discutir; discusión
17	學業	xuéyè	estudios, trabajo de la escuela
18	重要	zhòngyào	importante, vital
19	適合	shìhé	convenir; apropiado
20	願意	yuànyì	estar dispuesto, querer
21	約會	yuēhuì	citar, salir con; cita
22	想得美	xiǎng de měi	¡Ni en sueños!, ¡De ninguna manera!

二十、學校 宿舍
xuéxiào sùshè

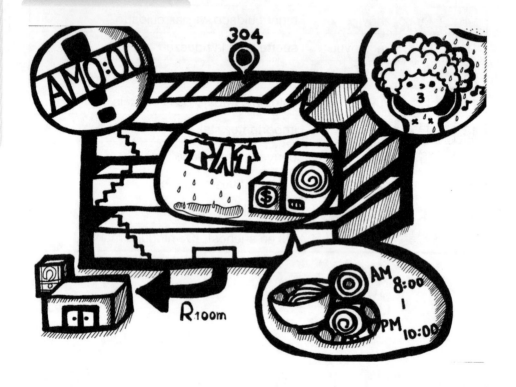

又婷：妳好，我 是 又婷。歡 迎 來到 新華 樓。
Yòutíng　nǐ hǎo　 wǒ shì Yòutíng　huānyíng láidào Xīnhuá lóu

莉文：妳好，我 是 莉文。
Lìwén　　nǐ hǎo　wǒ shì Lìwén

又婷：莉文，你好。妳的 房間 號 碼是304，樓梯 在 左
Yòutíng　Lìwén　 nǐ hǎo　 nǐ de fángjiān hàomǎ shì　　　lóutī zài zuǒ

手　邊，三樓 第四間　房 就是 妳的　房 間 了。
shǒu biān　sānlóu dì　sìjiān fáng jiùshì nǐ de fángjiān le

莉文：請　問　浴室 在 哪裡呢？是 共　用　的 嗎？
Lìwén　qǐngwèn yùshì zài nǎlǐ　ne　shì gòngyòng de ma

又婷：三樓 直走　到底就是 浴室 了，這　棟　大樓 的浴室
Yòutíng　sānlóu zhízǒu dàodǐ jiù shì yùshì le　zhèdòng dàlóu de yùshì

都 是 共　用　的。
dōushì gòngyòng de

107

莉文：那洗衣間 在 哪裡呢？
Lìwén　nà xǐyījiān zài nǎlǐ ne

又婷：洗衣間 就在 浴室 的　旁　邊，如果 需要　換　零
Yòutíng　xǐyījiān jiù zài yùshì de pángbiān　rúguǒ xūyào huàn líng

錢，洗衣間裡也 有 兌幣機。
qián　xǐyījiān lǐ yě yǒu duìbì jī

莉文：真　方便！那有　烘衣機嗎？冬 天 的衣服 總 是
Lìwén　zhēn fāngbiàn　nà yǒu hōngyījī ma dōngtiān de yī fú zǒngshì

特別　難 乾，如果 有　烘衣機就太好 了！
tèbié nán gān　rúguǒ yǒu hōngyījī jiù tàihǎo le

又婷：裡面　也有　烘衣機，烘 完 之後 請　盡快 把
Yòutíng　lǐmiàn yě yǒu hōngyījī　hōngwán zhīhòu qǐng jìnkuài bǎ

衣服拿出來，好　方 便 下一個人 使用。
yīfú náchūlái　hǎo fāngbiàn xià yí ge rén shǐyòng

莉文：我 知道 了！喔，對了，請問 大樓 有　餐廳 嗎？
Lìwén　wǒ zhīdào le　o　duìle　qǐngwèn dàlóu yǒu cāntīng ma

又 婷：餐廳 在 一樓，營業 的 時間 從　早 上 八點
Yòutíng　cāntīng zài yìlóu　yíngyè de shíjiān cóng zǎoshàng bādiǎn

到　晚　上　十點。所以　如果　妳有　吃　宵夜的習
dào wǎnshàng shídiǎn　suǒyǐ　rúguǒ nǐ yǒu chī xiāoyè de xí

慣，只能　選擇便利　商　店了。
guàn　zhǐnéng xuǎnzé biànlì shāngdiàn le

莉文：那　便利　商　店 在 哪裡呢？
Lìwén　　nà　biànlì shāngdiàn zài nǎlǐ　ne

又婷：出　大門　之後　右　轉，走 大概100公尺 就　到　了。
Yòutíng　chū dàmén zhīhòu yòuzhuǎn zǒu dàgài　gōngchǐ jiù dào le

莉文：謝謝妳！請　問　還有　什麼我需要　注意 的嗎？
Lìwén　　xièxie nǐ　qǐngwèn háiyǒu shénme wǒ xūyào zhùyì　de ma

又婷：喔，大樓 的 門禁是　晚　上　十二　點，最好　在
Yòutíng　ō　dàlóu de ménjìn shì wǎnshàng shíèr diǎn　zuìhǎo zài

這個 時間　之前　回來。
zhège shíjiān zhīqián huílái

莉文：如果　超　過　時間　還可以進來嗎？
Lìwén　　rúguǒ chāoguò shíjiān hái kěyǐ　jìnlái ma

又婷：可以是可以，但是 會 留下記錄。一旦　有 十次
Yòutíng　kěyǐ shì kěyǐ　dànshì huì liúxià　jìlù　yídàn yǒu shícì

記錄，下次就不能　再 住進來了。
jìlù　xiàcì jiù bùnéng zài zhùjìnlái le

莉文：那我要 小心 了！
Lìwén　　nà wǒ yào xiǎoxīn le

又婷：妳早點 休息吧，以免　明　天第一天　上　課
Yòutíng　nǐ zǎodiǎn xiūxí ba　yǐmiǎn míngtiān dìyītiān　shàngkè

遲到。別　忘了 明　天 的迎新 晚會，這是個
chídào　bié wàngle míngtiān de yíngxīn wǎnhuì　zhèshì ge

認識 新 朋 友的好 機會。
rènshì xīn péngyǒu de hǎo jīhuì

莉文：明 天 我一定 會去 的，晚 安！
Lìwén　míngtiān wǒ yídìng huì qù de　wǎnān

(二)問題
wèntí

_____ 1. 請 問 又 婷可能 是 誰？
qǐngwèn Yòutíng kěnéng shì shéi
(A)跟莉文一起住的朋友
(B)宿舍管理員
(C)飯店服務生
(D)房東

_____ 2. 莉文可 能 是？
Lìwén kěnéng shì
(A)要買房子的人
(B)老師
(C)在這棟大樓工作的人
(D)學生

_____ 3. 想 洗衣服的 時候 發現 沒有 零 錢，去哪裡
xiǎng xǐ yīfú de shíhòu fāxiàn méiyǒu língqián qù nǎlǐ
最 方 便？
zuì fāngbiàn
(A)廁所
(B)餐廳
(C)洗衣間
(D)便利商店

_____ 4. 哪一個是 對 的？
nǎyíge shì duì de

(A) 晚上十點半的時候餐廳已經關了

(B) 每個房間裡都有浴室

(C) 便利商店離大樓有200公尺遠

(D) 洗衣間在餐廳的旁邊

_____ 5. 文 中 「門禁是 晚 上 十二點」的意思是？
wénzhōng ménjìn shì wǎnshàng shíèrdiǎn de yìsi shì

(A) 晚上十二點才可以出門

(B) 晚上十二點之後才能回來

(C) 晚上十二點之前要回來

(D) 晚上十二點就進不了大樓了

_____ 6. 對 話 可 能 發 生 在 什 麼 時候？
duìhuà kěnéng fāshēng zài shénme shíhòu

(A) 學校開學前一天

(B) 學校考試之前

(C) 放暑假之前

(D) 莉文搬家前一天

_____ 7. 「一旦」可以 放 進 下 面 哪個句子？
yídàn kěyǐ fàngjìn xiàmiàn nǎge jùzi

(A) 出門記得帶把雨傘，□□下雨。

(B) 有些話□□說出口，就很難收回了。

(C) 他□□去過很多國家旅行，所以知道許多有趣的事
情。

(D) 這個地方□□空氣好，風景也非常美麗。

_____ 8. 下 面 哪個 不 對？
xiàmiàn nǎge búduì

(A) 莉文會去明天的活動

(B) 莉文如果晚上十一點肚子餓，她可以去便利商店買東
西吃。

(C) 莉文的房間在餐廳的樓上

(D)「宵夜」是指午餐之後，下午的點心。

(三)生詞
shēngcí

	生詞	漢語拼音	解釋
1	左手邊	zuǒshǒu biān	a la mano izquierda
2	浴室	yùshì	baño, cuarto de baño
3	共用	gòngyòng	uso público (para uso público)
4	洗衣間	xǐyījiān	cuarto de lavado
5	零錢	língqián	monedas o billetes chicos, cambio
6	兌幣機	duìbìjī	máquina para cambiar moneda
7	烘衣機	hōngyījī	secadora
8	烘	hōng	hornear
9	盡快	jìnkuài	lo más rápido posible
10	營業	yíngyè	hacer negocios, estar abierto (una tienda)
11	宵夜	xiāoyè	bocadillo de medianoche
12	習慣	xíguàn	costumbre, hábito
13	選擇	xuǎnzé	elegir, escoger
14	便利商店	biànlì shāngdiàn	tienda de conveniencia
15	大概	dàgài	probablemnte
16	公尺	gōngchǐ	metro
17	注意	zhùyì	tener cuidado, vigilar; cuidado
18	門禁	ménjìn	entrada vigilada
19	超過	chāoguò	superar, sobrepasar, exceder
20	記錄	jìlù	registro, historial

	生詞	漢語拼音	解釋
21	以免	yǐmiǎn	a fin de no, evitar
22	遲到	chídào	llegar tarde
23	迎新晚會	yíngxīn wǎnhuì	fiesta de bienvenida a los novatos
24	認識	rènshì	conocer, reconocer
25	機會	jīhuì	oportunidad

單元三　短文

二十一、宵夜
xiāoyè

宵夜是 晚餐 時間 過 後吃的 小 東西。所謂 的
xiāoyè shì wǎncān shíjiān guòhòu chī de xiǎodōngxi   suǒwèi de

「小 東西」，可以是 點心，也可以是 小吃。「消夜」
xiǎodōngxi   kěyǐ shì diǎnxīn yě kěyǐ shì xiǎochī   xiāoyè

這個詞最早可以在 中 國的唐詩中 看到，本來
zhège cí zuì zǎo kěyǐ zài Zhōngguó de Tángshī zhōng kàndào běnlái

的意思是 用 食物和酒來「消磨夜晚」、打發晚 上 的
de yìsi shì yòng shíwù hé jiǔ lái xiāomó yèwǎn dǎfā wǎnshàng de

時間，後來人們 就把 晚餐 時間 過 後吃的 東西叫
shíjiān hòulái rénmen jiù bǎ wǎncān shíjiān guò hòu chī de dōngxi jiào

做「消夜」。從 清代開始，消夜 這個詞有時 又會寫
zuò xiāoyè cóng qīngdài kāishǐ xiāoyè zhège cí yǒushí yòuhuì xiě

成「夜消」。另一方 面，因爲「消夜」是夜晚 的 時
chéng yèxiāo lìngyìfāngmiàn yīnwèi xiāoyè shì yèwǎn de shí

候 吃的 小 東西，「宵」這個字 有「夜晚」的意思，因
hòu chī de xiǎodōngxi xiāo zhège zì yǒu yèwǎn de yìsi yīn

此 現代 又 有「宵夜」及「夜宵」兩 個寫法。
cǐ xiàndài yòu yǒu xiāoyè jí yèxiāo liǎng ge xiěfǎ

很多 人 有 吃 宵夜的習慣。有的 人因爲 工 作
hěnduō rén yǒu chī xiāoyè de xíguàn yǒu de rén yīnwèi gōngzuò

忙碌、沒 時間 吃 晚飯，所以只好 等 下班 後 再吃
mánglù méi shíjiān chī wǎnfàn suǒyǐ zhǐhǎo děng xiàbān hòu zài chī

東西。有的 人因爲 工 作壓力大，所以下班了 想 要
dōngxi yǒu de rén yīnwèi gōngzuò yālì dà suǒyǐ xiàbān le xiǎngyào

再吃一點 好吃的 東西來放 鬆 心情。還有的 人 因
zài chī yìdiǎn hǎochī de dōngxi lái fàngsōng xīnqíng hái yǒu de rén yīn

爲 深夜還在 加班、念書，雖然已經 吃 過 晚餐，可是
wèi shēnyè háizài jiābān niànshū suīrán yǐjīng chīguò wǎncān kěshì

肚子又 餓了，所以會吃一點 宵夜。不管 吃 宵夜的
dùzi yòu è le suǒyǐ huì chī yìdiǎn xiāoyè bùguǎn chī xiāoyè de

原因是 什麼，長 期吃 宵夜對 身體是 不健 康 的，
yuányīn shì shénme chángqí chī xiāoyè duì shēntǐ shì bú jiànkāng de

所以，營　養師建議，最好　不要　有　吃宵夜的習慣，
suǒyǐ　yíngyǎngshī jiànyì　zuìhǎo búyào yǒu chī xiāoyè de　xíguàn

如果一定　要　吃　宵夜，最好　在　睡　前2個　小　時吃完，
rúguǒ yídìng yào chī xiāoyè　zuìhǎo zài shuì qián　ge xiǎoshí chīwán

才能　減　少　對　身體造成　　的負擔。
cáinéng jiǎnshǎo duì shēntǐ zàochéng de fùdān

(二)問題
wèntí

_____ 1. 「消夜」總　共　有　幾　種　寫法？
xiāoyè zǒnggòng yǒu jǐzhǒng xiěfǎ

(A) 1

(B) 2

(C) 3

(D) 4

_____ 2. 「消夜」這個詞最　早　出　現　在　　中　國　的
xiāoyè　zhège cí zuì zǎo chūxiàn zài Zhōngguó de

什　麼　時候？
shénme shíhòu

(A) 唐代

(B) 明代

(C) 清代

(D) 現代

_____ 3. 「消夜」這個詞為　什　麼　也　可以　寫　成「宵夜」？
xiāoyè　zhège cí wèishénme yě kěyǐ xiěchéng xiāoyè

(A) 因為「宵」有「夜晚」的意思

(B) 因為「宵」跟「消」兩個字的音一樣

(C) 因為「宵」跟「消」兩個字寫起來很像

(D) 上面的答案都不對

_____ 4. 下 面 哪一個 是「消 夜」？
xiàmiàn nǎ yí ge shì xiāoyè
(A) 豆花
(B) 臭豆腐
(C) 小籠包
(D) 以上都可以是消夜

_____ 5. 關於 現代人 吃 消夜 的 原因，哪一個 在
guānyú xiàndàirén chī xiāoyè de yuányīn nǎ yí ge zài
文 章 中 看不到？
wénzhāng zhōng kànbúdào
(A) 想放鬆心情
(B) 沒時間吃晚飯
(C) 晚餐沒有吃飽
(D) 深夜加班、念書

_____ 6.「不 管」這個詞不能 放 在 哪個□□裡面？
bùguǎn zhège cí bùnéng fàngzài nǎge lǐmiàn
(A) □□哪一天，我都有空。
(B) □□不吃飯，我都會去運動。
(C) □□天氣怎麼樣，我都喜歡。
(D) □□遠近，我都要走路去那個地方。

_____ 7. 下 面 哪一個 是 營 養 師 對於 吃 宵 夜 的
xiàmiàn nǎyíge shì yíngyǎngshī duìyú chī xiāoyè de
建 議？
jiànyì
(A) 最好不要吃消夜
(B) 晚餐後兩小時可以吃消夜
(C) 不吃宵夜會對身體造成負擔
(D) 睡前兩小時吃消夜不會對身體造成負擔

_____ 8. 下 面 哪 一 個 不 對？
xiàmiàn nǎ yí ge búduì
(A) 消夜這個詞可以寫成「宵夜」

(B) 天天吃消夜對身體是不健康的

(C) 消夜可以是點心，也可以是小吃

(D) 消夜本來的意思是晚餐時間過後吃的小東西

(三) 生 詞
shēngcí

	生詞	漢語拼音	解釋
1	消／宵夜	xiāoyè	bocadillo de medianoche
2	所謂	suǒwèi	así llamado
3	小吃	xiǎochī	aperitivo, refresco, comida pequeña
4	唐詩	Tángshī	poesía Tang
5	消磨	xiāomó	matar el tiempo
6	夜晚	yèwǎn	noche
7	打發	dǎfā	enviar a alguien; pasar el tiempo
8	清代	Qīngdài	Disnastía Qing
9	另一方面	lìngyìfāngmiàn	por otra parte
10	忙碌	mánglù	ocupado
11	壓力	yālì	presión
12	放鬆	fàngsōng	relajar
13	深夜	shēnyè	tarde por la noche
14	加班	jiābān	trabajar horas extras
15	長期	chángqí	a largo plazo
16	營養師	yíngyǎngshī	nutricionista
17	建議	jiànyì	proponer, sugerir; propuesta, sugerencia
18	減少	jiǎnshǎo	reducir, disminuir
19	造成	zàochéng	producir, crear, causar
20	負擔	fùdān	soportar, llevar a cabo; carga, peso

二十二、手指 長 度研究
shǒuzhǐ chángdù yánjiù

㈠文章
wénzhāng

你仔細看過你的手嗎？人的五根手指，長度
nǐ zǐxì kànguò nǐ de shǒu ma　rén de wǔ gēn shǒuzhǐ chángdù

都不一樣，你是第二根手指比第四根手指長嗎？
dōu bù yíyàng　nǐ shì dì èr gēn shǒuzhǐ bǐ dì sì gēn shǒuzhǐ cháng ma

還是第四根手指比第二根手指長呢？
háishì dì sì gēn shǒuzhǐ bǐ dì èr gēn shǒuzhǐ cháng ne

許多 科學家根據 手指的 長度 做了一些 研究，
xǔduō kēxuéjiā gēnjù shǒuzhǐ de chángdù zuòle yìxiē yánjiù

其中 最 常 研究的是食指與無名 指 長 度的 關
qízhōng zuì cháng yánjiù de shì shízhǐ yǔ wúmíngzhǐ chángdù de guān

係。例如：英 國 的科學家發現，觀 察兒童 食指和無
xì lìrú Yīngguó de kēxuéjiā fāxiàn guānchá értóng shízhǐ hé wú

名 指的 長 度，可以看 出 小孩的語文 能力比較
míngzhǐ de chángdù kěyǐ kàn chū xiǎohái de yǔwén nénglì bǐjiào

好，還是 數理 能力 比較 好。食指比無 名 指 長 的
hǎo háishì shùlǐ nénglì bǐjiào hǎo shízhǐ bǐ wúmíngzhǐ cháng de

兒童，不論是 語文 的學習 能力或是 語文 考試的
értóng búlùn shì yǔwén de xuéxí nénglì huòshì yǔwén kǎoshì de

成績，都 會比數理科目好，而無名 指比食指 長 的
chéngjī dōu huì bǐ shùlǐ kēmù hǎo ér wúmíngzhǐ bǐ shízhǐ cháng de

兒童則 相反。他們 也發現，無名 指比食指 長 的
értóng zé xiāngfǎn tāmen yě fāxiàn wúmíngzhǐ bǐ shízhǐ cháng de

人，學習科技的 能力也會比較 強。另外，韓國 的科
rén xuéxí kējì de nénglì yě huì bǐjiào qiáng lìngwài Hánguó de kē

學家則發現，不論是 男 性 還是女性，如果 無 名 指比
xuéjiā zé fāxiàn búlùn shì nánxìng háishì nǚxìng rúguǒ wúmíngzhǐ bǐ

食指 長，會喜歡 比較具有 暴力性 的娛樂活 動。
shízhǐ cháng huì xǐhuān bǐjiào jùyǒu bàolì xìng de yúlè huódòng

科學家認為，無名 指會比食指 長，是因為 在
kēxuéjiā rènwéi wúmíngzhǐ huì bǐ shízhǐ cháng shì yīnwèi zài

胎兒時期接觸 到 較 多 的睪固酮（testosterona）及荷爾
tāiérshíqí jiēchù dào jiào duō de gǎogùtóng jí hèěr

蒙（hormona）的 關係。不過 科學家也 認為，這些 研
méng　　　　　　de guānxì　búguò kēxuéjiā yě rènwéi　zhèxiē yán

究結果 只能　當作 參考，不能 完 全　用 研究結果
jiù jiéguǒ zhǐnéng dāngzuò cānkǎo　bùnén wánquán yòng yánjiù jiéguǒ

判 斷一個人的 能力。另外，也有 人 認為，一個人
pànduàn yí ge rén de nénglì　lìngwài　yě yǒu rén rènwéi　yí ge rén

的 數理或是 語文　能力好 不好，與學習 環 境比較
de shùlǐ huòshì yǔwén　nénglì hǎo bù hǎo　yǔ xuéxí huánjìng bǐjiào

有　關係。你的 看法是　什麼呢？
yǒu guānxì　nǐ de kànfǎ shì shénme ne

（二）問題
wèntí

───── 1. 請 看 下 面 的 圖，「甲」 應 該 是？
qǐng kàn xiàmiàn de tú　jiǎ　yīnggāi shì

(A) 大拇指

(B) 食指

(C) 中指

(D) 無名指

甲

_____ 2. 英國 的科學家發現，無 名 指比食指 長
Yīngguó de kēxuéjiā fāxiàn wúmíngzhǐ bǐ shízhǐ cháng
的 人 應 該？
de rén yīnggāi
(A) 數理能力比語文能力好
(B) 語文能力比數理能力好
(C) 語文能力比學習科技的能力好
(D) 數理能力比學習科技的能力好

_____ 3. 關 於 無 名 指比食指 長 的 研究結果，哪
guānyú wúmíngzhǐ bǐ shízhǐ cháng de yánjiù jiéguǒ nǎ
個 是 錯誤 的？
ge shì cuòwù de
(A) 語文能力比較好
(B) 數理能力比較好
(C) 學習科技的能力比較好
(D) 比較喜歡暴力性的娛樂活動

_____ 4.「兒童」不 能 放 進 去 下 面 那 個句子的□□？
értóng bùnéng fàng jìnqù xiàmiàn nǎge jùzi de
(A) 這個表演不適合□□觀看，所以沒有賣兒童票。
(B) 他才三歲就會背許多文章，可以說是一個天才□□。
(C) 地上很濕，請你看好你的□□，不要讓他到處跑來跑
去。
(D)「兒童」可以放進去上面三個句子的□□中

_____ 5. 科 學 家 認 為 無 名 指比食指 長 的 原 因
kēxuéjiā rènwéi wúmíngzhì bǐ shízhǐ cháng de yuányīn
是 什 麼？
shì shénme
(A) 兒童時期的學習環境
(B) 科學家還沒找到原因
(C) 兒童時期接觸到睪固酮
(D) 胎兒時期接觸到睪固酮及荷爾蒙

_____ 6. 「不論」這個 詞不 能 放 在 哪個□□裡面？
búlùn zhège cí bùnéng fàngzài nǎge límiàn

(A) □□天氣怎麼樣，我都喜歡。

(B) □□不吃飯，我都會去公園運動。

(C) □□哪一天，我都有空跟你約會。

(D) □□遠近，我都要坐車去那個地方。

_____ 7. 發現「無 名 指 比 食指 長 的 人，學習科技的
fāxiàn wúmíngzhǐ bǐ shízhǐ cháng de rén xuéxí kējì de

能 力 也 會 比較 強」的是 誰？
nénglì yě huì bǐjiào qiáng de shì shéi

(A) 英國科學家

(B) 韓國科學家

(C) 美國科學家

(D) 不是科學家發現的

_____ 8. 關 於 這 篇 文 章，下 面 哪一個不對？
guānyú zhè piān wénzhāng xiàmiàn nǎ yí ge búduì

(A) 有醫師認為，科學家的研究只能當作參考

(B) 科學家最常研究的是食指與無名指長度的關係

(C) 有人認為，一個人的數理能力好不好跟學習環境比較
有關係

(D) 英國的科學家研究了食指與無名指長度與語文、數理
能力的關係

(三) 生 詞
shēngcí

	生詞	漢語拼音	解釋
1	手指	shǒuzhǐ	dedo
2	長度	chángdù	longitud
3	仔細	zǐxì	cuidadoso, detallado

	生詞	漢語拼音	解釋
4	根據	gēnjù	de acuerdo a; base, motivo, prueba
5	觀察	guānchá	observar, mirar
6	語文	yǔwén	lenguaje, lengua y literatura
7	數理	shùlǐ	ciencias exactas
8	科目	kēmù	tema (en un plan de estudios), asignatura
9	則	zé	entonces, en ese caso
10	相反	xiāngfǎn	opuesto, contrario
11	科技	kējì	ciencias y tecnologías
12	另外	lìngwài	además, otros
13	不論	búlùn	no importa, independientemente de
14	具有	jùyǒu	tener, poseer
15	暴力	bàolì	violencia
16	娛樂	yúlè	diversión, entretenimiento
17	胎兒時期	tāiérshíqí	periodo fetal
18	接觸	jiēchù	contactar, ponerse en contacto con
19	參考	cānkǎo	consultar
20	判斷	pànduàn	juzgar

二十三、老王賣瓜，自賣自誇
Lǎo Wáng mài guā　zì mài zì kuā

㈠文章
wénzhāng

「老王賣瓜，自賣自誇」是一句常見的歇後
Lǎowáng mài guā　zì mài zì kuā　shì yí jù chángjiàn de xiēhòu

語。意思是形容人喜歡誇耀自己的能力或本領。
yǔ　yìsi shì xíngróng rén xǐhuān kuāyào　zìjǐ de nénglì huò běnlǐng

這句話的背後有個小故事。以前有一個人叫
zhè jù huà de bèihòu yǒu ge xiǎo gùshì　yǐqián yǒu yí ge rén jiào

王 坡，因爲他很 嘮叨，做起事來婆婆媽媽的，既擔
Wángpō　yīnwèi tā hěn láodāo　zuò qǐ shì lái pó pó mā mā de　jì dān

心 這個，又 擔心 那個，所以大家都 叫他「王 婆」。
xīn zhège　yòu dānxīn nàge　suǒyǐ dàjiā dōu jiào tā　Wángpó

王 婆的 工作是 種 瓜，這種 瓜是外地來的，
Wángpó de gōngzuò shì zhòngguā　zhèzhǒng guā shì wàidì lái de

樣子不太 好看，但是吃起來非 常 甜。
yàngzi bú tài hǎokàn　dànshì　chīqǐlái fēicháng tián

王 婆把 種 好的瓜拿到市 場 上 賣，但是
Wángpó bǎ zhònghǎo de guā nádào shìchǎngshàng mài　dànshì

因爲大家都 沒 看過 這 種奇怪 樣子的瓜，所以
yīnwèi dàjiā dōu méi kànguò zhèzhǒng qíguài yàngzi de guā　suǒyǐ

賣了好幾天，一顆都 沒 賣出去。 王 婆很 著急，於
màile hǎo jǐ tiān　yī kē dōu méi màichūqù　Wángpó hěn zhāojí　yú

是就開始大 聲 的介紹 自己的瓜有 多麼 好吃，而
shì jiù kāishǐ dàshēng de jièshào　zìjǐ de guā yǒu duóme hǎochī　ér

且把瓜 切開 讓 大家吃看看。剛 開始大家都 不太敢
qiě bǎ guā qiēkāi ràng dàjiā　chīkànkàn　gāng kāishǐ dàjiā dōu bú tài gǎn

吃，後來有個大膽 的人吃了一口之後 說：「這個瓜
chī　hòulái yǒu ge dàdǎn de rén chīle　yìkǒu zhīhòu shuō　zhège guā

好 甜啊！跟 蜂蜜一樣 甜！」後來這件 事一 傳 十，
hǎotián a　gēn fēngmì yíyàng tián　hòulái zhèjiàn shì yì chuán shí

十 傳 百，大家都 知道 王 婆的瓜很 好 吃，王 婆
shí chuán bǎi　dàjiā dōu zhīdào Wángpó de guā hěn hǎochī　Wángpó

的 生 意也越來越 好了。
de shēngyì yě yuè lái yuè hǎo le

有一天，皇帝經過這個地方，看見　王婆　正
yǒu yìtiān huángdì jīngguò zhège dìfāng　kànjiàn Wángpó zhèng

在介紹自己的瓜。而且　王婆看見了　皇帝也不害
zài jièshào zìjǐ de guā érqiě Wángpó kànjiànle huángdì yě bú hài

怕，也跟　皇帝介紹起自己的瓜。皇帝一吃之後非
pà　yě gēn huángdì jièshào qǐ　zìjǐ de guā huángdì yì chī zhīhòu fēi

常開心，問　王婆：「你的瓜這麼甜！爲什麼還
cháng kāixīn wèn Wángpó　nǐ de guā zhèmetián　wèishénme hái

要努力的向　大家介紹呢？」王婆說：「我這個瓜
yào nǔlì de xiàng dàjiā jièshào ne　Wángpó shuō　wǒ zhèige guā

是外地來的，大家都不認識，不介紹的話大家就不會
shì wàidì lái de　dàjiādōu búrènshì　bú jièshào de huà dàjiā jiù búhuì

買了。」皇帝聽了之後說：「這麼好吃的瓜，真
mǎi le　huángdì tīngle zhīhòu shuō　zhème hǎochī de guā　zhēn

是誇得有道理啊！」
shì kuā de yǒu dàolǐ a

(二)問題
wèntí

_____ 1. 爲什麼剛開始沒有人要買　王婆的
wèishénme gāng kāishǐ méiyǒu rén yào mǎi Wángpó de

瓜？
guā

(A)王婆介紹瓜的聲音太小了

(B)王婆的瓜不好吃

(C)大家都不喜歡王婆

(D)大家都不認識這種瓜

_____ 2. 關於 王婆 種 的瓜，哪一個 是 錯 的？
guānyú Wángpó zhòng de guā nǎ yí ge shì cuò de

　　(A) 樣子不漂亮

　　(B) 是從外面地方來的

　　(C) 剛開始沒有人要買瓜

　　(D) 瓜不甜，所以要跟其他東西一起吃

_____ 3. 王 婆 是 怎 麼 讓 大家喜歡 他 的 瓜 的？
Wángpó shì zěnme ràng dàjiā xǐhuān tā de guā de

　　(A) 他跟大家大聲地介紹他的瓜

　　(B) 他請他的婆婆和媽媽來幫他賣瓜

　　(C) 他賣得特別便宜

　　(D) 他請皇帝來吃他的瓜

_____ 4.「一 傳 十，十 傳 百」是 什 麼 意思？
yì chuán shí   shí chuán bǎi shì shénme yìsi

　　(A) 客人一個一個來，東西賣得很好

　　(B) 一塊到十塊，十塊到一百塊，錢越來越多

　　(C) 一個人告訴一個人，很快最後大家都知道了

　　(D) 沒有客人，東西賣不出去越來越多

_____ 5.「婆 婆 媽 媽」是 什 麼 意思？
pó pó mā mā shì shénme yìsi

　　(A) 很聰明，會想很多辦法解決問題

　　(B) 很會說話，可以讓很多人買自己東西

　　(C) 做事情的時候想很多，不容易做決定

　　(D) 做菜很厲害，就像媽媽一樣

_____ 6. 皇帝 最 後 說：「眞是 誇 得 有 道理阿！」
huángdì zuìhòu shuō   zhēnshì kuā de yǒu dàolǐ a

是 什 麼 意思？
shì shénme yìsi

　　(A) 瓜眞的很好吃，但王婆不會說話，也不會介紹自己的
　　　瓜

　　(B) 瓜沒有王婆說的那麼好吃，所以王婆說錯話了

(C) 瓜好不好吃沒關係，他只是覺得王婆很會說話

(D) 瓜真的很好吃，所以王婆說的沒有錯

───── 7. 下面 哪一件 事 情 可以 說 它是「老 王 賣
xiàmiàn nǎyíjiàn shìqíng kěyǐ shuō tā shì Lǎo wáng mài

瓜，自 賣 自 誇」？
guā zì mài zì kuā

(A) 坐火車的時候，車掌（Conductor）跟大家說幾件重要
的事情，請大家注意安全

(B) 餐廳老闆說他店裡的每樣菜都很好吃

(C) 買完麵包之後，老闆跟你說希望你下次能再來他的店
買麵包

(D) 上課的時候老師跟同學介紹了一本好書

───── 8. 哪 個 是 對 的？
nǎge shì duì de

(A) 王婆的瓜沒有他說的那麼好吃，所以後來大家都不買
他的瓜了

(B) 王婆的瓜看起來就很好吃，只是因為大家都不認識，
所以剛開始沒人買

(C) 皇帝也覺得王婆的瓜很好吃

(D) 王婆是個聰明的人，想到什麼事馬上就去做，不會想
太多

(三) 生 詞
shēngcí

	生詞	漢語拼音	解釋
1	老王賣瓜，自賣自誇	Lǎo wáng mài guā, zì mài zì kuā	alabar su própio trabajo o artículos
2	歇後語	xiēhòuyǔ	refranes alegóricos
3	形容	xíngróng	describir

	生詞	漢語拼音	解釋
4	誇耀	kuāyào	presumir
5	能力	nénglì	habilidad, capacidad
6	本領	běnlǐng	aptitud
7	背後	bèihòu	detrás, detrás de la espalda
8	嘮叨	láodāo	rezongar, picotear, hablar y hablar
9	婆婆媽媽	pó pó mā mā	ser gárrula (como las viejas señoras)
10	擔心	dānxīn	preocuparse
11	瓜	guā	melón
12	外地	wàidì	otras partes del país, fuera de cierto lugar
13	而且	érqiě	pero también
14	切	qiē	cortar
15	敢	gǎn	arriesgarse o atreverse
16	大膽	dàdǎn	valiente, audaz
17	蜂蜜	fēngmì	miel
18	一傳十，十傳百	yì chuán shí, shí chuán bǎi	las noticias pasan rápidamente de boca en boca
19	生意	shēngyì	comercio, negocio
20	皇帝	huángdì	emperador
21	……的話	de huà	si...
22	誇	kuā	elogiar, alardear
23	有道理	yǒu dàolǐ	tener sentido o razón

二十四、誰是對的？
shéi shì duì de

（一）文章
wénzhāng

很久以前，中國 有一位 很 有 名 的老師，他的
hěnjiǔ yǐqián Zhōngguó yǒu yíwèi hěn yǒumíng de lǎoshī　tā de

名字 叫做「孔子」。孔子讀了很多書，所以他的知識
míngzi jiàozuò Kǒngzǐ　　Kǒngzǐ dúle hěnduō shū　suǒyǐ tā de zhīshì

非常 的 豐富，大家都 很 尊敬他。有一天，他在路
fēicháng de fēngfù　dàjiā dōu hěn zūnjìng tā　yǒuyìtiān　tā zài lù

上　遇到了　兩個　正在　吵架的　小孩，他心裡覺得奇
shàng yùdàole liǎngge zhèngzài chǎojià de xiǎohái　　tā　xīnlǐ juéde qí

怪，於是就走過去問　他們在　吵　什麼。
guài　yúshì jiù zǒuguòqù wèn tāmen zài chǎo shénme

　　　其中　一個　小孩　説：「我覺得太陽　剛　出來的
qízhōng yí ge xiǎohái shuō　　wǒ juéde tàiyáng gāng chūlái de

時候離我們比較近，中　午的時候　才離我們　比較
shíhòu　lí wǒmen bǐjiào jìn　zhōngwǔ de shíhòu cái lí　wǒmen　bǐjiào

遠。」另一個小孩　覺得不對，他　説：「我覺得是　相
yuǎn　　lìng yí ge xiǎohái juéde búduì　　tā shuō　　wǒ juéde shì xiāng

反的，太陽　剛　出來的時候比較　遠，　中　午的時候
fǎn de　　tàiyáng gāng chūlái de shíhòu bǐjiào yuǎn　zhōngwǔ　de shíhòu

比較近。」第一個　小孩聽了，馬上　回答：「不對阿！
bǐjiào jìn　　dì yī ge xiǎohái tīngle　mǎshàng huídá　　búduì a

太陽　剛　出來的時候大得像　車蓋，中　午的時候
tàiyáng gāng chūlái de shíhòu dàde xiàng chēgài　zhōngwǔ de shíhòu

就只有　盤子那麼大，這不　正　是近的　東西比較大，
jiù zhǐyǒu pánzi nàme　dà　　zhè bú zhèngshì jìn de dōngxi bǐjiào dà

遠　的　東西比較　小　的道理嗎？」另一個　小孩接著
yuǎn de dōngxi bǐjiào xiǎo de dàolǐ　ma　　lìng yí ge xiǎohái jiēzhe

説：「可是早　上　的時候天氣比較　涼，中　午的
shuō　　kěshì zǎoshàng de shíhòu tiānqì bǐjiào liáng　zhōngwǔ de

時候　天氣熱，這不是　遠　的太陽比較　涼，近的太陽
shíhòu　tiānqì rè　zhè búshì yuǎn de tàiyáng bǐjiào liáng　jìn de tàiyáng

比較　熱的　道理嗎？」
bǐjiào rè de dàolǐ　ma

這 兩個 小孩 沒有 辦法分出 勝負，於是他們
zhè liǎngge xiǎohái méiyǒu bànfǎ fēnchū shèngfù　yúshì tāmen

請 聰明 的 孔子來 評 評理。這 樣 簡單 的 問題卻
qǐng cōngmíng de Kǒngzǐ lái píngpínglǐ　zhèyàng jiǎndān de wèntí　què

把那時候的 孔 子給難 倒了，因爲以前 的科學 知識
bǎ nà shíhòu de Kǒngzǐ gěi nándǎo le　yīnwèi yǐqián de kēxué zhīshì

還不像 今天 這麼 豐富，所以 孔子很 難就 兩個
hái búxiàng jīntiān zhème　fēngfù　suǒyǐ Kǒngzǐ hěn nán jiù liǎngge

小孩各自的 想法，來判 定 誰是 誰非。孔子臉色
xiǎohái gèzì de xiǎngfǎ　lái pàndìng shéi shì shéi fēi　Kǒngzǐ liǎnsè

一沉，啞口無 言，兩個孩子看到 之後就笑了起來，
yì chén　yǎ kǒu wú yán　liǎngge háizi kàndào zhīhòu jiù xiàole qǐlái

對著 孔子說：「大家都 說你懂 很多 知識，沒有
duìzhe Kǒngzǐ shuō　dàjiā dōu shuō nǐ dǒng hěnduō zhīshì　méiyǒu

你不知道的事情，原 來你也有 不懂 的地方啊！」
nǐ bù zhīdào de shìqíng yuánlái nǐ yě yǒu bùdǒng de dìfāng a

(二)問題
wèntí

——— 1. 兩個 小孩爲 什麼 在 吵架？
liǎngge xiǎohái wèishénme zài chǎojià
　(A) 他們不知道太陽什麼時候才會出現
　(B) 他們不知道太陽什麼時候比較近，什麼時候比較遠
　(C) 他們不知道太陽什麼時候會變得比較大
　(D) 他們不知道太陽什麼時候比較涼，什麼時候比較熱

_____ 2. 有個小孩說：「太陽剛出來的時候大
yǒu ge xiǎohái shuō　tàiyáng gāng chūlái de shíhòu dà

得像車蓋，中午的時候就只有盤子那
de xiàng chēgài　zhōngwǔ de shíhòu jiù zhǐyǒu pánzi nà

麼大。」這是從太陽的什麼地方來說
me dà　zhèshì cóng tàiyáng de shénme dìfāng lái shuō

的？
de

(A) 輕重

(B) 高低

(C) 大小

(D) 顏色

_____ 3. 有一個小孩說：「這不是近的東西比較
yǒu yíge xiǎohái shuō　zhè búshì jìn de dōngxi bǐjiào

大，遠的東西比較小的道理嗎？」因為他
dà　yuǎn de dōngxi bǐjiào xiǎo de dàolǐ ma　yīnwèi tā

覺得？
juéde

(A) 這個道理有問題

(B) 這是近的東西比較大，遠的東西比較小的道理

(C) 他完全不知道

(D) 這不是近的東西比較大，遠的東西比較小的道理

_____ 4. 孔子聽了兩個小孩的問題之後「臉色一
Kǒngzǐ tīngle liǎngge xiǎohái de wèntí zhīhòu liǎnsè yì

沉」，因為他？
chén　yīnwèi tā

(A) 路上太多人了，孔子覺得很不好意思

(B) 覺得這個問題太難了

(C) 覺得小孩不應該問他這麼簡單的問題

(D) 心裡覺得很好笑，但又不能笑

_____ 5. 第22行 的「啞 口 無 言」是 什 麼 意思？
　　　　　dì　háng de　yǎ kǒu wú yán shì shénme　yìsi

(A)孔子覺得這個問題太簡單了，他想讓小孩自己想

(B)兩個小孩一直在說話，所以孔子沒有辦法說話

(C)孔子很認真的在想這個問題

(D)孔子不知道怎麼回答，說不出話來

_____ 6. 「難 倒」可以 放 進 哪一個 句子？
　　　　　nándǎo　kěyǐ fàngjìn nǎyíge　jù zi

(A)這兩個漢字這麼像，眞是把我□□了。

(B)眞□□，你今天居然這麼早就起床了。

(C)今天本來就不用上課，□□沒人告訴你嗎？

(D)人都會犯錯，發生這種事是□□的。

_____ 7. 「兩 個 孩 子 看 到 之 後 笑 了 起 來」，「起 來」和
　　　　　liǎngge háizi kàndào zhīhòu xiàole qǐ lái　　　qǐlái　hé

下 面 哪個 意思一 樣？
xiàmiàn nǎge yìsi yíyàng

(A)快點起來，你要遲到了。

(B)這件衣服你穿起來眞漂亮

(C)只因爲一點小事情，他們居然在教室裡打了起來

(D)他站了起來，把房間的門打開了

_____ 8. 哪 個 是 對 的？
　　　　　nǎge shì duì de

(A)這件事情發生在教室裡

(B)孔子解決了這個問題

(C)這兩個小孩是孔子的學生

(D)這兩個小孩的想法是相反的

(三)生 詞
shēngcí

	生詞	漢語拼音	解釋
1	有名	yǒumíng	famoso
2	知識	zhīshì	conocimiento
3	豐富	fēngfù	rico, abundante
4	尊敬	zūnjìng	respetar, honrar
5	遇到	yùdào	encontrarse con, reunirse
6	吵架	chǎojià	discutir; discusión
7	其中	qízhōng	entre ellos
8	相反	xiāngfǎn	opuesto, contrario
9	車蓋	chēgài	capó
10	只有	zhǐyǒu	tener que, solamente, únicamente
11	道理	dàolǐ	razón, principio, argumento
12	接著	jiēzhe	siguiente, entonces
13	分	fēn	dividir, separar
14	勝負	shèngfù	ganar y perder
15	評評理	píngpínglǐ	opinar y dar la razón a alguien
16	想法	xiǎngfǎ	idea
17	難倒	nándǎo	desalentar, frustar
18	科學	kēxué	ciencias
19	就	jiù	entonces,ya
20	各自	gèzì	cada uno por su parte
21	是 / 非	shì / fēi	correcto e incorrecto
22	臉色一沉	liǎnsè yì chén	ponerse de cara larga
23	啞口無言	yǎ kǒu wú yán	quedarse sin palabras

二十五、父親節的由來
fùqīnjié de yóulái

㈠文章
wénzhāng

父親節 是 感謝父親的 節日。每個 國家父親節的日期
fùqīnjié shì gǎnxiè fùqīn de jiérì měige guójiā fùqīnjié de rìqí

都不同，大多數 國家的父親節 是 在六月的第三 個
dōu bùtóng dàduōshù guójiā de fùqīnjié shì zài liùyuè de dì sān gē

禮拜日。
lǐbàirì

臺灣 的父親節則是八 月八日，因爲「爸爸」跟「八
Táiwān de fùqīnjié zé shì bāyuè　bā rì　　yīnwèi　bà ba　gēn　bā

八」的拼音很　像，所以父親節又 叫做「爸爸節」或
bā　de pīnyīn hěn xiàng　suǒyǐ　fùqīnjié yòu jiàozuò　bàba jié　　huò

是「八八節」。你的 國家 的父親節是 什麼 時候 呢？你
shì　bā bā jié　　　nǐ de guójiā de fùqīnjié　shì shénme shíhòu ne　　nǐ

知道 爲 什 麼會 有父親節嗎？
zhīdào wèishénme huì yǒu fùqīnjié ma

　　　　1909年，在美國 華　盛　頓 州（Estado de Washington）
　　　　　　nián　zài Měiguó Huáshèngdùn zhōu

斯波肯市（Spokane），有一位 杜德夫人（Señora Dodd），
Sīpōkěn shì　　　　　　　　yǒu yíwèi Dùdé fūrén

她在 參加完 教會舉辦 的母親節 活 動 以後，有了一
tā zài cānjiā wán jiàohuì jǔbàn　de mǔqīnjié huódòng yǐhòu　　yǒule yí

個 念頭：爲 什麼 沒有 紀念 父親 的節日呢？
ge niàntóu　　wèishénme méiyǒu　jìnniàn fùqīn de jiérì　ne

　　　杜德夫人十三 歲的 時候，她的 母親 過世了，杜德
　　　Dùdé fūrén shísānsuì de shíhòu　　tā de mǔqīn guòshì le　Dùdé

夫人和她的 五個弟弟是 由父親 威廉·斯馬特（William
fūrén hé tā de　wǔge　dìdi shì　yóu fùqīn Wēilián　　Sīmǎtè

Smart） 一個人撫養　長 大的。威廉·斯馬特在妻子
　　　　yí ge rén fǔyǎng　zhǎngdà de　Wēilián　Sīmǎtè zài qīzi

過世以後，並　沒有 再娶。他白天 辛苦地工 作，晚
guòshì yǐhòu　bìng méiyǒu zài qǔ　tā báitiān xīnkǔ de gōngzuò　wǎn

上　回 到家不但 要 做家事，還要 照顧家 中　每
shàng huí dào jiā búdàn yào zuò jiāshì　háiyào zhàogù jiāzhōng měi

一個 孩子。好不 容易，六個孩子 終 於 長 大 成
yí ge háizi　　hǎo bù róngyì　　liùge háizi zhōngyú zhǎng dà chéng

人，他卻積勞 成 疾，生 病 過世了。
rén　　tā què jī láo chéng jí　　shēngbìng guòshì le

　　杜德夫人 覺得自己的父親一個人父 兼 母職，非常
　　Dùdé fūrén　juéde zìjǐ　de fùqīn yígerén　fù jiān mǔ zhí　fēicháng

辛苦。遺憾 的是，她來不及好 好 孝 順 父親，父親就
xīnkǔ　　yíhàn de shì　　tā　láibù jí hǎohǎo xiàoshùn fùqīn　　fùqīn jiù

過世了。在 參加完 教會的母親節 活 動 後，她特別
guòshì le　　zài cānjiā wán jiàohuì de mǔqīn jié huódòng hòu　　tā tèbié

地 想 念父親，她希望 一 年也 能 有一天 來紀念 全
de xiǎngniàn fùqīn　tā xīwàng yìnián yě néng yǒu yìtiān lái jìniàn quán

天下 偉大的父親。於是 她向 州 政府提議，設立
tiānxià wěidà de fùqīn　　yúshì tā xiàng zhōuzhèngfǔ　tíyì　　shèlì

「父親節」。因爲她的努力，她的意見 很 快地得到
　fùqīnjié　　yīnwèi tā de nǔlì　　tā de yìjiàn hěn kuài de dédào

州 政府的支持。1910年6月19日，斯波肯 市 舉行了
zhōu zhèngfǔ de zhīchí　　nián yuè　rì　Sīpōkěnshì jǔxíngle

全 世界第一個父親節 慶 祝 活 動。這就是父親節 最早
quánshìjiè dì yī ge fùqīnjié qìngzhù huódòng zhè jiùshì fùqīnjié zuìzǎo

的 由來。
de yóulái

_____ 1. 從 第一 段 我們 可以 知道 什麼 事 情？
cóng dì yī duàn wǒmen kěyǐ zhīdào shénme shìqíng

(A) 父親節的意思

(B) 父親節的由來

(C) 為什麼會有父親節

(D) 每個國家父親節的日期

_____ 2. 為 什 麼 臺灣 的 父親節 是 八 月 八 號？
wèishénme Táiwān de fùqīnjié shì bā yuè bā hào

(A) 沒有特別的原因

(B) 臺灣的總統決定的

(C) 想跟其他國家的父親節不一樣

(D)「八八」跟「爸爸」唸起來差不多

_____ 3.「她在 參加 完 教 會舉辦 的 母親節 活 動
tā zài cānjiā wán jiàohuì jǔbàn de mǔqīnjié huódòng

以後，有了一個『念頭』」，「念頭」也可以 換
yǐhòu yǒule yíge niàntóu niàntóu yě kěyǐ huàn

成 下面 哪一個詞？
chéng xiàmiàn nǎ yí ge cí

(A) 辦法

(B) 想法

(C) 意思

(D) 方法

_____ 4. 小 明 說：「好 不 容 易，我 把 功 課 寫 完
Xiǎomíng shuō hǎo bù róngyì wǒ bǎ gōngkè xiě wán

了！」小 明 覺得 寫 功 課 這件 事情 怎麼
le Xiǎomíng juéde xiě gōngkè zhè jiàn shìqíng zěnme

樣？
yàng

(A) 很容易

(B) 不困難

(C) 不辛苦

(D) 不簡單

───── 5. 第三段沒有告訴我們什麼？
dì sān duàn méiyǒu gàosù wǒmen shénme

(A) 杜德夫人有五個弟弟

(B) 杜德夫人的母親13歲過世

(C) 威廉‧斯馬特先生只有一個太太

(D) 威廉‧斯馬特先生一個人照顧孩子

───── 6. 哪一個不是威廉‧斯馬特做的事情？
nǎ yí ge búshì Wēilián Sīmǎtè zuò de shìqíng

(A) 做家事

(B) 辛苦地工作

(C) 照顧六個孩子

(D) 提議設立「父親節」

───── 7. 「舉行」這個詞不可以放進去下面哪個□□
jǔxíng zhège cí bù kěyǐ fàng jìnqù xiàmiàn nǎge

裡面？
lǐmiàn

(A) 運動會在操場□□。

(B) 學校的活動中心正在□□比賽。

(C) 她要結婚了，她準備在五月□□婚禮。

(D) 這個活動我們□□過好多次，交給我們一定沒問題。

───── 8. 哪個正確？
nǎge zhèngquè

(A) 杜德夫人有六個孩子

(B) 杜德夫人提議設立「母親節」

(C) 州政府不支持杜德夫人的提議

(D) 第一個父親節慶祝活動在1910年舉行

(三) 生 詞
shēngcí

	生詞	漢語拼音	解釋
1	父親節	fùqīnjié	Día del Padre
2	由來	yóulái	origen
3	則	zé	entones, en ese caso
4	夫人	fūrén	señora, esposa
5	教會	jiàohuì	iglesia (cristiana)
6	舉辦	jǔbàn	celebrar, organizar
7	念頭	niàntou	pensamiento
8	紀念	jìniàn	conmemorar
9	去世	qùshì	morir, fallecer
10	由	yóu	por
11	撫養	fǔyǎng	criar
12	妻子	qīzi	esposa
13	娶	qǔ	(de hombre) casarse, obtener una esposa
14	長大成人	zhǎng dà chéngrén	ser mayor de edad
15	積勞成疾	jī láo chéng jí	romperse con el exceso de trabajo
16	父兼母職	fù jiān mǔ zhí	padre soltero (con las responsabilidades de la madre)
17	遺憾	yíhàn	arrepentido, lamento
18	來不及	láibùjí	no tener (más tiempo), demasiado tarde para hacer algo
19	孝順	xiàoshùn	amor filial
20	偉大	wěidà	grande, magnífico
21	於是	yúshì	así, por lo tanto

	生詞	漢語拼音	解釋
22	州政府	zhōuzhèngfǔ	gobierno estatal
23	提議	tíyì	proponer, sugerir
24	支持	zhīchí	apoyar

本文參考資料：

http://www.christianstudy.com/data/feast/father01.html（父親節的來源）

http://zh.wikipedia.org/wiki/%E7%88%B6%E8%A6%AA%E7%AF%80
（維基百科—父親節介紹）

http://www.fhl.net/main/fatherday/father01.htm（父親節的由來。作者：徐千祐）

二十六、難 寫的「萬」字
nán xiě de wàn zì

㈠文 章
wénzhāng

　　某 個　鄉 村裡有一位 姓「萬」的老 先　生。他非
　　mǒu ge　xiāngcūnlǐ yǒu yíwèi xìng Wàn　de lǎo xiānshēng tā fēi

常　有 錢，但是他卻是 文 盲，家裡世世代代 都 沒
cháng yǒu qián dànshì tā quèshì wénmáng jiālǐ shì shì dài dài dōu méi

有 讀過 書，所以也 不會 寫字。有一天，他覺得這 樣
yǒu dúguò shū　suǒyǐ yě búhuì xiě zì　yǒu yìtiān　tā juéde zhèyàng

下去不是辦法，因為他連最簡單的字「之、也」都不
xiàqù búshì bànfǎ yīnwèi tā lián zuì jiǎndān de zì zhī yě dōu bú

認識。這樣做起事來非常不方便，鄰居也常
rènshì zhèyàng zuò qǐ shì lái fēicháng bù fāngbiàn lín jū yě cháng

常笑他們，所以他決定要讓兒子念書寫字。
cháng xiào tāmen suǒyǐ tā juédìng yào ràng érzi niànshū xiězì

有一年，老先生請了一個外地老師來教他的
yǒu yìnián lǎo xiānshēng qǐngle yíge wàidì lǎoshī lái jiāo tā de

兒子寫字。第一天，老師用毛筆在紙上寫了一個
érzi xiězì dì yītiān lǎoshī yòng máobǐ zài zhǐshàng xiěle yí ge

「一」字，教兒子這是「一」。兒子覺得很有意思，所
yī zì jiāo érzi zhèshì yī érzi juéde hěn yǒu yìsi suǒ

以牢牢記住了。第二天，老師在紙上寫了一個「二」
yǐ láoláo jìzhù le dì èrtiān lǎoshī zài zhǐshàng xiěle yí ge èr

字，教兒子說這是「二」，兒子這次面無表情，但
zì jiāo érzi shuō zhèshì èr érzi zhècì miàn wú biǎoqíng dàn

也記住了。到了第三天，老師教了一個「三」字。兒子
yě jìzhù le dào le dìsāntiān lǎoshī jiāole yí ge sān zì érzi

突然覺得很高興，書包也沒帶上，就趕快跑回
túrán juéde hěn gāoxìng shūbāo yě méi dàishàng jiù gǎnkuài pǎo huí

家裡。兒子跟老先生說：「爸爸，寫字實在很簡
jiālǐ érzi gēn lǎo xiānshēng shuō bà ba xiězì shízài hěn jiǎn

單，你不用再浪費錢請那位老師了，還是把老師
dān nǐ búyòng zài làngfèi qián qǐng nà wèi lǎoshī le háishì bǎ lǎoshī

辭退了吧！」老先生看到兒子這麼聰明，就高
cítuì le ba lǎo xiānsheng kàndào érzi zhème cōngmíng jiù gāo

興 的 照 著他的 話 做了。
xìng de zhàozhe tā de huà zuò le

　　過了幾天，老 先 生 想 要 請他的 朋 友 到家
guòle jǐ tiān lǎo xiānshēng xiǎng yào qǐng tā de péngyǒu dào jiā

裡吃飯，於是 叫 他的 兒子寫一 張 卡片。過了半 天，
lǐ chīfàn yúshì jiào tā de érzi xiě yìzhāng kǎpiàn guòle bàntiān

兒子還 沒 完 成，他便 過去 看看 情 況。一進門，就
érzi hái méi wánchéng tā biàn guòqù kànkàn qíngkuàng yí jìnmén jiù

看到兒子拿著一把 沾 了墨汁的 梳子在 紙 上 畫著，
kàndào érzi názhe yì bǎ zhānle mòzhī de shūzi zài zhǐshàng huàzhe

煩惱 地 說：「爲什麼我 們 要 姓 萬呢？這把梳子
fánnǎo de shuō wèishénme wǒmen yào xìng wàn ne zhè bǎ shūzi

一次可以寫二十 多 畫，我 從 早 寫到 現 在，手 都
yí cì kěyǐ xiě èrshí duō huà wǒ cóng zǎo xiědào xiànzài shǒu dōu

痠了還 沒 寫到三 千 畫呢！」
suānle hái méi xiědào sānqiān huà ne

(二)問題
wèntí

_____ 1. 第二天 老 師 教「二」 這 個字的 時候，兒子的 心
dì èrtiān lǎoshī jiào èr zhèige zì de shíhòu érzi de xīn
　　　情 怎麼 樣？
qíng zěnme yàng

(A) 很緊張

(B) 覺得很有意思

(C) 太難了，記不住

(D) 覺得沒有意思

_____ 2. 爲 什 麼 兒子一直 寫不完「萬」字？
wèishénme érzi yìzhí xiěbùwán wàn zì

(A) 老師教錯了，所以寫不好

(B) 老師教「萬」字的時候，兒子沒去上課

(C) 他不想幫爸爸寫卡片

(D) 兒子把「萬」字寫錯了

_____ 3. 爲 什 麼 老 先 生 不繼續 讓 老師 教 兒子
wèishénme lǎo xiānshēng bú jìxù ràng lǎoshī jiào érzi

寫字？
xiě zì

(A) 兒子太笨，所以老師不想教了

(B) 老先生沒有錢可以讓老師教兒子了

(C) 他覺得兒子很聰明，所以不用學習了

(D) 老師教的不好，所以老先生要換新的老師

_____ 4. 如果 要 寫「五」字，你覺得兒子會 寫 成 什
rúguǒ yào xiě wǔ zì nǐ juéde érzi huì xiěchéng shé

麼 樣子？
me yàngzi

(A) 五

(B) ≡

(C) 5

(D) ✕

_____ 5. 「老 先 生 『請』了一個 外地老 師」的「請」和
lǎo xiānshēng qǐngle yíge wàidì lǎoshī de qǐng hé

下面 哪個 是一樣 的？
xiàmiàn nǎge shì yíyàng de

(A) 這間醫院最近新請了三位醫生

(B) 這麼久沒見了，這頓飯我請你吧！

(C) 這是我自己做的餅乾，請你吃

(D) 可以請你幫我一個忙嗎？

_____ 6. 這樣下去「不是辦法」，是什麼意思？
zhèyàng xiàqù bùshì bànfǎ shì shénme yìsi

(A) 想出來的方法沒有用
(B) 想不出方法
(C) 不好、不行的意思
(D) 找不到人幫忙

_____ 7. 這個故事告訴我們什麼？
zhèige gùshì gàosù wǒmen shénme

(A) 念書的重要，一定要讓自己的孩子唸書，才不會被人笑
(B) 學習不能只學一半，必須認真、好好地學習才能學得好
(C) 好的老師很重要，只要老師教的好，回家不用念書也可以
(D) 錢的重要，有錢才能有好的老師，這樣才能學得好

_____ 8. 哪個是對的？
nǎge shì duì de

(A) 因為老先生沒有錢，所以不能讓他的孩子念書
(B) 老師從「一」教到「十」字，兒子都學很好
(C) 因為兒子太笨了一直學不好，所以老先生就不讓老師繼續教兒子寫字了
(D) 兒子不會寫萬字，不是老師教的不好，是因為兒子沒有好好地學習下去

(三) 生詞
shēngcí

	生詞	漢語拼音	解釋
1	鄉村	xiāngcūn	villa, pueblo rústico, área rural
2	文盲	wénmáng	analfabeto
3	世世代代	shì shì dài dài	por generaciones

	生詞	漢語拼音	解釋
4	不是辦法	búshì bànfǎ	no es la respuesta, no es la solución
5	連	lián	incluso
6	鄰居	línjū	vecino
7	外地	wàidì	otras partes del país, fuera de cierto lugar
8	毛筆	máobǐ	pincel de pelo, pincel para usar con tinta
9	牢牢（的）	láoláo (de)	firmemente
10	記住	jìzhù	recordar, aprender de memória
11	面無表情	miàn wú biǎoqíng	inexpresivo
12	突然	túrán	repentino, de repente
13	浪費	làngfèi	desperdiciar
14	請	qǐng	contratar
15	辭退	cítuì	despedir
16	照	zhào	de acuerdo con
17	完成	wánchéng	finalizar, completar
18	情況	qíngkuàng	situación, circuntasncias
19	沾	zhān	humedecer, empapar, mojar, mancharse
20	墨汁	mòzhī	tinta china
21	梳子	shūzi	peine
22	煩惱	fánnǎo	tener preocupaciones
23	畫（筆畫）	huà (bǐhuà)	el trazo
24	痠	suān	dolores musculares

參考出處：http://www.minghui-school.org/school/article/2009/10/5/79377.html

（網站名：明慧學校）

二十七、杞人憂天
qǐ rén yōu tiān

(一)文章
wénzhāng

從前，有個住在杞國的人，他常常擔心一
cóngqián yǒu ge zhù zài Qǐguó de rén   tā chángcháng dānxīn yì

些奇怪的事情。例如，他曾經擔心天空會塌下
xiē qíguài de shìqíng   lìrú   tā céngjīng dānxīn tiānkōng huì tāxià

來。他覺得，如果天空塌下來了，在天空下面的
lái   tā juéde   rú guǒ tiānkōng tāxiàlái le   zài tiānkōng xiàmiàn de

人 還 可以 逃到 哪裡 去呢？人 如果 這 樣 就 被 天 空 壓
rén hái kěyǐ táodào nǎlǐ qù ne　rén rúguǒ zhèyàng jiù bèi tiānkōng yā

死了，不是 很 可憐 嗎？他 因爲 太 煩惱 天 空 會 塌下
sǐ le　búshì hěn kělián ma　tā yīnwèi tài fánnǎo tiānkōng huì tāxià

來 這件 事情，所以 每天 都 睡不著 覺，飯也 吃不
lái zhèjiàn shìqíng　suǒyǐ měitiān dōu shuìbùzháo jiào　fàn yě chībú

下。他的 朋 友 看到 他臉色 憔悴、精 神 不 好，就問
xià　tā de péngyǒu kàndào tā liǎnsè qiáocuì　jīngshén bù hǎo　jiùwèn

他發 生 了 什麼 事情。知道 原因以後，他的 朋 友
tā fāshēngle shénme shìqíng　zhīdào yuányīn yǐhòu　tā de péngyǒu

安慰他：「天 空 其實 就是一堆 空氣，空氣無 所不
ānwèi tā　tiānkōng qíshí jiùshì yìduī kōngqì　kōngqì wú suǒ bú

在，我們 現在就是在 空氣裡呼吸、走 動。你怎麼 會
zài，wǒmen xiànzài jiùshì zài kōngqìlǐ hūxī　zǒudòng　nǐzěnme huì

擔心 空氣掉下來呢？」
dānxīn kōngqì diàoxiàlái ne

　　杞國人 聽了以後，不但 沒有 放心，反而又 想
　　Qǐguórén tīngle yǐhòu　búdàn méiyǒu fàngxīn　fǎnér yòu xiǎng

到，如果 天 空 只是一堆 空氣，那麼 怎麼 可以支 撐
dào，rúguǒ tiānkōng zhǐshì yì duī kōngqì　nàme zěnme kěyǐ zhīchēng

住 星星、月亮、太陽 的 重 量呢？星星、月 亮、
zhù xīngxing yuèliàng tàiyáng de zhòngliàng ne xīngxing yuèliàng

太陽 會不會 掉下來？如果 走 在路上 被 掉下來的
tàiyáng huì bú huì diàoxiàlái　rúguǒ zǒu zài lùshàng bèi diàoxiàlái de

星星、月亮、太陽 打到了，該怎麼辦 呢？他的 朋
xīngxing yuèliàng tàiyáng dǎdào le　gāi zěnmebàn ne　tā de péng

友 聽了，又 告訴他：「星 星、月 亮、太陽 只是 空
yǒu tīng le　yòu gàosù tā　　xīngxing　yuèliàng　tàiyáng zhǐshì kōng

氣 中 的 光 線，光 線 掉下來也不會 怎麼樣
qì zhōng de guāngxiàn guāngxiàn diàoxiàlái yě búhuì zěnmeyàng

啊！」聽 了 朋 友 的 話 以後，杞國人 覺得比較 放心
a　　　　tīngle péngyǒu de huà yǐhòu　Qǐguórén juéde bǐjiào fàngxīn

了。不過 之後他又 想 到了很多奇怪 的問題，又因
le　búguò zhīhòu tā yòu　xiǎngdàole hěnduō qíguài de wèntí　yòu yīn

爲 這樣 常 常 擔心 得吃不下飯、睡不 著 覺。後
wèi zhèyàng chángcháng dānxīn de chībúxià fàn　shuìbùzháo jiào　hòu

來的人就 根據 這個故事，濃 縮 成「杞人 憂 天」這
lái de rén jiù gēnjù zhège gùshì　nóngsuō chéng　Qǐ rén yōu tiān　zhè

個 成 語，來比喻爲了不必要的問題 擔心的 狀 況。
ge chéngyǔ　lái bǐyù wéile bú bìyào de wèntí dānxīn de zhuàngkuàng

(二)問題
wèntí

_____ 1. 杞 國 人 沒 有 擔心 過 什麼事 情？
　　　　　Qǐguórén méiyǒu dānxīn guò shénme shìqíng
　　　　(A) 吃不下飯
　　　　(B) 天空塌下來
　　　　(C) 被天空壓死
　　　　(D) 被月亮打到

_____ 2. 「天 空 塌下來」這 句 話 中 的「塌」，換
　　　　　　tiānkōng　tāxiàlái　zhè jù huà zhōng de　tā　huàn
　　　　　　成 哪個字以後，句子的意思 差不 多？
　　　　　chéng nǎge zì yǐhòu　jùzi de　yìsi chàbùduō

(A) 掉

(B) 打

(C) 丟

(D) 跌

_____ 3. 「下來」不可以 放 進去哪個 句子的□□裡 面？
　　　xiàlái　bù kěyǐ fàng jìnqù nǎge　jùzi de　　　lǐmiàn

(A) 請你把車停□□，我想要下車。

(B) 雨欣很難過，她的眼淚流了□□。

(C) 下雨了，你留□□吃個飯再回家吧！

(D) 我知道這個藥很苦，但是還是請妳吃□□。

_____ 4. 「空 氣 無 所 不 在」的 意思是？
　　　kōngqì wú suǒ bú zài　de yìsi shì

(A) 沒有空氣

(B) 到處都有空氣

(C) 有些地方有空氣，有些地方沒有空氣

(D) 上面的答案都不對

_____ 5. 第二 段 在 說 什 麼？
　　　dì èr duàn zài shuō shénme

(A) 杞國人被太陽打到了

(B) 杞國人不擔心天空塌下來了

(C) 杞國人的朋友也怕被月亮打到

(D) 杞國人擔心天上的星星掉下來

_____ 6. 第三 段 告訴我們 什麼？
　　　dì sān duàn gàosù wǒmen shénme

(A) 天空就是一堆空氣

(B) 杞國人睡得著、吃得下飯了

(C) 被掉下來的月亮打到該怎麼辦

(D) 杞國人還是常常擔心其他事情

_____ 7. 關於杞國人在 文 章　每一 段　的心情，
guānyú Qǐguórén zài wénzhāng měi yí duàn de xīnqíng

下 面　哪一個　正 確？
xiàmiàn nǎ yí ge zhèngquè

(A) 第一段：擔心；第二段：擔心；第三段：放心。

(B) 第一段：擔心；第二段：放心；第三段：擔心。

(C) 第一段：擔心；第二段：擔心；第三段：擔心。

(D) 第一段：擔心；第二段：放心；第三段：放心。

_____ 8. 關於這 篇　文 章，下 面　哪個不對？
guānyú zhè piān wénzhāng xiàmiàn nǎge búduì

(A) 杞國人最後被天空壓死了

(B) 杞國人常常擔心一些奇怪的事情

(C) 這篇文章說的是「杞人憂天」成語的由來

(D) 杞國人的朋友覺得星星、月亮、太陽只是空氣中的光
線

(三) 生 詞
shēngcí

	生詞	漢語拼音	解釋
1	杞國	Qǐguó	Qi, un pequeño estado feudal, aparece en la historia china desde el comienzo de la Dinastía Shang hasta el comienzo del periodo de los Estados en Guerra
2	曾經	céngjīng	antes, haber hecho/estado...una vez
3	天空	tiānkōng	cielo
4	塌	tā	hundirse, caerse
5	逃	táo	escapar, huir
6	壓	yā	apretar
7	可憐	kělián	tener lástima por; lamentable, patético

	生詞	漢語拼音	解釋
8	煩惱	fánnǎo	preocupación; estar preocupado
9	臉色	liǎnsè	mirada, expresión facial
10	憔悴	qiáocuì	delgado y pálido
11	安慰	ānwèi	consolar, confortar
12	堆	duī	palabra de medida para (1) un grande número de personas reunidas; (2) cosas amontonadas
13	無所不在	wú suǒ bú zài	omnipresente
14	呼吸	hūxī	respirar
15	反而	fǎnér	en lugar de, de lo contrario
16	支撐	zhīchēng	apoyo; apoyar
17	重量	zhòngliàng	peso
18	光線	guāngxiàn	luz, iluminación
19	之後	zhīhòu	más tarde, después
20	根據	gēnjù	de acuerdo a
21	濃縮	nóngsuō	concentrado
22	成語	chéngyǔ	frases idiomáticas
23	比喻	bǐyù	metáfora, ejemplificar
24	必要	bìyào	necesario, indispensable
25	狀況	zhuàngkuàng	condición, estado, situación

二十八、微笑
wéixiào

你喜歡 微笑 嗎？
nǐ xǐhuān wéixiào ma

你 知道「微笑」這個 動 作 會 影 響 你的 心 情
nǐ zhīdào wéixiào zhège dòngzuò huì yǐngxiǎng nǐ de xīnqíng

嗎？有 兩位 美 國 學 者 曾 經 做 過 一個 研 究，他們
ma yǒu liǎngwèi Měiguó xuézhě céngjīng zuò guò yí ge yánjiù   tāmen

把參加研究的人分 成 兩組，
bǎ cānjiā yánjiù de rén fēnchéng liǎngzǔ

要求 兩組的人都咬著 鉛筆
yāoqiú liǎngzǔ de rén dōu yǎozhe qiānbǐ

觀 賞 卡通 影片。
guānshǎng kǎtōng yǐngpiàn

他們 希望A組的人一邊 微笑
tāmen xīwàng zǔ de rén yìbiān wéixiào

一邊 看卡通，所以 請A組的
yìbiān kàn kǎtōng suǒyǐ qǐng zǔ de

人 用 牙齒咬住 鉛筆。他們
rén yòng yáchǐ yǎozhù qiānbǐ tāmen

希望B組的人不要 笑著 看卡
xīwàng zǔ de rén búyào xiàozhe kàn kǎ

通，所以他們 請B組的人 用 嘴
tōng suǒ yǐ tāmen qǐng zǔ de rén yòng zuǐ

唇含 著 鉛筆，這 樣B組的人就
chún hánzhe qiānbǐ zhèyàng zǔ de rén jiù

沒有 辦法微笑。等 兩組的人看 完卡通以後，他
méiyǒu bànfǎ wéixiào děng liǎngzǔ de rén kànwán kǎtōng yǐhòu tā

們 問A、B兩組看 完卡通 的感覺，結果A組的人 都
men wèn liǎngzǔ kàn wán kǎtōng de gǎnjué jiéguǒ zǔ derén dōu

認為卡通 影片很好笑，B組的人就 不那麼 覺得。
rènwéi kǎtōng yǐngpiàn hěn hǎo xiào zǔ de rén jiù bú nàme juéde

還有 研究顯示，微笑 能 讓你的大腦 釋放 出
háiyǒu yánjiù xiǎnshì wéixiào néng ràng nǐ de dànǎo shìfàng chū

讓你「感覺 良 好」的 化學 物質——「腦 內啡」
ràng nǐ gǎnjué liánghǎo de huàxué wùzhí nǎonèifēi

（endorfina），這 種 物質 不但 能 讓 你有 快樂 的
zhè zhǒng wùzhí búdàn néng ràng nǐ yǒu kuàilè de

感覺，而且還 能 稍 微 減 輕 身體上 的 疼痛。常
gǎnjué érqiě hái néng shāowéi jiǎnqīng shēntǐ shàng de téngtòng cháng

常 笑 的人 看起來也 比較 年輕，也會有比較 多
cháng xiào de rén kàn qǐ lái yě bǐ jiào niánqīng yě huì yǒu bǐjiào duō

的 朋友，因爲 跟他 相 處 很 開心，所以大家 都喜
de péngyǒu yīnwèi gēn tā xiāngchǔ hěn kāixīn suǒyǐ dàjiā dōu xǐ

歡 跟他交 朋友。
huān gēn tā jiāo péngyǒu

英 國 的心理學家還 做 過一個實驗，他們 讓 參
Yīngguó de xīnlǐxuéjiā hái zuòguò yíge shíyàn tāmen ràng cān

加實驗 的男 生、女 生 看四種 照 片，第一 種
jiā shíyàn de nánshēng nǚshēng kàn sìzhǒng zhàopiàn dì yī zhǒng

是「看 著你但是不 笑」，第二 種 是「雖然 笑 了，
shì kànzhe nǐ dànshì bú xiào dì èr zhǒng shì suīrán xiào le

但是 沒 看 你」，第三 種 是「不 笑也 不 看 著
dànshì méi kàn nǐ dì sān zhǒng shì bú xiào yě bú kànzhe

你」，最後一 種 照 片是「邊 微 笑 邊 看著你」。
nǐ zuìhòu yìzhǒng zhàopiàn shì biān wéixiào biān kànzhe nǐ

心理學家發現，大部分 參加 實驗 的人 都 覺得，第四
xīnlǐxuéjiā fāxiàn dà bùfèn cānjiā shíyàn de rén dōu juéde dì sì

種 照 片 中 的人 對他們 來 説 最有 魅力。人都
zhǒng zhàopiànzhōng de rén duì tāmen lái shuō zuìyǒu mèilì rén dōu

會被面帶笑容的人吸引，所以多 微笑 還可以讓
huì bèi miàn dài xiàoróng de rén xīyǐn　suǒyǐ duō wéixiào hái kěyǐ ràng

你更有魅力、更有吸引力呢！
nǐ gèngyǒu mèilì　gèngyǒu xīyǐnlì ne

既然 微笑 的好處這麼多，看到這裡的你，不
jìrán wéixiào de hǎochù zhème duō　kàndào zhèlǐ de nǐ　bù

如現在就笑一個吧！
rú xiànzài jiù xiào yíge ba

(二)問題
wèntí

_____ 1. 關於第一段，下面哪一個不對？
guānyú dì yī duàn xiàmiàn nǎ yíge búduì

(A) 告訴我們美國學者做的研究

(B) 學者把參加研究的人分成兩組

(C) 一組的人看卡通要微笑，一組的人不用

(D) 不笑的那一組覺得卡通很好笑

_____ 2. 第一個研究中，B組的人看完卡通 影片
dì yī ge yánjiùzhōng　zǔ de rén kànwán kǎtōng yǐngpiàn

以後的感覺怎麼樣？
yǐhòu de gǎnjué zěnmeyàng

(A) 卡通影片很好笑

(B) 卡通影片不那麼好笑

(C) B組的人沒有看卡通影片

(D) B組的感覺跟A組的感覺一樣

_____ 3. 哪一個不是文章中 說到的常
nǎ yíge búshì wénzhāngzhōng　shuōdào de cháng

常 微笑的好處？
cháng wéixiào de hǎochù

(A) 考試成績進步

(B) 會有快樂的感覺

(C) 看起來比較年輕

(D) 減輕身體上的疼痛

_____ 4. 第三 段 告訴我們 什麼？
dì sān duàn gàosù wǒmen shénme

(A) 微笑會影響心情

(B) 英國心理學家的實驗內容

(C) 微笑的時候大腦會釋放腦內啡

(D) 看著你但是不笑的人，很有吸引力

_____ 5. 英 國 的 心 理 學 家 覺 得 哪 種 人 比 較 有 魅
Yīngguó de xīnlǐxuéjiā juéde nǎzhǒng rén bǐjiào yǒu mèi

力？
lì

(A)

笑了但是沒看你

(B)

不笑也不看著你

(C)

邊微笑邊看著你

(D)

看著你但是不笑

_____ 6. 下 面 哪 個 句 子 有 問 題 ？
xiàmiàn nǎge jùzi yǒu wèntí

(A) 我不但不吃蘋果，還要吃香蕉。

(B) 這篇文章不但寫了美國的實驗，還寫了英國的實驗。

(C)我打破杯子，媽媽不但沒生氣，還問我有沒有受傷。

(D)常常微笑的人不但看起來比較年輕，還會有比較多的朋友。

────── 7. 文章最後一段希望讀者做什麼？
wénzhāng zuìhòu yíduàn xīwàng dúzhě zuò shénme

(A)現在就微笑

(B)看懂文章以後再微笑

(C)看完文章以後不要微笑

(D)把文章看完以後才可以微笑

────── 8. 關於這篇文章，下面哪個不對？
guānyú zhèpiān wénzhāng xiàmiàn nǎge búduì

(A)微笑可以增加吸引力

(B)看卡通影片可以幫助你微笑

(C)這篇文章說了很多微笑的好處

(D)這篇文章告訴我們兩個關於微笑的實驗

(三)生詞
shēngcí

	生詞	漢語拼音	解釋
1	微笑	wéixiào	sonreír
2	動作	dòngzuò	movimiento, acción
3	學者	xuézhě	escolar, aprendiz
4	曾經	céngjīng	antes, haber hecho/estado...una vez
5	咬	yǎo	morder
6	觀賞	guānshǎng	ver y admirar, apreciar, disfrutar de la vista
7	卡通	kǎtōng	dibujos animados

	生詞	漢語拼音	解釋
8	影片	yǐngpiàn	película
9	嘴唇	zuǐchún	labios
10	含	hán	mantener algo en la boca
11	顯示	xiǎnshì	demostrar, manifestar, mostrar
12	大腦	dànǎo	cerebro
13	釋放	shìfàng	liberar
14	良好	liánghǎo	bueno
15	化學	huàxué	química
16	物質	wùzhí	sustancia
17	腦內啡	nǎonèifēi	endorfina
18	稍微	shāowéi	un poco
19	減輕	jiǎnqīng	aligerar, facilitar, mitigar
20	疼痛	téngtòng	dolor
21	相處	xiāngchǔ	llevarse (bien/mal) con
22	實驗	shíyàn	experimento, prueba
23	魅力	mèilì	encanto, glamúr o glamour
24	吸引力	xīyǐnlì	fuerza de atracción
25	不如	bùrú	no ser tan bueno como

參考資料

1. http://www.books.com.tw/exep/prod/booksfile.php?item＝0010490714
   （博客來書籍館―《秒殺緊張》書籍內容簡介）
2. 聯合新聞網 2008/09/09（情場得意關鍵：一盯二笑三告白）

二十九、聰 明 的 使者
cōngmíng de shǐzhě

㈠ 文 章
wénzhāng

　　從 前，有一個 國家有一個 很 特別的習俗。這個
cóngqián　yǒu yíge guójiā yǒu yíge hěn tèbié de xísú　　zhège

國家規定 所有的人在 國王 的宴席 上 吃飯時，
guójiā guīdìng suǒyǒu de rén zài guówáng de yànxíshàng　chīfàn shí

都不能 翻動 盤子裡的菜，只能 吃最 上 面 的部
dōu bùnéng fāndòng　pánzilǐ de cài　zhǐnéng chī zuì shàngmiàn de bù

分。有一天，有一個外國的使者來到這個國家，國
fèn　yǒu yìtiān　yǒu yíge wàiguó de shǐzhě láidào zhège guójiā　guó

王因爲要歡迎他，所以準備了好吃的宴席要
wáng yīnwèi yào huānyíng tā　suǒyǐ zhǔnbèile hǎochī de yànxí yào

好好招待他。
hǎohǎo zhāodài tā

但是在吃飯的時候，卻發生了一件事情。原來
dànshì zài chīfàn de shíhòu　què fāshēngle yíjiàn shìqíng　yuánlái

這個使者因爲以前沒來過這個王國，不知道
zhège shǐzhě yīnwèi yǐ qián méi láiguò zhège wángguó　bù zhīdào

這個習俗，所以他在吃飯的時候，把吃完一面的魚
zhège xí sú　suǒyǐ tā zài chīfàn de shíhòu　bǎ chīwán yímiàn de yú

翻了過去。旁邊的人看到以後非常生氣，對國
fānle guòqù　pángbiān de rén kàndào yǐhòu fēicháng shēngqì　duì guó

王說：「國王，他這樣做很不禮貌！以前從來
wáng shuō　guówáng tā zàiyàng zuò hěn bù lǐ mào　yǐqián cónglái

沒有人敢這樣做，您必須處死他！」國王看著
méiyǒu rén gǎn zhèyàng zuò　nín bìxū chǔsǐ tā　guówáng kànzhe

使者說：「今天我一定要處死你，否則其他人就會
shǐzhě shuō　jīntiān wǒ yídìng yào chǔ sǐ nǐ　fǒuzé qítā rén jiùhuì

嘲笑我。但是看在你們和我們的國家有很好的
cháoxiào wǒ　dànshì kànzài nǐmen hé wǒmen de guójiā yǒu hěnhǎo de

關係，所以在你死之前，你可以向我請求一件事，
guānxì　suǒyǐ zài nǐ sǐ zhīqián　nǐ kěyǐ xiàng wǒ qǐngqiú yíjiàn shì

我一定會幫你做到。」
wǒ yí dìng huì bāng nǐ zuòdào

使者 想了想，説：「好，那麼我 有一個小小 的
shǐzhě xiǎngle xiǎng shuō　hǎo　nàme wǒ yǒu yígexiǎoxiǎo de

請求。」國 王 説：「沒 問題！除了讓 你活 命 的
qǐngqiú　guówáng shuō　méi wèntí　chúle ràng nǐ huómìng de

請求，我 都 可以答應你。」使者 説：「我 希望 在
qǐngqiú　wǒ dōu kěyǐ dāyìng nǐ　shǐzhě shuō　wǒ xīwàng zài

我死之前，您 能 把 所有 看到 我 翻 動 那條魚的人
wǒ sǐ zhīqián　nín néng bǎ suǒyǒu kàndào wǒ fāndòng nàtiáoyú de rén

的眼睛 全 都 挖掉。國 王 聽了之後嚇一跳，連 忙
de yǎnjīng quán dōu wādiào　guówáng tīngle zhīhòu xiàyítiào liánmáng

説 自己什麼也沒 看見，旁 邊 的人 聽了也 忙 著
shuō zìjǐ shénme yě méi kànjiàn　pángbiān de rén tīngle yě mángzhe

説自己什麼 都 沒 看 到，所以不該 挖掉自己的眼
shuō zìjǐ shénme dōu méi kàndào　suǒyǐ bù gāi wādiào zìjǐ de yǎn

睛。使者 聽了之後 微笑，和 全 部的人 説：「既然
jīng　shǐzhě tīngle zhīhòu wéixiào　hé quánbù de rén shuō　jìrán

大家什麼 都 沒 看 見，那 我 們 就繼續 吃飯吧！」最後
dàjiā shénme dōu méi kànjiàn　nà wǒmen jiù jìxù chīfàn ba　zuìhòu

他也 平安 地離開了。
tā yě píngān de líkāi le

（二）問題
wèntí

_____ 1. 請 問 使者 為什麼 要 到 這個國家？
qǐngwèn shǐzhě wèishénme yào dào zhège guójiā
(A) 因為他想跟國王吃飯

(B) 他只是經過

(C) 他帶了禮物要送給國王

(D) 文章沒有說

_____ 2. 和 使 者 一起 吃 飯 的 其他人 爲 什 麼 要 生
hé shǐzhě yìqǐ chīfàn de qítā rén wèishénme yào shēng

氣？
qì？

(A) 因爲他們覺得使者是壞人

(B) 因爲使者沒有把魚吃完

(C) 因爲東西不好吃

(D) 使者翻動了那條魚

_____ 3. 使者 聽了大家 說 的話 之後，爲 什 麼 笑？
shǐzhě tīngle dàjiā shuō de huà zhīhòu wèishénme xiào

(A) 因爲他覺得那些人說錯話了

(B) 因爲他的問題解決了，可以安全回家了

(C) 因爲那條魚很好吃，所以他很高興

(D) 因爲他很害怕，不知道應該怎麼辦

_____ 4. 爲 什 麼 大家 後 來 說 的 和 以前 說 的 話 不
wèishéme dàjiā hòulái shuō de hé yǐqián shuō de huà bù

一樣？
yíyàng

(A) 他們忘記自己以前說什麼，不小心說錯了

(B) 在國王面前說話很緊張，所以說錯了

(C) 使者沒有翻動那條魚，他們看錯了

(D) 他們害怕使者說的話

_____ 5. 「既然」可以 放 進 下面 哪個句子？
jìrán kěyǐ fàngjìn xiàmiàn nǎge jùzi

(A) □□你，我不會再喜歡別人了。

(B) □□你不相信我，我也要做給你看。

(C) □□我們是朋友，這點小事你就不用說謝謝了。

(D) □□你再怎麼討厭我，我還是想和你做朋友。

_____ 6. 「國　王　聽了之後　嚇一跳，連　忙　說　自己
guówáng tīngle zhīhòu xiàyítiào liánmáng shuō zìjǐ

什麼也沒看見」，「連忙」是什麼意思？
shénme yě méi kànjiàn　　liánmáng shì shénme yìsi

(A) 著急、快點的意思

(B) 每天都很忙，沒有時間休息

(C) 很緊張，說話說得很慢

(D) 繼續，沒辦法停下來的意思

_____ 7. 「吃完一面　的魚」的「面」和哪個意思一樣？
chīwán yímiàn de yú de miàn hé nǎge yìsi yíyàng

(A) 你的衣服穿錯了，應該穿這一面才對

(B) 我們要約在哪裡見「面」？

(C) 再走一下，郵局就在前「面」了

(D) 外「面」正在下雨，今天不能打球了

_____ 8. 「否則」可以　放進下面　哪個句子？
fǒuzé kěyǐ fàngjìn xiàmiàn nǎge jùzi

(A) □□有你的幫忙，不然我真的不知道應該怎麼辦。

(B) 你今天不要太晚回家，□□媽媽又要高興了。

(C) 你快一點，□□我們又要遲到了。

(D) 我□□考試，也不想寫功課。

(三) 生詞
shēngcí

	生詞	漢語拼音	解釋
1	王國	wángguó	reino
2	習俗	xísú	costumbre
3	規定	guīdìng	establecer reglas, fijar normas
4	國王	guówáng	rey
5	宴席	yànxí	banquete

	生詞	漢語拼音	解釋
6	翻（動）	fān (dòng)	voltear(acción)
7	部分	bùfèn	parte
8	外國	wàiguó	país extranjero
9	使者	shǐzhě	emisario
10	招待	zhāodài	recibir, entretener (invitados)
11	面	miàn	cara, superficie, lado
12	禮貌	lǐmào	modales, cortesía
13	處死	chǔsǐ	ejecutar, condenar a la muerte
14	嘲笑	cháoxiào	reírse de, burlarse
15	請求	qǐngqiú	pedir un favor, solicitar
16	除了	chúle	con excepción, además de
17	活命	huómìng	para sobrevivir
18	答應	dāyìng	acordar, estar de acuerdo, prometer
19	挖	wā	cavar
20	嚇一跳	xiàyítiào	asustar(se), ser sorprendido, dar un susto
21	連忙	liánmáng	inmediatamente
22	微笑	wéixiào	sonreir
23	既然	jìrán	ya que, ahora que
24	繼續	jìxù	continuar
25	平安	píngān	sano y salvo

＊故事參考來源：http://softwarecenter.idv.tw/intelligence.htm

　（網站名：小故事大啓示）

三十、送禮
sònglǐ

㈠文 章
wénzhāng

　　俗話 說 得 好：「禮多人不怪」，送禮是 向 親
　　súhuà shuō de hǎo　　　lǐ duō rén bú guài　　sònglǐ shì xiàng qīn

朋 好友 傳達 關心 的 表現。但是，不同 文化
péng hǎo yǒu chuándá guānxīn de biǎoxiàn dànshì　bùtóng wénhuà

中 有 不同 的 送禮禁忌。在 臺灣，你不能 不知道
zhōng yǒu bùtóng de sònglǐ jìnjì　　zài Táiwān　nǐ bùnéng bùzhīdào

下面 的 送禮禁忌：在 中 國 文化裡，有不 送 時
xiàmiàn de sònglǐ jìnjì　　zài Zhōngguó wénhuàlǐ　yǒu bú sòng shí

鐘、雨傘、扇子、刀子的習慣。因為「送 鐘」跟「送
zhōng yǔsǎn shànzi　dāozi de xíguàn yīnwèi sòngzhōng gēn sòng

終」諧音，如果 真 的一定 要 送 時 鐘，必須要加
zhōng xiéyīn　rúguǒ zhēnde yídìng yào sòng shízhōng bì xū yào jiā

送 一 本 書，諧音「有 始 有 終」；不能 送 雨傘 或
sòng yì běn shū　xiéyīn yǒu shǐ yǒu zhōng　bùnéng sòng yǔsǎn huò

是 扇子，也是因為「傘」字、「扇」與「散」的字音很
shì shànzi　yěshìyīnwèi sǎn zì　shàn yǔ sàn de zìyīn hěn

像，好 像 送了雨傘 或 扇子給 朋 友 後，兩個人
xiàng hǎoxiàng sòngle yǔsǎn huò shànzi gěi péngyǒu hòu liǎngge rén

的 友誼就「散」了，不再是 朋 友，所以大家都 不喜
de yǒuyì jiù　sàn le　búzài shì péngyǒu　suǒyǐ dàjiā dōu bù xǐ

歡 收 到 這樣 的禮物。如果 你送 剪刀 或是 菜刀
huān shōudào zhèyàng de lǐwù　rúguǒ nǐ sòng jiǎndāo huòshì càidāo

給親 朋 好 友，朋 友 會覺得你是 想 要跟他「一刀
gěi qīn péng hǎo yǒu péngyǒu huì juéde nǐ shì xiǎngyào gēn tā yìdāo

兩 斷」，不再 聯絡。
liǎng duàn　bú zài liánluò

另外，如果 親 朋 好 友 生 病 或是 開刀 住
lìngwài　rúguǒ qīn péng hǎo yǒu shēngbìng huòshì kāidāo zhù

院 了，我們 去 探病 的時候 通 常 也會 帶些禮物
yuàn le　wǒmen qù tànbìng de shíhòu tōngcháng yěhuì dài xiē lǐwù

給他們。可是你最好別帶 香 蕉給 朋 友，因為 香
gěi tāmen　kěshì nǐ zuìhǎo bié dài xiāngjiāo gěi péngyǒu　yīnwèi xiāng

蕉 在 臺語的音 跟 臺語「招」這個字一樣，送 人 香
jiāo zài Táiyǔ de yīn gēn Táiyǔ zhāo zhège zì yíyàng sòng rén xiāng

蕉，有「希望 別人 生 更多病」的意思。送 花 是
jiāo yǒu xīwàng biérén shēng gèngduō bìng de yìsi sònghuā shì

個不錯 的 主意，不過 你要 先 打聽 清楚，你的 朋 友
ge búcuò de zhǔyì búguò nǐ yào xiān dǎtīng qīngchǔ nǐ de péngyǒu

會不會對 花粉 過敏，而且 不能 送 菊花，因為菊花
huì bú huì duì huāfěn guòmǐn érqiě bùnéng sòng júhuā yīnwèi júhuā

是 葬禮常 用 的花，生 日、探病 都不能 送，收
shì zànglǐ chángyòng de huā shēngrì tànbìng dōu bùnéng sòng shōu

到 的人會 覺得你是希望 他趕 快死掉，而不是早日
dào de rén huì juéde nǐ shì xīwàng tā gǎnkuài sǐdiào ér búshì zǎo rì

康 復。
kāng fù

　　所以，住 在 臺灣，必須 清楚 臺灣 的 送禮禁忌，
suǒyǐ zhùzài Táiwān bìxū qīngchǔ Táiwān de sònglǐ jìnjì

送 臺灣人禮物 的 時候，你 就 不會「失禮」了。
sòng Táiwānrén lǐwù de shíhòu nǐ jiù búhuì shīlǐ le

㈡問題
　wèntí

───── 1.「不 能 不知道」的意思 跟 下 面 哪一個意思一
　　　　bùnéng bùzhīdào de yìsi gēn xiàmiàn nǎ yíge yìsi yí

　　　樣？
　　　yàng

　　　㈠一定要知道

(B) 可能不知道

(C) 可以不知道

(D) 不一定知道

_____ 2. 「禁忌」是 什 麼 意思？
jìn jì　shì shénme yìsi

(A) 不能送禮物

(B) 不能做的事情

(C) 在臺灣不能買的禮物

(D) 生病的時候不能做的事情

_____ 3. 如果 一 定 要 送 時鐘 給 朋 友，必須 怎
rúguǒ yídìng yào sòng shízhōng gěi péngyǒu　bìxū zěn

麼 做 比較 好？
me zuò bǐjiào hǎo

(A) 加送雨傘

(B) 買很貴的時鐘

(C) 請朋友不要掛在牆上

(D) 把一本書跟時鐘一起送給朋友

_____ 4. 在 臺灣 爲什麼 不能 送 雨傘 或是 扇子
zài Táiwān wèishénme bùnéng sòng yǔsǎn huòshì shànzi

給 朋 友？
gěi péngyǒu

(A) 送雨傘有希望朋友趕快死掉的意思

(B) 臺灣的夏天非常熱，送扇子沒有太大的幫助

(C) 「傘」跟「扇」與「散」的字音很像，有不好的意思

(D) 臺灣常常下雨，大家都有雨傘，所以不希望收到傘當
禮物

_____ 5. 第二 段 告訴我 們 什麼？
dì èr duàn gàosù wǒmen shénme

(A) 不能帶進去醫院的東西

(B) 探病的時候不能送的東西

(C) 送禮是向親朋好友表示情誼的表現

(D) 了解臺灣的送禮禁忌，才不會「失禮」

——— 6. 要 送 生 病 的 人 花，除 了 要 注 意 不 能
yào sòng shēngbìng de rén huā chúle yào zhùyì bùnéng

送 菊 花 以外，還 要 注 意 什 麼？
sòng júhuā yǐwài háiyào zhùyì shénme

(A) 不能送香蕉

(B) 不能送玫瑰花

(C) 不能只送一種花

(D) 朋友對花會不會過敏

——— 7. 第 三 段 裡 的「失 禮」是 什 麼 意 思？
dì sān duàn lǐ de shīlǐ shì shénme yìsi

(A) 對朋友生氣

(B) 把禮物弄丟了

(C) 送給朋友的禮物不夠多

(D) 把朋友不願意收到的禮物送給朋友

——— 8. 哪 個 是 錯 的？
nǎge shì cuò de

(A) 可以送朋友菊花當生日禮物

(B) 不同文化中有不同的送禮禁忌

(C) 送剪刀的意思是不想再跟朋友聯絡了

(D) 送香蕉有希望朋友「生更多病」的意思。

(三) 生 詞
shēngcí

	生詞	漢語拼音	解釋
1	禮多人不怪	lǐ duō rén bú guài	la cortesía no cuesta nada y gana mucho
2	傳達	chuándá	transmitir, comunicar
3	禁忌	jìnjì	tabú

	生詞	漢語拼音	解釋
4	扇子	shànzi	abanico
5	送終	sòngzhōng	asistir a uno de los padres(u otro miembro importante de la familia) al morir
6	諧音	xiéyīn	sonar igual, homofonía
7	有始有終	yǒu shǐ yǒu zhōng	hacer algo hasta el final
8	友誼	yǒuyì	amistad
9	剪刀	jiǎndāo	tijeras
10	菜刀	càidāo	cuchillo de cocina
11	一刀兩斷	yì dāo liǎng duàn	cortar por completo
12	聯絡	liánluò	contactar
13	另外	lìngwài	además, otros
14	開刀	kāidāo	operar, hacer cirugía
15	住院	zhùyuàn	ser hospitalizado
16	探病	tànbìng	visitar a un paciente
17	通常	tōngcháng	generalmente, usualmente, normalmente
18	臺語	Táiyǔ	taiwanés (idioma)
19	招	zhāo	atraer
20	打聽	dǎtīng	pedir, preguntar sobre
21	清楚	qīngchǔ	entender completamente; claro
22	花粉	huāfěn	polen
23	過敏	guòmǐn	alergia
24	菊花	júhuā	jazmín
25	葬禮	zànglǐ	funeral

	生詞	漢語拼音	解釋
26	早日康復	zǎo rì kāng fù	que se recupere pronto
27	失禮	shīlǐ	carente de modales, no tener modales

三十一、吃「醋」
chī　cù

(一)文章
wénzhāng

「醋」是 中 國 食物裡 常 見的 調味料，許多
cù　shì Zhōngguó　shíwùlǐ chángjiàn de tiáowèiliào　xǔduō

好吃的食物 中 也 少不了它的 存在。「醋」酸 酸
hǎochī de shíwùzhōng yě shǎobùliǎo tā de cúnzài　　cù　suān suān

甜 甜的味道，也 常 常 被用來形容 心裡的 感
tián tián de wèidào　yě chángcháng bèi yònglái xíngróng xīnlǐ de gǎn

覺。「吃醋」這個詞就是在說人在嫉妒的時候，心裡
jué　　chīcù　zhège cí jiùshì zài shuō rén zài jídù de shíhòu　xīnlǐ

會覺得酸酸的，常常用在男女朋友、情人
huì juéde suān suān de　chángcháng yòngzài nán nǚ péngyǒu　qíngrén

的關係中。
de guānxìzhōng

　　以前有一個「吃醋」的故事。有一個皇帝叫唐
yǐqián yǒu yíge　chīcù　de gùshì　yǒu yíge huángdì jiào Táng

太宗，他有一個朋友叫房玄齡。房玄齡很
tài zōng　tā yǒu yíge péngyǒu jiào Fáng Xuánlíng　Fáng Xuánlíng hěn

聰明，常常給唐太宗許多好意見，幫助他
cōngmíng chángcháng gěi Táng tàizōng xǔduō hǎo yìjiàn　bāngzhù tā

處理許多政治上的事情。唐太宗很感謝房
chùlǐ　xǔduō zhèngzhìshàng de shìqíng Táng tàizōng hěn gǎnxiè Fáng

玄齡的幫忙，於是想送他幾位美女，但是房
Xuánlíng de bāngmáng yúshì xiǎng sòng tā jǐwèi měinǚ　dànshì Fáng

玄齡是個尊重老婆的人，他怕老婆會因此不高
Xuánlíng shì ge zūnzhòng lǎopó de rén　tā pà　lǎopó huì yīncǐ bù gāo

興，於是拒絕了很多次。唐太宗知道房玄齡有
xìng　yúshì jùjuéle hěnduō cì　Táng tàizōng zhīdào Fáng Xuánlíng yǒu

個很兇的老婆，所以他不敢收自己的禮物。
ge hěn xiōng de lǎopó　suǒyǐ tā bùgǎn shōu zìjǐ de lǐwù

　　有一天，唐太宗叫人送了一杯酒給房玄齡
yǒu yìtiān　Táng tàizōng jiào rén sòngle　yìbēi jiǔ gěi Fáng Xuánlíng

的老婆，跟她說：「如果妳不收下這些美女，就把
de lǎopó　gēn tā shuō　rúguǒ nǐ bù shōuxià zhèxiē měinǚ　jiù bǎ

這杯毒酒喝了吧！」沒　想到，房　玄齡的老婆一點
zhèbēi dújiǔ　hēle ba　　　méixiǎngdào　Fáng Xuánlíng de lǎopó yìdiǎn

也不害怕，反而把酒拿了過來，一口喝　光。結果她居
yě bú hàipà　fǎnér bǎ jiǔ　nále guòlái　　yìkǒu hēguāng　jiéguǒ tā　jū

然　沒死，原來杯子裡裝　的並　不是毒酒，而是醋。
rán méi sǐ　yuánlái　bēizilǐ zhuāng de bìng búshì　dújiǔ　　ér shì cù

　唐　太宗　開了個玩笑，想　看看房　玄齡的老婆
Táng tàizōng kāile ge wánxiào　xiǎng kànkàn Fáng Xuánlíng de lǎopó

是　個什麼樣　的人，他事後告訴房　玄齡：「你
shì　ge shénme yàng de rén　tā shìhòu gàosù Fáng Xuánlíng　　　nǐ

老婆　真的　是個　剛烈的人，我也非常　敬　重　她，你
lǎopó zhēnde shì ge gāngliè de rén　wǒ yě fēicháng jìngzhòng tā　　nǐ

以後　就好好　聽　她的話吧！」從此，「吃醋」的故事就
yǐhòu　jiù hǎohǎo tīng tā de huà ba　　cóngcǐ　　chīcù　de gùshì jiù

開始流傳　下來，這個詞也一直　使用　到　現在。
kāishǐ liúchuán xiàlái　zhège cí yě yìzhí　shǐyòng dào xiànzài

(二)問題
wèntí

_____ 1. 房　玄齡為　什麼不　收下禮物？
Fáng Xuánlíng wèishénme bù shōuxià lǐwù

(A) 他怕他的老婆不高興

(B) 他不喜歡這個禮物

(C) 他喜歡美女，但他覺得那些美女不夠漂亮

(D) 他覺得自己沒有幫上唐太宗什麼忙

_____ 2. 唐 太 宗 爲 什 麼 要 送 酒 給 房　玄 齡
Táng tàizōng wèishénme yào sòng jiǔ gěi Fáng Xuánlíng
的 老 婆？
de lǎopó

(A) 他想知道她是個什麼樣的人

(B) 他很喜歡房玄齡的老婆

(C) 房玄齡的老婆喜歡喝酒

(D) 他不喜歡房玄齡的老婆

_____ 3. 唐 太 宗　送 酒 給 房　玄 齡 的 老 婆，她
Táng tàizōng sòng jiǔ gěi Fáng Xuánlíng de lǎopó　tā
怎 麼 做？
zěnme zuò

(A) 她把酒留給房玄齡喝

(B) 她很喜歡，所以全部喝光了

(C) 她不喜歡酒，所以請人拿回去了

(D) 他很難過，但是她還是喝光了

_____ 4. 唐　太 宗　後 來 覺 得 房　玄　齡 的 老 婆 是 個
Táng tàizōng hòulái juéde Fáng Xuánlíng de lǎopó shìge
什 麼 樣 的 人？
shénme yàng de rén

(A) 是個很喜歡生氣的人，所以下次不敢跟她說話了

(B) 是個很棒的人，所以叫房玄齡聽她的話

(C) 是個很討厭的人，所以更不喜歡她了

(D) 很喜歡漂亮禮物的人，所以下次要送她更好的禮物

_____ 5. 「開 玩 笑」是 什 麼 意思？
kāi wánxiào shì shénme yìsi

(A) 認眞準備禮物，希望收禮物的人會喜歡

(B) 因爲有趣而做的一些事情或說的一些話

(C) 怕兩個人說話的時候太無聊而說一些有趣的話

(D) 「玩笑」是禮物的意思，意思是收下禮物的人把禮物
打開

_____ 6. 下面 哪個句子是 錯 的？
xiàmiàn nǎge jùzi shì cuò de

    (A) 多吃水果對身體很有幫助。

    (B) 這裡好熱，你可以幫我把窗戶打開嗎？

    (C) 這個問題太難了，對不起我不能幫你的助。

    (D) 有你的幫忙我才能做完這件事，眞是太感謝你了。

_____ 7. 「許多 好 吃 的 食物 中 也 少 不了 它的 存
xǔduō hǎochī de shíwùzhōng yě shǎobùliǎo tā de cún

在」，「少 不了」的意思 是？
zài　　shǎobùliǎo de yìsi shì

    (A) 常常加太多，所以要少一點

    (B) 一定不會少

    (C) 少了也沒關係

    (D) 太少了，沒有也不會發現

_____ 8. 哪個 是 錯 的？
nǎge shì cuò de

    (A) 「吃醋」這個詞用的時間很久了，現在也還看得到

    (B) 唐太宗因爲要謝謝房玄齡的幫忙，所以送他禮物

    (C) 「吃醋」常用在媽媽和孩子的關係中

    (D) 房玄齡的老婆已經知道那杯酒是醋，所以才把它喝了

(三)生詞
shēngcí

	生詞	漢語拼音	解釋
1	醋	cù	vinagre
2	調味料	tiáowèiliào	condimento
3	存在	cúnzài	existencia
4	形容	xíngróng	describir
5	感覺	gǎnjué	sentido, percepción, sentimiento; sentir

	生詞	漢語拼音	解釋
6	吃醋	chīcù	estar celoso
7	嫉妒	jídù	tener envidia
8	情人	qíngrén	amante, novio, novia
9	關係	guānxì	relación
10	皇帝	huángdì	emperador
11	意見	yìjiàn	idea, opinión
12	處理	chùlǐ	tratar con, tratar a, resolver
13	政治	zhèngzhì	política, asuntos políticos
14	尊重	zūnzhòng	respetar, valorar
15	因此	yīncǐ	así, por lo tanto
16	拒絕	jùjué	rechazar
17	兇	xiōng	desfavorable, (de personas) feroz, brutal
18	敢	gǎn	atreverse
19	毒	dú	venenoso; veneno
20	反而	fǎnér	en lugar de, al contrario
21	結果	jiéguǒ	resulatado, consecuencia
22	居然	jūrán	inesperadamente, sorpresivamente
23	開玩笑	kāiwánxiào	bromear
24	事後	shìhòu	después del acontecimiento
25	剛烈	gāngliè	fogoso y franco
26	敬重	jìngzhòng	estimar mucho, respetar mucho
27	流傳	liúchuán	difundir, transmitir

三十二、數字「四」
shùzì   sì

㈠文章
wénzhāng

你有特別喜歡　或是不喜歡　的數字嗎？什麼　數字
nǐ yǒu tèbié xǐhuān huòshì bù xǐhuān de shùzì ma shénme shùzì

對你來　說　有特別的意思呢？每個　文　化　對於每個數字
duì nǐ lái shuō yǒu tèbié de yìsi ne   měige wénhuà duìyú měige shùzì

的感覺　都不太一樣，既然你現在　正　在學習華語，
de gǎnjué dōu bú tài yíyàng   jìrán nǐ xiànzài zhèngzài xuéxí huáyǔ

那麼我們就一起來看看數字「四」在華人文化
nàme wǒmen jiù yìqǐ lái kànkàn shùzì sì zài huárén wénhuà

中代表的意義吧！
zhōng dàibiǎo de yìyì ba

有些華人不太喜歡「四」這個數字，因爲在華語
yǒuxiē huárén bú tài xǐhuān sì zhège shùzì yīnwèi zài huáyǔ

和大部分的方言中，「四」這個字的發音和「死」這
hé dà bùfèn de fāngyán zhōng sì zhège zì de fāyīn hé sǐ zhè

個字的發音，只有在聲調上有些不同，讓人
ge zì de fāyīn zhǐyǒu zài shēngdiào shàng yǒuxiē bùtóng ràng rén

容易聯想到「死」。所以，有些華人覺得「四」這
róngyì liánxiǎng dào sǐ suǒyǐ yǒuxiē huárén juéde sì zhè

個數字是不吉利的。
ge shùzì shì bù jílì de

「『四』是不吉利」的情況最容易在醫院觀
sì shì bù jílì de qíngkuàng zuì róngyì zài yīyuàn guān

察到，在臺灣，醫院的樓層、看診的序號和住
chádào zài Táiwān yīyuàn de lóucéng kànzhěn de xùhào hé zhù

院的病房號碼，都會儘量避免裡面有「四」這
yuàn de bìngfáng hàomǎ dōuhuì jìnliàng bìmiǎn lǐmiàn yǒu sì zhè

個數字。除了醫院以外，臺灣的車牌也沒有「四」這
ge shùzì chúle yīyuàn yǐwài Táiwān de chēpái yě méiyǒu sì zhè

個數字，因爲「四」跟臺語的「四」發音非常像，
ge shùzì yīnwèi sì gēn Táiyǔ de sì fāyīn fēicháng xiàng

所以臺灣的民眾如果拿到「四」的車牌號碼時，
suǒyǐ Táiwān de mínzhòng rúguǒ nádào sì de chēpái hàomǎ shí

常 常 寧 願自己多 花錢 重新 選擇新的 號
chángcháng níngyuàn zìjǐ duō huāqián chóngxīn xuǎnzé xīn de hào

碼，也不要拿 號碼裡面 有「四」的 車牌。因此，從
mǎ yě búyào ná hàomǎ lǐmiàn yǒu sì de chēpái yīncǐ cóng

2008年 開始，臺灣 的 政府決定，發給 民 眾 的 車
nián kāishǐ Táiwān de zhèngfǔ juédìng fāgěi mínzhòng de chē

牌 號 碼裡，不會再 有「四」這個 數字。另外，如果 你
pái hàomǎlǐ búhuì zài yǒu sì zhège shùzì lìngwài rúguǒ nǐ

和 三 位 朋 友，一起去臺灣 的一些 餐廳 或是 飯店
hé sānwèi péngyǒu yìqǐ qù Táiwān de yìxiē cāntīng huòshì fàndiàn

吃飯，服務生 帶 位子的 時候，不會告訴 餐廳裡其他
chīfàn fúwùshēng dài wèizi de shíhòu búhuì gàosù cāntīnglǐ qítā

的 工 作 人 員 有「四」位 客人 來了，而是 會 說「三
de gōngzuò rényuán yǒu sì wèi kèrén lái le ér shì huì shuō sān

加一位」呢！
jiā yíwèi ne

知 道 了華 人 對「四」的 看法，下次 你 在 華 人 社會
zhīdàole huárén duì sì de kànfǎ xià cì nǐ zài huárén shèhuì

中 找 不 到「四」這個 數字的 時候，就不會 大驚
zhōng zhǎobúdào sì zhège shùzì de shíhòu jiù búhuì dà jīng

小 怪 了！
xiǎo guài le

_____ 1. 下面 討論 第一 段 內 容 的句子，哪個 正
xiàmiàn tǎolùn dì yī duàn nèiróng de jùzi nǎge zhèng
確？
què

(A) 數字很有意思

(B) 每個數字在不同文化中有不同的意義

(C) 問正在讀這篇文章的人喜不喜歡「四」這個數字

(D) 數字在華人文化中特別有意思

_____ 2. 第二 段 告訴我 們 什麼？
dì èr duàn gàosù wǒmen shénme

(A) 方言中的「四」有哪些意思

(B)「四」這個字也有「死」的意思

(C) 為什麼有些華人不喜歡數字四

(D) 所有跟「死」的發音很像的字，都會讓人聯想到
「死」

_____ 3. 在 臺灣 醫院 裡不會 看 到 什麼？
zài Táiwān yīyuànlǐ búhuì kàndào shénme

(A) 醫院的樓層有3樓、4樓也有5樓

(B) 漢洋住在520號病房

(C) 我的看診序號是13號

(D) 林醫師在7樓幫大家看病

_____ 4. 2008年 以前，臺灣 政 府發給民 眾 車牌
nián yǐqián Táiwān zhèngfǔ fāgěi mínzhòng chēpái
號 碼 的 情 形 是 什麼？
hàomǎ de qíngxíng shì shénme

(A) 發給民眾的車牌號碼裡面一定會有「四」這個數字

(B) 如果民眾拿到的車牌號碼有「四」這個數字，會自己
花錢換一個新的號碼

(C) 臺灣政府決定不會再發有「四」的車牌號碼給民眾

(D) 民眾會花錢買一個有「四」這個數字的車牌號碼

_____ 5. 下面 哪個人 工 作 的地方 比較 不會 覺得
xiàmiàn nǎge rén gōngzuò de dìfāng bǐjiào búhuì juéde
「四」是 不吉利的？
sì shì bù jílì de

(A) 醫生

(B) 老師

(C) 服務生

(D) 廚師

_____ 6. 如果 有4個人 一起 到 飯店 吃飯，服務 生
rúguǒ yǒu ge rén yìqǐ dào fàndiàn chīfàn fúwùshēng
會 做 什麼 事情？
huì zuò shénme shìqíng

(A) 安靜地把4位客人帶到他們的桌子

(B) 告訴其他工作人員，有5位客人來了

(C) 告訴其他工作人員，有3+1位客人來了

(D) 請3位客人坐一桌，1位客人自己坐一桌

_____ 7. 下 面 有「既然」這個 詞 的 句子，哪個不 對？
xiàmiàn yǒu jìrán zhège cí de jùzi nǎge búduì

(A) 既然你那麼喜歡她，那就趕快去追她啊！

(B) 既然她覺得你不是她的朋友，你就不要那麼關心她
了。

(C) 既然明天會下雨，我想明天還是不要去爬山好了。

(D) 既然天氣不好，所以公園裡一個人也沒有。

_____ 8. 下 面 討 論 這 篇 文 章 的句子，哪個 正
xiàmiàn tǎolùn zhèpiān wénzhāng de jùzi nǎge zhèng
確？
què

(A) 文章介紹了數字「四」在不同文化中的意思

(B) 文章沒有告訴我們為什麼有些華人不喜歡「四」這個

數字
(C)「『四』是不吉利」這件事情只能在醫院觀察到
(D) 文章告訴我們數字「四」在臺灣醫院、車牌號碼、餐廳出現的情形

(三)生詞
shēngcí

	生詞	漢語拼音	解釋
1	數字	shùzì	número, dígito
2	對於	duìyú	hacia, en relación con, en relación a, por
3	既然	jìrán	ya que, ahora que
4	意義	yìyì	significado, sentido
5	方言	fāngyán	dialecto
6	發音	fāyīn	pronunciación
7	聯想	liánxiǎng	asociar, unirse una cosa a otra en la mente de alguien
8	吉利	jílì	suerte, buena fortuna
9	觀察	guānchá	observar, inspeccionar, supervisar
10	樓層	lóucéng	piso(s)
11	看診	kànzhěn	consulta médica
12	序號	xùhào	número de serie, número de secuencia
13	住院	zhùyuàn	ser hospitalizado
14	病房	bìngfáng	cuarto del paciente
15	盡量	jǐnliàng	a lo mayor de nuestra capacidad, en la medida de lo posible
16	避免	bìmiǎn	evitar, impedir algo, prevenir
17	車牌	chēpái	patente de vehículo
18	臺語	Táiyǔ	taiwanés (idioma)

	生詞	漢語拼音	解釋
19	民眾	mínzhòng	público en general
20	寧願	níngyuàn	preferiría
21	重新	chóngxīn	otra vez, nuevamente, de nuevo
22	因此	yīncǐ	así, por lo tanto
23	政府	zhèngfǔ	gobierno
24	另外	lìngwài	además, otros
25	人員	rényuán	personal
26	而	ér	pero
27	社會	shèhuì	sociedad
28	大驚小怪	dà jīng xiǎo guài	mucho alboroto por nada

三十三、熟 能 生 巧
shóu néng shēng qiǎo

(一)文 章
wénzhāng

古 時候，有 一個人 的 名字叫 陳 堯咨。他很 會
gǔ shíhòu　yǒu yíge rén de míngzi jiào Chén Yáozī　　tā hěn huì

射箭，每次射箭的 時候 都 能　正　中　目標，大家
shèjiàn　měi cì shèjiàn de shíhòu dōu néng zhèngzhòng mùbiāo　dàjiā

都 覺得他非 常　厲害，所以 也有 人 叫 他「神射手」。
dōu juéde tā fēicháng lìhài　suǒyǐ yě yǒu rén jiào tā shénshèshǒu

陳 堯咨因爲 這 樣，自己也覺得非 常 驕傲，他覺得
Chén Yáozī yīnwèi zhèyàng zìjǐ yě juéde fēicháng jiāoào tā juéde

自己是世界上 射箭最属害的人，不管 是誰 都 贏
zìjǐ shì shìjièshàng shèjiàn zuì lìhài de rén bùguǎn shìshéi dōu yíng

不了他。
bùliǎo tā

有一天，他在 練習射箭，每一箭都 正 中 紅
yǒu yìtiān tā zài liànxí shèjiàn měi yíjiàn dōu zhèngzhòng hóng

心，觀 眾 看了都非 常 開心。這個 時候，旁 邊
xīn guānzhòng kànle dōu fēicháng kāixīn zhège shíhòu pángbiān

有 個賣 油的老 先 生 卻 沒有 表情，只是搖了搖
yǒu ge mài yóu de lǎo xiānsheng què méiyǒu biǎoqíng zhǐshì yáole yáo

頭 看著他，什麼 話 都 沒 有 說。陳 堯咨覺 得非
tóu kànzhe tā shénme huà dōu méiyǒu shuō Chén Yáozī juéde fēi

常 奇怪，於是就 問他：「你會 射箭 嗎？你看 我 射
cháng qíguài yúshì jiù wèn tā nǐ huì shèjiàn ma nǐ kàn wǒ shè

得怎麼 樣？」老 先 生 回答：「不怎麼 樣，這 沒
de zěnmeyàng lǎo xiānsheng huídá bù zěnmeyàng zhè méi

什麼！只是 熟 練而已。」
shénme zhǐshì shóuliàn éryǐ

陳 堯咨聽了，覺得老 先 生 看不起自己，於是很
Chén Yáozī tīngle juéde lǎo xiānsheng kànbùqǐ zìjǐ yúshì hěn

生氣地 説：「那你有 什 麼屬害的本事嗎？讓 我看
shēngqì de shuō nà nǐ yǒu shénme lìhài de běnshì ma ràng wǒ kàn

看吧。」老 先 生 一句話也 沒説，拿出了一個杯子和
kàn ba lǎo xiānshēng yíjù huà yě méishuō náchūle yíge bēizi hé

一個錢幣。（古時候的錢幣形狀雖然也是圓
yíge qiánbì　　gǔ shíhòu de qiánbì xíngzhuàng suīrán yěshì yuán

的，但中間卻有個方形的小孔）老先生把
de dàn zhōngjiān què yǒu ge fāngxíng de xiǎokǒng　lǎo xiānshēng bǎ

錢幣放在杯子上，接著把一杓的油慢慢地從
qiánbì fàngzài bēizishàng jiēzhe bǎ yìsháo de yóu mànmàn de cóng

方形的小孔倒進杯子裡。只見油從小孔中
fāngxíng de xiǎokǒng dàojìn bēizilǐ　zhǐ jiàn yóu cóng xiǎokǒngzhōng

流下去，錢幣一點油也沒有沾到。這時候老先
liúxiàqù qiánbì yìdiǎnyóu yě méiyǒu zhāndào zhè shíhòu lǎo xiān

生才回答：「我這也沒什麼，只是熟練而已啊！」
sheng cái huídá　　wǒ zhè yě méishénme zhǐshì shóuliàn éryǐ a

這就是成語「熟能生巧」的故事，意思是
zhè jiùshì chéngyǔ shóu néng shēng qiǎo de gùshì　yìsi shì

做事情只要熟練了，就能知道其中巧妙的
zuò shìqíng zhǐyào shóuliàn le jiù néng zhīdào qízhōng qiǎomiào de

方法。我們在學習新東西的時候，會因為不熟練
fāngfǎ wǒmen zài xuéxí xīn dōngxi de shíhòu huì yīnwèi bù shóuliàn

而常常失敗，但是只要我們繼續努力地練習，
ér chángcháng shībà dànshì zhǐyào wǒmen jìxù nǔlì de liànxí

最後也會有成功的一天！
zuìhòu yě huì yǒu chénggōng de yìtiān

(二)問題
wèntí

_____ 1. 老 先 生 看了 陳 堯 咨 射箭以後，搖了
lǎo xiānshēng kànle Chén Yáozī shèjiàn yǐhòu yáole
搖頭 不 說 話 是 因為?
yáotóu bù shuōhuà shì yīnwèi
(A) 他不知道陳堯咨是怎麼做到的
(B) 他很緊張，因為來看表演的人太多、太熱鬧了
(C) 他覺得陳堯咨很棒，因為他很會射箭
(D) 他認為這不是一件特別高興的事情，不是只有陳堯咨
可以做到

_____ 2. 賣 油 的 老 先 生 為什麼不 說 話，卻 把
màiyóu de lǎo xiānshēng wèishénme bù shuōhuà què bǎ
油 倒進 杯子裡?
yóu dàojìn bēizi lǐ
(A) 他想把油賣給陳堯咨
(B) 他想讓陳堯咨知道射箭和倒油一樣，只要常常練習就
可以做得很好
(C) 因為旁邊的人很多，他要賣油給客人
(D) 他一直在練習怎麼把油倒好，他也想和陳堯咨一樣棒

_____ 3. 這 個 故事 主 要 告訴我 們 什 麼?
zhège gùshì zhǔyào gàosù wǒmen shénme
(A) 很多事情只要努力練習就可以知道其中的技巧
(B) 朋友的重要，遇到困難的時候才有人幫助你
(C) 有些事情努力了也沒有用，所以做不好也不用難過
(D) 有些人不必練習就可以把事情做好，我們都想成為那
一種人

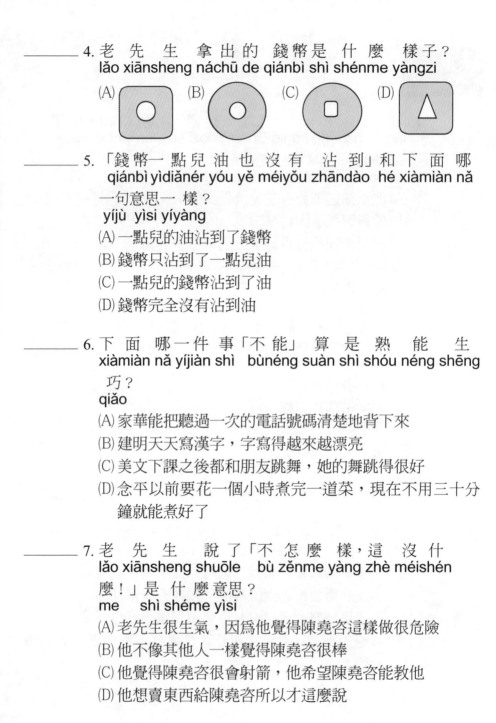

_____ 4. 老先生拿出的錢幣是什麼樣子？
lǎo xiānsheng náchū de qiánbì shì shénme yàngzi

(A)　(B)　(C)　(D)

_____ 5. 「錢幣一點兒油也沒有沾到」和下面哪
qiánbì yìdiǎnér yóu yě méiyǒu zhāndào hé xiàmiàn nǎ

一句意思一樣？
yíjù yìsi yíyàng

(A) 一點兒的油沾到了錢幣

(B) 錢幣只沾到了一點兒油

(C) 一點兒的錢幣沾到了油

(D) 錢幣完全沒有沾到油

_____ 6. 下面哪一件事「不能」算是熟能生
xiàmiàn nǎ yíjiàn shì bùnéng suàn shì shóu néng shēng

巧？
qiǎo

(A) 家華能把聽過一次的電話號碼清楚地背下來

(B) 建明天天寫漢字，字寫得越來越漂亮

(C) 美文下課之後都和朋友跳舞，她的舞跳得很好

(D) 念平以前要花一個小時煮完一道菜，現在不用三十分
鐘就能煮好了

_____ 7. 老先生說了「不怎麼樣，這沒什
lǎo xiānsheng shuōle bù zěnme yàng zhè méishén

麼！」是什麼意思？
me shì shéme yìsi

(A) 老先生很生氣，因為他覺得陳堯咨這樣做很危險

(B) 他不像其他人一樣覺得陳堯咨很棒

(C) 他覺得陳堯咨很會射箭，他希望陳堯咨能教他

(D) 他想賣東西給陳堯咨所以才這麼說

_____ 8. 哪個是對的？
näge shì duì de
(A) 陳堯咨聽了老先生說的話之後非常地開心
(B) 陳堯咨不用練習就很會射箭
(C) 老先生想倒油給陳堯咨看，但是他做不好
(D) 很多人都覺得陳堯咨很棒，但老先生不這樣認為

(三) 生詞
shēngcí

	生詞	漢語拼音	解釋
1	古	gǔ	antiguo
2	射箭	shèjiàn	tiro al arco
3	正中	zhèngzhòng	justo en el medio (en el centro)
4	目標	mùbiāo	objetivo, blanco
5	厲害	lìhài	feroz, terrible; poderoso, inteligente
6	神射手	shénshèshǒu	tirador escondido
7	驕傲	jiāoào	orgulloso
8	贏	yíng	ganar
9	正中紅心	zhèngzhòng hóngxīn	justo en el objetivo
10	觀眾	guānzhòng	audiencia, espectador
11	表情	biǎoqíng	expresión facial
12	搖（頭）	yáo	sacudir la cabeza
13	熟練	shóuliàn	familiar, experto, con experiencia
14	而已	éryǐ	solamente, nada más que
15	看不起	kànbùqǐ	despreciar
16	本事	běnshì	destreza, habilidad

	生詞	漢語拼音	解釋
17	錢幣	qiánbì	moneda
18	形狀	xíngzhuàng	apariencia, forma
19	方形	fāngxíng	cuadrado
20	孔	kǒng	hoyo
21	杓	sháo	cuchara
22	流	liú	fluir
23	沾	zhān	humedecer, mancharse
24	成語	chéngyǔ	frases idiomáticas
25	其中	qízhōng	entre ellos
26	失敗	shībài	fallar, fracasar
27	繼續	jìxù	continuar
28	成功	chénggōng	tener éxito, suceso

三十四、我們 來「講 八卦」！
wǒmen lái jiǎng bāguà

(一)文章
wénzhāng

　　根據一項　英國研究，女生 一天 通 常　花5個
gēnjù yíxiàng Yīngguó yánjiù　nǚshēng yìtiān tōngcháng huā　ge

小時　講八卦，占了每天　清醒　時間的三 分之一。
xiǎoshí jiǎng bāguà zhànle měitiān qīngxǐng shíjiān de　sānfēnzhīyī

和男生　相比，女生 也比較 不能 保守　祕密，常
hé nánshēng xiāngbǐ　nǚshēng yě bǐjiào bùnéng bǎoshǒu mìmì cháng

常 把 朋友不想 說 的 事情 和 別人 分享。
cháng bǎ péngyǒu bùxiǎng shuō de shìqíng hé biérén fēnxiǎng

有 很多 人 認爲 講「八卦」是一件 沒有 意義的 事
yǒu hěnduō rén rènwéi jiǎng bāguà shì yíjiàn méiyǒu yìyì de shì

情，不但 浪費 時間，而且把 朋 友 的 祕密和 別人 説，
qíng búdàn làngfèi shíjiān érqiě bǎ péngyǒu de mìmì hé biérén shuō

有 時候也會影 響 到 彼此的 關係。但 根據美國 的
yǒu shíhòu yě huì yǐngxiǎngdào bǐcǐ de guānxì dàn gēnjù Měiguó de

研究，講 八卦其實有益 健康！
yánjiù jiǎng bāguà qíshí yǒuyì jiànkāng

美國 的一間大學做了一項 研究，他們 讓 參加
Měiguó de yìjiān dàxué zuòle yíxiàng yánjiù tāmen ràng cānjiā

研究的人 都 裝 上了心律監 視 器（monitor de ritmo
yánjiù de rén dōu zhuāngshàngle xīnlǜ jiānshì qì

cardíaco）玩 遊戲。在 遊戲中 他們 發現了一件 事情，
wán yóuxì zài yóuxìzhōng tāmen fāxiànle yíjiàn shìqíng

如果 有 人發現 其他人 作弊，那麼他的 心跳 就會 變
rúguǒ yǒu rén fāxiàn qítā rén zuòbì nàme tā de xīntiào jiù huì biàn

快。但是如果他把這件 事 告訴了其他參加 研究的
kuài dànshì rúguǒ tā bǎ zhèjiàn shì gàosùle qítā cānjiā yánjiù de

人，那他的 心跳 就會 慢 慢 恢復 正 常。
rén nà tā de xīntiào jiù huì mànmàn huīfù zhèngcháng

根據 研究，心跳 變 快 是 因爲 參加 研究的人 有
gēnjù yánjiù xīntiào biàn kuài shì yīnwèi cānjiā yánjiù de rén yǒu

負面 情緒。如果 把事情 告訴了其他人，那麼 負 面
fùmiàn qíngxù rúguǒ bǎ shìqíng gàosùle qítā rén nàme fùmiàn

情緒就可以得到　紓解，恢復　正　常。許多　研究也　顯
qíngxù jiù kěyǐ dédào shūjiě　huīfù zhèngcháng xǔduō yánjiù yě xiǎn

示，「講　八卦」可以幫　助人們交　朋友的時候
shì　jiǎng bāguà　kěyǐ bāngzhù rénmen jiāo péngyǒu de shíhòu

更　順利，因爲彼此都　有　一　樣　的話題。
gèng shùnlì　yīnwèi bǐcǐ dōu yǒu yíyàng　de huàtí

「講　八卦」不再是一件　不好的事情，講　八卦
jiǎng bāguà　bú zài shì yíjiàn bù hǎo de shìqíng　jiǎng bāguà

有益　身體健康，也能　幫　助社交　生　活，讓你和
yǒuyì　shēntǐ jiànkāng　yě néng bāngzhù shèjiāo shēnghuó ràng nǐ hé

朋　友的關係變　得更　好！但是，記得「講　八卦」
péngyǒu de guānxì biàn de gèng hǎo dànshì　jìdé　jiǎng bāguà

也需要有　限度，如果　浪費太　多　時間聊天，而忘
yě xūyào yǒu xiàndù　rúguǒ làngfèi tài duō shíjiān liáotiān　ér wàng

了自己該　做的事情，那樣　可就不好囉！
le zìjǐ gāi zuò de shìqíng　nàyàng kě jiù bù hǎo lou

㈡問題
wèntí

———— 1. 爲什麼「講　八卦」對健康有　幫　助？
wèishénme jiǎng bāguà duì jiànkāng yǒu bāngzhù
　　(A) 講八卦之後可以睡得比較好
　　(B) 知道了別人的很多事情可以讓心情變好
　　(C) 可以讓不好的心情變得舒服一點
　　(D) 無聊的時候有事情可以做

_____ 2. 爲什麼參加研究的某些人會有負面
wèishénme cānjiā yánjiù de mǒuxiē rén huì yǒu fùmiàn
情緒？
qíngxù
(A) 研究的時間太長，他們累了
(B) 他們知道了別人作弊
(C) 他們第一次參加研究，所以很緊張
(D) 他們不會玩遊戲

_____ 3. 第三段主要在說什麼？
dìsānduàn zhǔyào zài shuō shénme
(A) 心跳爲什麼會變快的原因
(B) 英國做的研究
(C) 很多人覺得講八卦是一件不好的事情
(D) 美國大學做的研究

_____ 4. 下面哪一件事情算是「八卦」？
xiàmiàn nǎyíjiàn shìqíng suàn shì bāguà
(A) 下禮拜三有一個考試，你的朋友打電話來約你一起念
書
(B) 下個禮拜朋友生日，他約大家一起唱歌
(C) 朋友跟你說明天可能會下雨
(D) 聽說你喜歡的偶像（idol）和他的女朋友吵架了

_____ 5. 下面哪一個不是文章裡出現的「講八
xiàmiàn nǎyíge búshì wénzhānglǐ chūxiàn de jiǎng bā
卦」的好處？
guà de hǎochù
(A) 比較不容易生病
(B) 對健康有幫助
(C) 可以交到更多的朋友
(D) 和朋友關係變更好

_____ 6. 這篇文章主要在說什麼？
zhèpiān wénzhāng zhǔyào zài shuō shénme

(A) 女生比男生更喜歡講八卦

(B) 講八卦是一件不好的事，沒有好的地方

(C) 講八卦不再是一件不好的事情，它其實對身體健康有
幫助

(D) 心跳變快對身體不好

_____ 7. 下 面 哪個 和 花 時 間 的「花」意思一 樣？
xiàmiàn nǎge hé huā shíjiān de huā yìsi yíyàng

(A) 你最喜歡哪種「花」？

(B) 我「花」了兩天才做完工作

(C) 因為兩天沒睡，所以現在我的眼睛很「花」

(D) 這隻小「花」貓是你的嗎？

_____ 8. 哪 個 是 對 的？
nǎge shì duì de

(A) 講八卦對交朋友沒有幫助

(B) 講八卦雖然對健康有幫助，但是也不能太久

(C) 心跳變慢是因為有不好的情緒

(D) 男生講八卦的時間比女生久

(三) 生詞
shēngcí

	生詞	漢語拼音	解釋
1	根據	gēnjù	basado en, de acuerdo con
2	項	xiàng	palabra de medida para partidas o propuestas
3	研究	yánjiù	estudiar, investigar
4	通常	tōngcháng	generalmente, usualmente, normalmente
5	花	huā	gastar, costar
6	八卦	bāguà	chismes, rumores

	生詞	漢語拼音	解釋
7	占	zhàn	ocupar
8	清醒	qīngxǐng	lúcido, sobrio
9	三分之一	sānfēnzhīyī	un tercio
10	保守祕密	bǎoshǒu mìmì	guardar secreto
11	分享	fēnxiǎng	compartir
12	意義	yìyì	significado, sentido
13	浪費	làngfèi	desperdiciar
14	影響	yǐngxiǎng	influenciar, afectar
15	彼此	bǐcǐ	unos a los otros
16	關係	guānxì	relación
17	有益	yǒuyì	beneficiosa, rentable
18	遊戲	yóuxì	juegos
19	作弊	zuòbì	hacer trampa
20	心跳	xīntiào	latidos del corazón
21	恢復	huīfù	recuperar, reanudar
22	正常	zhèngcháng	normal, regular
23	負面情緒	fùmiàn qíngxù	emociones negativas
24	紓解	shūjiě	aliviar
25	顯示	xiǎnshì	mostrar, revelar
26	順利	shùnlì	fluido, sin problemas, exitosamente
27	話題	huàtí	tema
28	社交	shèjiāo	contacto social, intercurso social
29	限度	xiàndù	límites, limitaciones

★本篇參考新聞：「講八卦不等於道是非！適度八卦有益身心健康」。

出處：ETtoday新聞雲http://www.ettoday.net/news/20120120/20502.htm

三十五、「樂透」樂不樂？
lètòu　　lè bú lè

㈠文　章
wénzhāng

　　「中　樂透」是　每個人的　夢　想，大家都希望　自
　　zhòng lètòu　 shì měige rén de mèngxiǎng　dàjiā dōu xīwàng　zì

己可以贏得頭獎，變　成　大家都　羨慕　的人。但是，
jǐ　kěyǐ yíngdé tóujiǎng biànchéng dàjiā dōu xiànmù de rén　dànshì

那些　中了樂透的人，以後　真的過著　快樂的日子
nàxiē zhòngle lètòu de rén　yǐhòu zhēnde guòzhe kuàilè de rìzi

嗎？答案可能 是你 想 不到 的。
ma　dáàn kěnéng shì nǐ xiǎngbúdào de

美 國 維吉尼亞大學（Universidad de Virginia）的 史帝
Měiguó　Wéijíníyǎ dàxué　　　　　　　　　　　de Shǐdì

夫・丹尼許（Steve Danish）發現 許多 得主 中 獎 之
fū　Dānníxǔ　　　　　　fāxiàn xǔduō dézhǔ zhòngjiǎng zhī

後，人 生 並 沒有 變得 更 好。有些人 因爲 錢 的
hòu　rénshēng bìng méyǒu biànde gènghǎo yǒuxiē rén yīnwèi qián de

問題而離婚；有些人 被他們 的 親戚綁 架，只 因爲 親
wèntí ér líhūn　yǒuxiē rén bèi tāmen de qīnqī bǎngjià　zhǐ yīnwèi qīn

戚 想 得到 他們 的 錢。惠塔克（Jack Whittaker）在2002
qī xiǎng dédào tāmen de qián　Huìtǎkè　　　　　　　zài

年 中了 威力球（Powerball）的 頭 獎，獎 金 三億一
nián zhòngle wēilìqiú　　　　　　de tóujiǎng　jiǎngjīn sānyì yì

千 五百萬 美 元（臺幣104億元），這是 那個 時候 最
qiān wǔbǎiwàn měiyuán　táibì　　yìyuán　　zhèshì nàge shíhòu zuì

高 的 獎 金。惠塔克做了 很 多 好 事，他 蓋了 教 堂、
gāo de jiǎngjīn　Huìtǎkè zuòle hěnduō hàoshì　tā gàile jiàotáng

成 立了基金會，幫 助了許多 人；雖然 他 做了 這麽 多
chénglìle　jījīnhuì　bāngzhùle xǔduō rén　suīrán tā zuòle zhème duō

的 好事，但是 他的 人 生 卻發生 了許多 不好 的 事
de hǎoshì　dànshì tā de rénshēng què fāshēngle xǔduō bùhǎo de shì

情，他 失去了許多 朋 友，有 數百件 的 官司，連他
qíng　tā shīqùle xǔduō péngyǒu　yǒu shùbǎijiàn de guānsī　lián tā

的 孫 女也死於非 命。
de sūnnǚ yě sǐ yú fēi mìng

惠塔克說：「我 中了樂透 之後，真 的 覺得人非
Huìtǎkè shuō　　wǒ zhòngle lètòu zhīhòu zhēnde juéde rén fēi

常 地貪心，你只要一有 錢，大家就會開始打你的
cháng de tānxīn　nǐ zhǐyào yì yǒuqián　dàjiā jiù huì kāishǐ dǎ nǐ de

壞 主意，如果 知道事情 會 變 成 這樣，那我 應
huài zhǔyì　rúguǒ zhīdào shìqíng huì biànchéng zhèyàng　nà wǒ yīng

該把彩券撕掉！」
gāi bǎ cǎijuàn sīdiào

　　原來，不是 全部的樂透得主 都 過著 開心的日
yuánlái　búshì quánbù de lètòu dézhǔ dōu guòzhe kāixīn de rì

子，他們 也有 許多 煩惱。也許我們 現在 簡單的
zi　tāmen yěyǒu xǔduō fánnǎo　yěxǔ wǒmen xiànzài jiǎndān de

生 活，已經是一 種 最大的幸福了！
shēnghuó　yǐjīng shì yìzhǒng zuì dà de xìngfú le

(二)問題
wèntí

_____ 1. 下 面 哪個不是 惠塔克發 生 的事情？
xiàmiàn nǎge búshì Huìtǎkè fāshēng de shìqíng
(A) 他的孫女死了
(B) 他生病了
(C) 有很多麻煩的事要解決
(D) 他的朋友變少了

_____ 2. 那些 中了樂透的人，之後 都 變得怎麼
nàxiē zhòngle lètòu de rén　zhīhòu dōu biànde zěnme
樣？
yàng

(A) 所有人都發生了不好的事情

(B) 所有人都生活地很開心

(C) 有些人過得很好，有些人過得不好

(D) 短文裡沒有寫

_____ 3. 中 了樂透以後，現 在 的 惠塔克是 怎麼 想
zhòngle lètòu yǐhòu xiànzài de Huìtǎkè shì zěnme xiǎng

的？
de

(A) 他現在有更多的朋友，他覺得很快樂

(B) 他覺得很開心，可以買到自己想買的東西

(C) 他希望可以再中獎，這樣就可以幫助更多的人

(D) 他覺得自己不應該得到這麼多錢的

_____ 4. 「打 壞 主意」是 什 麼意思？
dǎ huàizhǔyì shì shénme yìsi

(A) 不小心把別人的東西弄壞了

(B) 想出來的方法很不好，不能解決問題

(C) 對人或對事情有不好的想法

(D) 很容易生氣，愛打人

_____ 5. 「打……壞 主意」的「打」和 下 面 哪一個「打」
dǎ huàizhǔyì de dǎ hé xiàmiàn nǎ yíge dǎ

的意思一 樣？
de yìsi yíyàng

(A) 你的房間這麼亂，一定很久沒打掃了吧！

(B) 我打算八月去韓國找朋友玩，九月再回日本讀書。

(C) 你可以幫我把這個箱子打開嗎？

(D) 聽說你打球打得很好，可不可以教我？

_____ 6. 下 面 哪個 可以 說 是「數百」？
xiàmiàn nǎge kěyǐ shuō shì shùbǎi

(A) 8

(B) 75

(C) 1200

(D) 260

_____ 7.「你只要　一　有　錢，大家就會　開始　打你的　壞
　　　nǐ zhǐyào yì yǒuqián dàjiā jiùhuì kāishǐ dǎ nǐ de huài

主　意」裡的「一」和　下　面　哪個意思一樣？
zhǔyì lǐ de yī hé xiàmiàn nǎge yìsi yíyàng

(A) 一聽到這首歌，我就想起了許多事情。

(B) 天氣一涼，許多人就感冒了。

(C) 你今天去哪裡玩了，怎麼一身髒呢？

(D) 這麼久沒見了，你還是和以前一樣漂亮。

_____ 8. 哪　個　是　錯　的？
nǎge shì cuò de

(A) 中樂透雖然可以得到很多錢，但是也會有很多要擔心
的事情

(B) 有很多錢不是一件壞事，所以很多人都想中樂透

(C) 雖然惠塔克做了許多好事，但是他卻不快樂

(D) 如果可以回到過去，惠塔克還是希望他能得到這些錢

(三) 生 詞
shēngcí

	生詞	漢語拼音	解釋
1	中／中樂透	zhòng／zhòng lètòu	ganar la lotería
2	夢想	mèngxiǎng	sueño
3	贏得	yíngdé	ganar
4	頭獎	tóujiǎng	primer premio
5	羨慕	xiànmù	admirar, envidia
6	過日子	guò rìzi	vivir, continuar viviendo
7	答案	dáàn	respuesta

	生詞	漢語拼音	解釋
8	得主	dézhǔ	ganador
9	中獎	zhòngjiǎng	ganar el premio (en un sorteo)
10	人生	rénshēng	vida humana
11	離婚	líhūn	divorcio
12	親戚	qīnqī	parientes
13	綁架	bǎngjià	secuestrar
14	獎金	jiǎngjīn	extra, bonus
15	蓋	gài	construir
16	美元	měiyuán	dólares americanos
17	臺幣	táibì	dólar taiwanés
18	教堂	jiàotáng	iglesia, catedral
19	成立	chénglì	fundar, establecer
20	基金會	jījīnhuì	fundación
21	數百	shùbǎi	cientos de
22	官司	guānsī	demanda social
23	死於非命	sǐ yú fēi mìng	fallecer en un desastre, muerte no natural
24	貪心	tānxīn	codicioso
25	打壞主意	dǎ huàizhǔyì	tener malas ideas, hacer travesuras
26	彩券	cǎijuàn	lotería
27	撕	sī	rasgar
28	煩惱	fánnǎo	estar molesto
29	幸福	xìngfú	feliz; felicidad, bienestar

三十六、愚人節
Yúrénjié

　　每年 的四月一號 是「愚人節」，也被 稱 做「萬
　　měinián de sìyuè yī hào shì　Yúrénjié　　yě bèi chēngzuò Wàn

愚節」，這 是一個起源 於法國 的節日。每個人一到
yújié　　zhè shì yíge qǐyuán yú Fǎguó de jiérì　　měige rén yídào

這天，都 可以隨意地開別人 玩 笑、捉弄 別人。有
zhètiān　dōu kěyǐ suíyì de kāi biérén wánxiào zhuōnòng biérén　yǒu

些 報紙 或是 電視 新聞 也會 報導 一些 假的 新聞，
xiē bàozhǐ huòshì diànshì xīnwén yě huì bàodǎo yìxiē jiǎ de xīnwén

讓 大家都 能 體驗 這個 有趣的 節日。
ràng dàjiā dōu néng tǐyàn zhège yǒuqù de jiérì

從 以前 到 現在，有 幾次 有名 的「愚人節 事
cóng yǐqián dào xiànzài yǒu jǐ cì yǒumíng de Yúrénjié shì

件」。1957年 美國的BBC電 視台 報導了這 則新聞——
jiàn nián Měiguó de diànshìtái bàodǎole zhèzé xīnwén

「義大利 麵 條 樹大 豐 收」，因為 那個 時候義大利
Yìdàlì miàntiáo shù dà fēngshōu yīnwèi nàge shíhòu Yìdàlì

菜在 英 國 還不 常 見，所以很 多人 看了這則 新聞
cài zài Yīngguó hái bù chángjiàn suǒyǐ hěnduō rén kànle zhèzé xīnwén

之後就打電 話 到 電視台 詢問，有的人還 問 怎麼
zhīhòu jiù dǎ diànhuà dào diànshìtái xúnwèn yǒu de rén hái wèn zěnme

樣 才可以 種 植義大利 麵條 樹！這是 電視台最早
yàng cái kěyǐ zhòngzhí Yìdàlì miàntiáo shù zhè shì diànshìtái zuì zǎo

在 愚人節 開大家玩 笑 的例子。
zài Yúrénjié kāi dàjiā wánxiào de lìzǐ

1940年 的3月31日，富蘭克林 研究 員 告訴大家 明
nián de yuè rì Fùlánkèlín yánjiùyuán gàosù dàjiā míng

天 就是世界末日，這個 事情被一家 廣 播 電台 報導
tiān jiùshì shìjiè mòrì zhège shìqíng bèi yìjiā guǎngbō diàntái bàodǎo

出去。大家 聽 了之 後 非常 地害怕，很 多人也打
chūqù dàjiā tīngle zhīhòu fēicháng de hàipà hěnduō rén yě dǎ

電 話來 詢問，一直 到 富蘭克林的 研究員 出來 解釋
diànhuà lái xúnwèn yìzhí dào Fùlánkèlín de yánjiùyuán chūlái jiěshì

這 則 新 聞 是 假 的，大 家 才 漸 漸 放 心。其 實 這 則 新
zhèzé xīnwén shì jiǎ de dàjiā cái jiànjiàn fàngxīn qíshí zhèzé xīn

聞 是 威 廉 姆 斯・卡 斯 特 里 爲 了 隔 天 的 講 座《世 界 末
wén shì Wēiliánmǔsī kǎsītèlǐ wèile gétiān de jiǎngzuò shìjiè mò

日 將 會 怎 樣?》的 宣 傳 而 發 佈 的，沒 想 到 害
rì jiāng huì zěnyàng de xuānchuán ér fābù de méi xiǎngdào hài

民 眾 那 麼 害 怕。因 爲 這 個 事 情，卡 斯 特 里 也 丟 了
mínzhòng nàme hàipà yīnwèi zhège shìqíng Kǎsītèlǐ yě diūle

他 的 飯 碗，失 去 了 他 的 工 作。雖 然 我 們 在 愚 人 節 這
tā de fànwǎn shīqùle tā de gōngzuò suīrán wǒmen zài Yúrénjié zhè

天 可 以 開 好 朋 友 的 玩 笑，但 是 玩 笑 也 必 須 要
tiān kěyǐ kāi hǎo péngyǒu de wánxiào dànshì wánxiào yě bìxū yào

控 制，如 果 玩 笑 開 得 太 大，發 生 了 嚴 重 的 事
kòngzhì rúguǒ wánxiào kāi de tài dà fāshēngle yánzhòng de shì

情，那 可 就 不 好 了。
qíng nà kě jiù bùhǎo le

(二)問題
wèntí

_____ 1. 愚 人 節 事 件 是 指 什 麼 事 件?
Yúrénjié shìjiàn shì zhǐ shénme shìjiàn

　　(A) 每年愚人節的新聞

　　(B) 在愚人節之前的慶祝活動

　　(C) 很多人都知道，在愚人節發生的有趣事情

　　(D) 一些在愚人節發生的有趣事情，可是很多人都不知道

_____ 2. 「義大利 麵 條 樹 大 豐 收」的 新 聞，是 在
Yìdàlì miàntiáo shù dà fēngshōu de xīnwén shì zài

說？
shuō

(A) 一棵義大利麵條的樹

(B) 世界上最長的義大利麵條

(C) 教大家怎麼做義大利麵

(D) 世界上最好吃的義大利麵

_____ 3. 大家 聽了「義大利 麵 條 樹 大 豐 收」的 新 聞
dàjiā tīngle Yìdàlì miàntiáo shù dà fēngshōu de xīnwén

以後，覺得？
yǐhòu juéde

(A) 大家都不相信這件事情

(B) 有些人相信

(C) 大家都更喜歡吃義大利麵了

(D) 大家以後都不敢吃義大利麵了

_____ 4. 爲 什 麼 會 有「世界 末 日」這 則 新 聞？
wèishénme huì yǒu shìjiè mòrì zhèzé xīnwén

(A) 在電視台工作的人不小心講的笑話

(B) 爲了要讓更多的人來參加某個活動

(C) 大家平常太忙，聽了新聞可以讓大家有好心情

(D) 讓大家知道世界末日的時間，這樣大家就不會有危險
了

_____ 5. 很 多 人 聽了「世界 末 日」的 新 聞 之 後，都
hěnduō rén tīngle shìjiè mòrì de xīnwén zhīhòu dōu

覺 得？
juéde

(A) 非常開心

(B) 非常生氣

(C) 不相信這件事情

(D) 非常害怕

_____ 6. 《世界末日將會怎樣?》是什麼時候的
shìjiè mòrì jiāng huì zěnyàng shì shénme shíhòu de

活動?
huódòng

(A) 1957年3月30日

(B) 1940年4月1日

(C) 1957年4月1日

(D) 1940年3月31日

_____ 7. 「丟飯碗」是什麼意思?
diū fànwǎn shì shénme yìsi

(A) 東西掉了

(B) 肚子餓

(C) 沒有帶錢包

(D) 工作沒了

_____ 8. 哪個是對的?
nǎge shì duì de

(A) 沒有電視新聞會在愚人節這天報導假的新聞

(B) 「世界末日」的愚人節事件發生在1957年

(C) 愚人節本來是中國的節日

(D) 卡斯特里因為「世界末日」的假新聞失去了他的工作

生詞
shēngcí

	生詞	漢語拼音	解釋
1	愚人節	Yúrénjié	Día de las mentiras
2	稱	chēng	llamar
3	起源	qǐyuán	origen
4	節日	jiérì	feriado, festival
5	隨意	suíyì	como a uno le plazca

	生詞	漢語拼音	解釋
6	開玩笑	kāiwánxiào	bromear
7	捉弄	zhuōnòng	molestar, burlar
8	報導	bàodǎo	informar, reportar noticias
9	體驗	tǐyàn	experiencia, aprender por practica
10	有名	yǒumíng	famoso
11	電視台	diànshìtái	canal de TV, cadena de televisión
12	義大利麵條	yìdàlì miàntiáo	espaguetis
13	豐收	fēngshōu	cosecha abundante
14	則	zé	clasificador de pequeños articulos como: noticias, bromas
15	詢問	xúnwèn	preguntar sobre
16	種植	zhòngzhí	plantar, plantación
17	例子	lìzi	ejemplo
18	研究員	yánjiùyuán	investigador
19	世界末日	shìjiè mòrì	apocalipsis, fin del mundo
20	廣播電台	guǎngbō diàntái	radio, radiofonía
21	解釋	jiěshì	explicar
22	漸漸	jiànjiàn	gradualmente, poco a poco
23	放心	fàngxīn	tranquilizarse, sentirse aliviado
24	其實	qíshí	de hecho, en realidad
25	講座	jiǎngzuò	conferencia, discurso
26	宣傳	xuānchuán	difundir, promocionar, dar a conocer
27	發佈	fābù	publicar, promulgar
28	丟飯碗	diū fànwǎn	perder el trabajo
29	控制	kòngzhì	controlar, dominar, comandar
30	嚴重	yánzhòng	serio, grave, crítico

三十七、「低頭族」小心！
dītóuzú　　xiǎoxīn

㈠文章
wénzhāng

你　用　智慧型　手機（smartphone）嗎？你一天　花
nǐ yòng zhìhuìxíng　shǒujī　　　　　　　ma　nǐ yìtiān huā

多　少　時間　盯著　手機呢？最近　有一個　新的　名詞—
duōshǎo shíjiān dīngzhe shǒujī ne　zuìjìn yǒu yíge　xīn de míngcí

「低頭族」（adictos al smartphone），指的是那些　隨時低
　dītóuzú　　　　　　　　　　　　　　　zhǐ de shì nàxiē　suíshí dī

著 頭 使用3C產 品的人。因爲 社會 越來越 進步，出
zhe tóu shǐyòng chǎnpǐn de rén yīnwèi shèhuì yuèláiyuè jìnbù chū

現了 很 多 新的3C產 品，所以 成 爲「低頭族」的 人
xiànle hěnduō xīn de chǎnpǐn suǒyǐ chéngwéi dītóuzú de rén

也 越來越 多了。
yě yuèláiyuè duō le

　使用 智慧型 手機的好 處 有 很 多，你可以隨時
shǐyòng zhìhuìxíng shǒujī de hǎochù yǒu hěnduō nǐ kěyǐ suíshí

隨地和 朋 友 聊天、寫 電子郵件、玩 遊戲，也可以隨
suídì hé péngyǒu liáotiān xiě diànzǐ yóujiàn wán yóuxì yě kěyǐ suí

時 隨地聽音樂、看 影 片。這麼 多 的 功 能，只要
shí suídì tīng yīnyuè kàn yǐngpiàn zhème duō de gōngnéng zhǐyào

一根 手 指頭就可以辦到！因爲智慧型 手機這麼
yìgēn shǒuzhǐ tou jiù kěyǐ bàndào yīnwèi zhìhuìxíng shǒujī zhème

方便，所以很多人不管 什麼 時候，像 是 走路、
fāngbiàn suǒyǐ hěnduō rén bùguǎn shénme shíhòu xiàngshì zǒulù

吃飯或 搭車，常 常 手機不離身，永遠 專心地
chīfàn huò dāchē chángcháng shǒujī bù lí shēn yǒngyuǎn zhuānxīn de

看著 手機。
kànzhe shǒujī

　智慧型 手機有 這麼 多的好 處，也有 很 多
zhìhuìxíng shǒujī yǒu zhème duō de hǎochù yě yǒu hěnduō

讓 人困擾的地方。很多人連和朋 友吃飯的時
ràng rén kùnrǎo de dìfāng hěnduō rén lián hé péngyǒu chīfàn de shí

候都 專心在手機上，大家就算 眞的見面，也
hòu dōu zhuānxīn zài shǒujī shàng dàjiā jiùsuàn zhēn de jiànmiàn yě

很 少 抬頭聊 天。這 樣 讓 人與人的 關係日漸 疏
hěnshǎo táitóu liáotiān zhèyàng ràng rén yǔ rén de guānxì rì jiàn shū

遠，溝通 不再是 面 對面 的，而是 手機裡一個個的
yuǎn gōutōng búzài shì miànduìmiàn de ér shì shǒujīlǐ yígege de

文字 訊息。此外，低頭 太久也可能 對 健康 不好，脖
wénzì xùnxí cǐwài dītóu tài jiǔ yě kěnéng duì jiànkāng bùhǎo bó

子和 手 指很 容易受 傷。這些 人 走在 路上 也 容
zi hé shǒuzhǐ hěn róngyì shòushāng zhèxiē rén zǒuzài lùshàng yě róng

易因為 不夠 專 心，過馬路的 時候 容易發 生 危險。
yì yīnwèi búgòu zhuānxīn guòmǎlù de shíhòu róngyì fāshēng wéixiǎn

你也是「低頭族」嗎？使用 智慧型 手機雖然 很
nǐ yěshì dītóuzú ma shǐyòng zhìhuìxíng shǒujī suīrán hěn

方 便，但 我們 也要 小心它帶來的 問題。有 時候也
fāngbiàn dàn wǒmen yě yào xiǎoxīn tā dàilái de wèntí yǒu shíhòu yě

抬頭 看看 身 邊可愛的朋 友，看看 這個美麗的世界
táitóu kànkan shēnbiān kěài de péngyǒu kànkan zhèige měilì de shìjiè

吧！
ba

(二)問題
wèntí

_____ 1.哪一個是 文 章 所 說 的低頭族？
nǎyíge shì wénzhāng suǒ shuō de dītóuzú
(A)不管什麼時候，常常低著頭玩手機的人
(B)容易覺得累，常常低著頭想睡覺的人
(C)容易緊張、常常低著頭，講話很小聲的人

(D) 非常認眞，常常低著頭讀書的人

_____ 2. 哪個不是 文 章 裡提到 智慧型 手 機可以做
nǎge búshì wénzhānglǐ tídào zhìhuìxíng shǒujī kěyǐ zuò

　　的 事？
　　de shì

(A) 和朋友聊天

(B) 聽音樂

(C) 做運動

(D) 看電影

_____ 3. 哪一個不是 常 常 用 智慧型 手機的 不
nǎyíge búshì chángcháng yòng zhìhuìxíng shǒujī de bù

　　好 的地方？
　　hǎo de dìfāng

(A) 容易有健康的問題

(B) 沒有時間運動，容易變胖

(C) 和朋友的感情變得不好

(D) 太認眞看手機，走路的時候容易發生危險

_____ 4. 第 三 段 在 說 什 麼？
dìsānduàn zài shuō shénme

(A) 怎麼樣才能買到一隻好的手機

(B) 用這種手機的好的地方

(C) 什麼是「低頭族」

(D) 常常使用這種手機會發生的不好的問題

_____ 5. 如果 要 給這篇 文 章 一個題目，哪個比 較
rúguǒ yào gěi zhèpiān wénzhāng yíge tímù nǎge bǐjiào

　　好？
　　hǎo

(A) 買手機的時候要知道的幾件事情

(B) 低頭族小心！低頭族不能不知道的問題

(C) 大家一起加入「低頭族」吧！

(D) 向低頭族說不！

_____ 6. 爲什麼智慧型 手機讓 人與人之間的
wèishénme zhìhuìxíng shǒujī ràng rén yǔ rén zhījiān de

關係變 不好？
guānxì biàn bùhǎo

(A)因爲年紀大的人不太會用智慧型手機，所以不容易和
年輕人交朋友

(B)因爲太少和朋友聊天，容易吵架

(C)大家太認眞在手機上，所以很少花時間關心身邊的朋
友

(D)因爲很多人不想和沒有智慧型手機的人當朋友

_____ 7. 「就算」可以放進哪個句子？
jiùsuàn kěyǐ fàngjìn nǎge jùzi

(A)只要我們努力，□□再難的問題，也一定能解決。

(B)□□今天沒下雨，要不然就不能出去跑步了。

(C)麵包很好吃，□□我更喜歡吃巧克力。

(D)你剛剛說要喝咖啡，現在說要喝可樂，□□要喝什麼
啊？

_____ 8. 哪個是對的？
nǎge shì duì de

(A)只要是有手機的人，我們都可以叫他「低頭族」

(B)常常用智慧型手機的人可以交到更多的朋友

(C)使用智慧型手機的人越來越少了，因爲太貴了大家買
不起

(D)因爲用智慧型手機可以做的事越來越多了，所以大家
花更多的時間在手機上了

(三)生詞
shēngcí

	生詞	漢語拼音	解釋
1	智慧型手機	zhìhuìxíng shǒujī	smartphone, teléfono inteligente
2	盯	dīng	mirar a
3	名詞	míngcí	sustantivo
4	指	zhǐ	referirse a
5	隨時隨地	suíshí suídì	en cualquier momento y en cualquier lugar
6	使用	shǐyòng	usar, utilizar
7	3C產品	chǎnpǐn	productos de alta tecnología (computadora, celular ...)
8	成為	chéngwéi	volverse
9	好處	hǎochù	beneficio, ventaja
10	電子郵件	diànzǐ yóujiàn	e-mail, correo electrónico
11	影片	yǐngpiàn	película
12	功能	gōngnéng	función, competencia
13	辦（到）	bàn (dào)	lograr, finalizar algo
14	不管	bùguǎn	no importarse
15	不離身	bù lí shēn	llevarlo a todas partes
16	永遠	yǒngyuǎn	por siempre, siempre
17	專心	zhuānxīn	concentrar, prestar atención
18	困擾	kùnrǎo	causar complicaciones, estar perplejo
19	就算	jiùsuàn	incluso si...
20	抬	tái	cargar (juntos), levantar

	生詞	漢語拼音	解釋
21	關係	guānxì	relación
22	疏遠	shūyuǎn	distanciarse, alejarse
23	溝通	gōutōng	comunicar, vincularse
24	面對面	miànduìmiàn	cara a cara
25	文字訊息	wénzì xùnxí	mensajes de texto
26	此外	cǐwài	además, por otra parte
27	脖子	bózi	cuello
28	手指	shǒuzhǐ	dedo
29	受傷	shòushāng	sufrir lesiones o heridas
30	過馬路	guò mǎlù	cruzar la calle

三十八、咖啡時間
kāfēi shíjiān

咖啡是許多 人喜歡 的飲料，很多 人一天 不來
kāfēi shì xǔduō rén xǐhuān de yǐnliào　hěnduō rén yìtiān bù lái

上 幾杯咖啡，總 覺得時間 過得特別 慢，精 神比較
shàng jǐbēi kāfēi　zǒng juéde shíjiān guòde tèbié màn　jīngshén bǐjiào

不好。上 班族來一杯咖啡可以提神，工 作的 時候
bù hǎo shàngbānzú lái yìbēi kāfēi　kěyǐ tíshén gōngzuò de shíhòu

效率會 特別 好；學　生　來一杯 咖啡，可以 讓　自己 更
xiàolǜ huì tèbié hǎo　xuéshēng lái yìbēi kāfēi　kěyǐ ràng　zìjǐ gèng

專心 在　功課　上。你 知道　嗎？「咖啡」有　許多　有
zhuānxīn zài gōngkè shàng　nǐ zhīdào ma　kāfēi　yǒu xǔduō yǒu

趣的 研究，　其中　從 咖啡「提神」的　這個 作用，還
qù de yánjiù　qízhōng cóng kāfēi　tíshén　de　zhège zuòyòng hái

可以 看出 你是 不是個 懶惰 的 人喔！
kěyǐ kànchū nǐ shìbúshì ge lǎnduò de rén o

　　　根據一項　加拿大（Canadá）的　研究，咖啡「提神」
gēnjù yíxiàng Jiānádà　děi yánjiù　kāfēi tíshén

的　這個 作用，只 對 懶惰 的 人 有 用。在 研究　中，研
de zhège zuòyòng zhǐ duì lǎnduò de rén yǒuyòng zài yánjiùzhōng yán

究人員 把 咖啡因（cafeína）注射 在 老鼠的　身　上，
jiù rényuán bǎ　kāfēiyīn　zhùshè zài lǎoshǔ de shēnshàng

結果 他們　發現　原來比較「勤勞」的 老鼠 變得比較 不
jiéguǒ tāmen fāxiàn yuánlái bǐjiào　qínláo　de lǎoshǔ biànde bǐjiào bù

活潑，原 來比較「懶惰」的 老鼠　卻　變 得比較 活潑。
huópō　yuánlái bǐjiào　lǎnduò　de lǎoshǔ què biànde bǐjiào huópō

從　這裡我們　可以知道，如果 咖啡對 你 有提神 的　幫
cóng zhèlǐ　wǒmen kěyǐ zhīdào　rúguǒ kāfēi duì nǐ yǒu tíshén de bāng

助，那麼你可能　就是 那隻 懶惰的 老鼠！
zhù　nàme nǐ kěnéng jiùshì nà zhī lǎnduò de lǎoshǔ

　　　除此之外，咖啡 還有 許多　的 好處。如果 你 覺得自
chúcǐ zhīwài　kāfēi háiyǒu xǔduō de hǎochù　rúguǒ nǐ juéde zì

己快　感冒 了，趕　快　來杯咖啡吧！根據 研究，喝杯熱
jǐ kuài gǎnmào le　gǎnkuài lái bēi kāfēi ba　gēnjù yánjiù　hē bēi rè

熱的咖啡對 初期感冒 有 很 好 的 幫 助。喝咖啡也可
rè de kāfēi duì chūqí gǎnmào yǒu hěnhǎo de bāngzhù　hē kāfēi yě kě

以 讓 心 情 快樂，甚 至 讓 運 動 員 有 更 好 的
yǐ ràng xīnqíng kuàilè　shènzhì ràng yùndòngyuán yǒu gènghǎo de

成績。此外，咖啡還 可以 幫 助 壽命 增加。你喜
chéngjī　cǐwài　kāfēi hái kěyǐ bāngzhù shòumìng zēngjiā　nǐ xǐ

歡 喝咖啡嗎？只要不要 過量，適量 的咖啡不但 對
huān hē kāfēi ma　zhǐyào búyào guòliàng　shìliàng de kāfēi búdàn duì

身 體沒有 壞處，反而還 能 帶來許多 好處喔！
shēntǐ méiyǒu huàichù　fǎnér hái néng dàilái xǔduō hǎochù　o

（二）問題
wèntí

_____ 1. 這 篇 文 章 主 要 的意思是 什 麼？
zhèpiān wénzhāng zhǔyào de yìsi shì shénme
(A) 喝咖啡對剛開始感冒的人是有幫助的
(B) 世界上很多人都喜歡喝咖啡
(C) 多喝咖啡只有好處，不會對身體不好
(D) 喝咖啡有許多好處，還可以知道你是不是個懶惰的人

_____ 2. 哪 個 是 對 的？
nǎge shì duì de
(A) 這是日本的研究
(B) 他們讓動物喝咖啡，看看牠們喝了之後會變得怎麼樣
(C) 研究使用的動物是老鼠
(D) 他們發現，原本比較懶惰而且喜歡休息的老鼠變得更
　　安靜、更不喜歡動了

_____ 3. 下 面 哪一個不是 喝咖啡 的 好 處？
xiàmiàn nǎyíge búshì hē kāfēi de hǎochù

(A) 做事可以更專心

(B) 對剛開始的感冒有幫助

(C) 變得更聰明

(D) 可以活的更久

_____ 4. 「明 天 就 要 考 試 了，他□□一點 也 不 著 急，
míngtiān jiùyào kǎoshì le   tā   yìdiǎn yě bù zhāojí

□□還 舒 服 地 坐 在 沙 發 上   聽 起 音 樂 來。」
hái shūfú de zuòzài shāfāshàng tīng qǐ yīnyuè lái

□□中 可以 放 入 什 麼？
zhōng kěyǐ fàngrù shénme

(A) 雖然／但是

(B) 不但／反而

(C) 不但／還是

(D) 因爲／所以

_____ 5. 第6行 的「看 出」，不 能 換 成 下 面 哪一
dì háng de kànchū   bùnéng huànchéng xiàmiàn nǎyí

個？
ge

(A) 看看

(B) 發現

(C) 知道

(D) 清楚

_____ 6. 下 面 哪一個和「好 處↔壞 處」的意思不一 樣？
xiàmiàn nǎyíge hé hǎochù huàichù de yìsi bù yíyàng

(A) 飽↔餓

(B) 吵↔安靜

(C) 困難↔簡單

(D) 了解↔知道

_____ 7. 「很 多 人 一 天 不 來 上 幾杯 咖啡 總 覺得 時
hěnduō rén yìtiān bù láishàng jǐbēi kāfēi zǒng juéde shí

間 過得 特別 慢」 中 的「特別」和 下面 哪個
jiān guòde tèbié màn zhōng de tèbié hé xiàmiàn nǎge

意思一樣？
yìsi yíyàng

(A) 這雙鞋子真「特別」，你在哪裡買的？

(B) 今天有什麼「特別」的新聞嗎？

(C) 你今天「特別」漂亮，是不是發生什麼好事？

(D) 我想到了一個「特別」的計畫，下次說給你聽。

_____ 8. 哪個 是 對 的 ？
nǎge shì duì de

(A) 喝咖啡對身體有很好，所以多喝一點也沒關係

(B) 不是每個人喝咖啡都可以「提神」

(C) 很多人覺得咖啡很苦，所以不喜歡喝咖啡

(D) 咖啡只有「提神」的好處，可以讓學生學習得更好

(三) 生 詞
shēngcí

	生詞	漢語拼音	解釋
1	上	shàng	usado para completar un verbo indicando que alguna acción ha comenzado o esta en progreso
2	過	guò	pasar
3	精神	jīngshén	vitalidad, tener energía
4	上班族	shàngbānzú	empleados de oficina (como grupo social)
5	提神	tíshén	refrescarse, levantar el ánimo
6	效率	xiàolǜ	eficiencia
7	專心	zhuānxīn	concentrarse

	生詞	漢語拼音	解釋
8	研究	yánjiù	estudiar, investigar
9	作用	zuòyòng	función, efecto
10	懶惰	lǎnduò	flojo, perezoso
11	根據	gēnjù	de acuerdo con
12	研究人員	yánjiù rényuán	investigador
13	注射	zhùshè	inyectar
14	老鼠	lǎoshǔ	rata, ratón
15	身上	shēnshàng	en el cuerpo
16	比較	bǐjiào	relativamente, bastante
17	勤勞	qínláo	trabajo duro
18	活潑	huópō	animado, vivaz
19	除此之外（此外）	chúcǐ zhīwài	además, en adición
20	好處	hǎochù	bueno, beneficio, ventaja
21	初期	chūqí	etapa inicial, primeros días
22	甚至	shènzhì	incluso
23	運動員	yùndòngyuán	atleta
24	成績	chéngjī	resultado, logros
25	壽命	shòumìng	vida, duración de la vida
26	增加	zēngjiā	aumentar
27	過量	guòliàng	excederse
28	適量	shìliàng	cantidad apropiada
29	壞處	huàichù	daño, desventaja
30	反而	fǎnér	en lugar, de lo contrario

三十九、失眠
shīmián

(一)文章
wénzhāng

　　失眠 的意思是 夜晚 無法得到 適當 的休息，導致
　　shīmián de yìsi shì yèwǎn wúfǎ dédào shìdàng de xiūxí　dǎozhì

睡眠 不足、睡 眠 品質 不好。失眠 的人可能 有
shuìmián bùzú　shuìmián pǐnzhí bù hǎo　shīmián de rén kěnéng yǒu

下面幾個 症 狀。第一，上　床　後很 難入睡：超
xiàmiàn jǐge zhèngzhuàng　dìyī　shàngchuáng hòu hěn nán rùshuì chāo

過30分鐘以上無法入睡，就可以算是失眠。第二，
guò fēnzhōng yǐshàng wúfǎ rùshuì jiù kěyǐ suàn shì shīmián dìèr

時睡時醒、睡得不夠深。第三，不容易睡著，睡
shí shuì shí xǐng shuìde bú gòu shēn dìsān bù róngyì shuìzháo shuì

著後容易醒過來，醒來後無法再睡著。在生
zháo hòu róngyì xǐng guòlái xǐng lái hòu wúfǎ zài shuìzháo zài shēng

活緊張的現代社會中，失眠的情形相當
huó jǐnzhāng de xiàndài shèhuìzhōng shīmián de qíngxíng xiāngdāng

普遍，研究發現，老年人和女性較其他人更容易
pǔpiàn yánjiù fāxiàn lǎoniánrén hé nǚxìng jiào qítā rén gèng róngyì

失眠。
shīmián

雖然失眠不會直接影響到人的生命安
suīrán shīmián búhuì zhíjiē yǐngxiǎng dào rén de shēngmìng ān

全，但是卻會嚴重影響生活品質。失眠
quán dànshì quèhuì yánzhòng yǐngxiǎng shēnghuó pǐnzhí shīmián

容易使人感到憂鬱、煩躁，長期失眠的人甚至
róngyì shǐ rén gǎndào yōuyù fánzào chángqí shīmián de rén shènzhì

會覺得生不如死。很多人因為失眠，導致白天的
huì juéde shēng bù rú sǐ hěnduō rén yīnwèi shīmián dǎozhì báitiān de

工作、生活、人際關係都受到影響。
gōngzuò shēnghuó rénjì guānxì dōu shòudào yǐngxiǎng

對付不嚴重的失眠有幾個辦法。例如：讓自己
duìfù bù yánzhòng de shīmián yǒu jǐge bànfǎ lìrú ràng zìjǐ

有規律的生活、有早睡早起及運動的習慣。
yǒu guīlǜ de shēnghuó yǒu zǎo shuì zǎo qǐ jí yùndòng de xíguàn

睡 前要 放 鬆 心 情，可以 聽聽 輕 音樂、泡泡 熱
shuì qián yào fàngsōng xīnqíng　kěyǐ tīngtīng qīng yīnyuè　pàopào rè

水澡。不要 在 床 上 看 書、看 電視、講 電話，
shuǐzǎo　búyào zài chuángshàng kàn shū　kàn diànshì　jiǎngdiànhuà

這 會破壞你的 睡 眠 習慣。睡 覺 前 也不要 吃太飽
zhè huì pòhuài nǐ de shuìmián xíguàn shuìjiào qián yě búyào chī tài bǎo

或是 做劇烈運動，更 不能 喝茶、咖啡、可樂等 有
huòshì zuò jùliè yùndòng　gèng bùnéng hē chá　kāfēi　kělè děng yǒu

咖啡因的 飲料。如果 這些 辦法 對你來 說 都 沒有用，
kāfēiyīn de yǐnliào　rúguǒ zhèxiē bànfǎ duì nǐ lái shuō dōu méiyǒuyòng

那你就該 好好 找 醫生 談談了！
nà nǐ jiù gāi hǎohǎo zhǎo yīshēng tántán le

(二)問題
wèntí

——— 1. 哪一個 不是 失 眠 的 症 狀？
nǎ yí ge búshì shīmián de zhèngzhuàng

　　(A)上床後很難入睡

　　(B)時睡時醒

　　(C)睡著後容易醒過來，醒來後無法再睡著

　　(D)女性比男性容易失眠

——— 2. 第二 段 主要 告訴我們 什麼？
dì èr duàn zhǔyào gàosù wǒmen shénme

　　(A)失眠的症狀

　　(B)失眠對生活的影響

　　(C)對付失眠的辦法

　　(D)失眠的意思

_____ 3. 關於第二段的內容，下面哪一個正確？
guānyú dì èr duàn de nèiróng xiàmiàn nǎ yíge zhèngquè

　　(A) 失眠會直接影響生命安全

　　(B) 失眠不會影響生活品質

　　(C) 長期失眠的人會覺得生不如死

　　(D) 失眠的人可以在晚上工作

_____ 4. 失眠的人不會發生什麼事情？
shīmián de rén búhuì fāshēng shénme shìqíng

　　(A) 常常覺得煩躁

　　(B) 白天的工作受到影響

　　(C) 感到憂鬱

　　(D) 常常感冒發燒

_____ 5. 讀完第三段我們可以知道什麼？
dú wán dì sān duàn wǒmen kěyǐ zhīdào shénme

　　(A) 失眠對人的影響

　　(B) 失眠的症狀

　　(C) 幾個幫助睡著的方法

　　(D) 對身體健康的食物

_____ 6. 如果你的失眠情況不嚴重，你可以試
rúguǒ nǐ de shīmián qíngkuàng bù yánzhòng nǐ kěyǐ shì
試看做下面哪一件事情幫助睡眠？
shì kàn zuò xiàmiàn nǎ yíjiàn shìqíng bāngzhù shuìmián

　　(A) 睡前喝些咖啡、可樂

　　(B) 睡前做一些劇烈運動

　　(C) 在床上打電話給朋友聊天

　　(D) 聽些輕音樂、泡澡

_____ 7. 下面哪個人不算是失眠？
xiàmiàn nǎge rén búsuàn shì shīmián

　　(A) 子傑躺在床上1個小時還睡不著

　　(B) 金蓮一個晚上睡睡醒醒，睡得不夠深

　　(C) 家真睡了12個小時以後醒來，再也睡不著了

　　(D) 天衛躺在床上40分鐘後還醒著

_____ 8.「生 不如死」是 什麼意思？
　　　　shēng bù rú sǐ　shì shénme yìsi
　　　(A) 活著比較好
　　　(B) 死了比活著快樂
　　　(C) 活著比死了好
　　　(D) 雖然活著但是跟死了一樣痛苦

(三) 生 詞
shēngcí

	生詞	漢語拼音	解釋
1	失眠	shīmián	insomnio
2	夜晚	yèwǎn	noche
3	無法	wúfǎ	incapaz de, no poder
4	適當	shìdàng	adecuado, apropriado
5	導致	dǎozhì	provocar, causar
6	睡眠	shuìmián	dormir
7	不足	bùzú	no valer la pena (hacer algo), no poder, no deber; insuficiente, inadecuada
8	品質	pǐnzhí	calidad
9	症狀	zhèngzhuàng	síntomas
10	入睡	rùshuì	quedarse dormido
11	時睡時醒	shí shuì shí xǐng	despertase varias veces durante el sueño
12	超過	chāoguò	superar, exceder
13	睡著	shuìzháo	quedarse dormido, caer en el sueño
14	普遍	pǔpiàn	universal, general, extendido, común
15	及	jí	y

	生詞	漢語拼音	解釋
16	女性	nǚxìng	sexo femenino, mujer
17	直接	zhíjiē	directo, inmediato
18	生命	shēngmìng	vida
19	憂鬱	yōuyù	depresión
20	煩躁	fánzào	molesto e impaciente
21	長期	chángqí	largo periodo de tiempo
22	甚至	shènzhì	incluso
23	生不如死	shēng bù rú sǐ	dar igual estar vivo o muerto
24	人際關係	rénjìguānxì	relación interpersonal
25	對付	duìfù	tratar con, contra
26	規律	guīlǜ	patrón regular
27	放鬆	fàngsōng	relajar, aflojar
28	輕音樂	qīng yīnyuè	música ligera
29	破壞	pòhuài	violar, destruir
30	劇烈	jùliè	violento, feroz
31	咖啡因	kāfēiyīn	cafeína

四十、有幾桶 水？
yǒu jǐ tǒng shuǐ

㈠文 章
wénzhāng

　　從 前，有個國 王 和一群大臣 到 海 邊 散步，
cóngqián　yǒu ge guówáng hé yìqún dàchén dào hǎibiān sànbù

　　國 王 看著一望 無際的大海，突然 心血來 潮，問
guówáng kànzhe yí wàng wú jì de dàhǎi　túrán　xīn xiě lái cháo　wèn

　　身 邊 的大臣 們：「你們 覺得，這 海 總共可以
shēnbiān de dàchénmen　nǐmen juéde　zhè hǎi zǒnggòng kěyǐ

裝 多少 桶 水？」大臣 們 聽了，都 只能 大 眼
zhuāng duōshǎo tǒng shuǐ　　dàchénmen tīng le　dōu zhǐnéng dà yǎn

瞪 小 眼。國王 看到 這樣 的 情形，便 告訴所
dèng xiǎo yǎn　guówáng kàndào zhèyàng de qíngxíng biàn gàosù suǒ

有 的 大臣：「給你們 三天 的 時間思考 這個 問題，
yǒu de dàchén　　gěi nǐmen sāntiān de shíjiān sīkǎo zhège　wèntí

答得 出來 的人，我 有 重 賞，如果 沒有 人答出
dá de chūlái de rén　wǒ yǒu zhòngshǎng rú guǒ méiyǒu rén dá chū

來，我 全部 都要 處罰！」
lái　wǒ quánbù dōuyào chǔfá

　　大臣 們非常 緊張，大家到處 尋找 國內數
　　dàchénmen fēicháng jǐnzhāng dàjiā dàochù xúnzhǎo guónèi shù

學 不錯 的人，請他們 幫 忙 算算 大海裡到底有
xué búcuò de rén　qǐng tāmen bāngmáng suànsuàn dàhǎilǐ dàodǐ yǒu

多少 水、可以裝 多少 桶 水，可是大家算 來
duōshǎo shuǐ　kěyǐ zhuāng duōshǎo tǒng shuǐ　kěshì dàjiā suàn lái

算 去，還是 無法算 出一個 確 定 的 答案。
suàn qù　háishì wúfǎ suàn chū yíge　quèdìng de dáàn

　　一眨眼，三天 的期限 到了。國王 把大臣 們集
　　yìzhǎyǎn　sāntiān de qíxiàn dào le　guówáng bǎ dàchénmen jí

合在 宮 殿，詢問 大臣 們有 沒有 人知道答案。結
hé zài gōngdiàn　xúnwèn dàchénmen yǒuméiyǒu rén zhīdào dáàn　jié

果 還是 沒有 人 出來回答。就在 國 王 思考該如何
guǒ háishì méiyǒu rén chūlái huídá　　jiùzài guówáng sīkǎo gāi rúhé

處罰這群大臣 時，旁 邊一個掃地的老 僕人 說 話
chǔfá zhèqún dàchén shí　pángbiān yíge sǎodì de lǎo púrén shuōhuà

了：「稟告 國王，我 想我 知道 海裡有 多少 桶
le　　bǐnggào guówáng　wǒ xiǎng wǒ zhīdào　hǎilǐ yǒu duōshǎo tǒng

水。」國王 說：「就 讓 你 說 說 看 吧！」老僕人
shuǐ　　guówáng shuō　　jiù ràng nǐ shuōshuō kàn ba　　lǎo púrén

說：「這個 問題，要看 國 王 您給的 桶子有 多
shuō　　zhège　wèntí　　yào kàn guówáng nín gěi de tǒngzi yǒu duō

大，如果是 和海水一 樣 大的桶子，那就是一桶 水，
dà　　rúguǒ shì hé hǎishuǐ yíyàng dà de tǒngzi　　nà jiù shì yìtǒng shuǐ

如果 桶子只有海 水 的一半大，那就是 兩 桶 水，以
rúguǒ tǒngzi zhǐyǒu hǎishuǐ de yíbàn dà　　nà jiùshì liǎngtǒng shuǐ　　yǐ

此類推。」
cǐ lèi tuī

　　國 王 聽了老 僕人的答案，非常 高興，重 賞
　　guówáng　tīngle lǎo púrén de dáàn　　fēicháng gāoxìng zhòngshǎng

了老僕人。大臣 們 回答不出來 國 王 的 問題，是因
le lǎo púrén　dàchénmen huídá bù chūlái guówáng de wèntí　　shì yīn

為 算 不出來海水 到底有 多少，老僕人則是 從
wèi suàn bù chūlái hǎishuǐ dàodǐ yǒu duōshǎo　lǎo púrén zéshì cóng

桶子有 多大來思考 問題。這個故事 告訴我們，有 時
tǒngzi yǒu duōdà lái　sīkǎo wèntí　　zhège gùshì gàosù wǒmen　yǒushí

候， 換 個角度思考，難題就 能 夠解決了。
hòu　huàn ge jiǎodù sīkǎo　nántí　jiù nénggòu jiějué le

(二)問題 wèntí

_____ 1. 下面 哪個答案，最可以 說明 大臣 們 在
xiàmiàn nǎge dáàn zuì kěyǐ shuōmíng dàchénmen zài
海邊 聽到 國王 的 問題 時的 情 況？
hǎibiān tīngdào guówáng de wèntí shí de qíngkuàng

(A) 大臣們搶著說出答案

(B) 沒有人知道答案

(C) 大家都覺得別人知道答案

(D) 有人知道答案，但是沒有說出來

_____ 2. 答 出 國 王 的 問題會 怎 麼樣？
dá chū guówáng de wèntí huì zěnmeyàng

(A) 國王會帶他去看海

(B) 國王會給他很多錢或是很多禮物

(C) 可以和國王一起欣賞風景

(D) 可以當國王

_____ 3.「一眨眼」是 什 麼意思？
yìzhǎyǎn shì shénme yìsi

(A) 時間過得非常快

(B) 時間一天一天地過去

(C) 時間到了

(D) 時間過得很慢

_____ 4. 下 面 關 於「大眼 瞪 小 眼」的 用法，哪
xiàmiàn guānyú dà yǎn dèng xiǎo yǎn de yòngfǎ nǎ
個 正 確？
ge zhèngquè

(A) 媽媽生氣地問是誰打破杯子，我跟妹妹兩個人「大眼
瞪小眼」，沒有人說話。

(B) 老師和我「大眼瞪小眼」，告訴我上課不要講話。

(C) 發生車禍的兩個人一邊吵架，一邊「大眼瞪小眼」，

吵得臉都紅了，兩個人都說是對方的錯。

(D) 今天是情人節，街上的情侶們都「大眼瞪小眼」，看
起來感情非常好。

_____ 5. 甲、大臣 們 還是 不知道 答案
　　　　dàchénmen háishì bù zhīdào dáàn

乙、國 王 給 大臣 們 三天 找 答案
　　guówáng gěi dàchénmen sāntiān zhǎo dáàn

丙、國 王 問 老僕人 知 不 知道 答案
　　guówáng wèn lǎo púrén zhī bù zhīdào dáàn

丁、老僕人 告訴 國 王 他 知道 答案
　　lǎo púrén gàosù guówáng tā zhīdào dáàn

戊、老僕人 說出 正 確 答案
　　lǎo púrén shuōchū zhèngquè dáàn

上 面 幾件 事 情，從「先 發 生」到「最後
shàngmiàn jǐjiàn shìqíng cóng xiān fāshēng dào zuìhòu

發 生」應 該 怎麼 排 才 是 對的？
fāshēng yīnggāi zěnme pái cái shì duì de

(A) 乙→甲→丙→丁→戊

(B) 甲→乙→丁→戊

(C) 甲→乙→丙→丁→戊

(D) 乙→甲→丁→戊

_____ 6. 這 個故事 後來 怎麼 樣 了？
　　　　zhège gùshì hòulái zěnmeyàng le

(A) 大臣們找到答案了

(B) 數學家算出海有幾桶水了

(C) 老僕人得到國王的重賞

(D) 大臣們被國王處罰了

_____ 7. 下 面 關 於「以此類 推」的 用法，哪個 錯誤？
　　　　xiàmiàn guānyú yǐ cǐ lèi tuī de yòngfǎ nǎge cuòwù

(A) 如果你有一本書沒有準時還給圖書館，遲還一天罰5
塊，兩天罰10塊，以此類推。

(B) 現在衣服買一送一，買二送二，買三送三，以此類

推，買越多，送越多唷！

(C) 在我們公司工作滿一年，可以放七天特別假，兩年可以放八天特別假，三年可以放九天特別假，以此類推。

(D) 紅色、白色、黑色、藍色在我們文化中都有不同的意思，例如紅色代表喜事、白色則是有死亡的意思，以此類推。

_____ 8. 哪個不對？
nǎge bú duì

(A) 遇到困難的問題，可以換一個方式思考

(B) 連大臣們都回答不出來的問題，其他人一定也回答不出來

(C) 大臣們沒有改變思考的方式，所以答不出來國王的問題

(D) 國王給大臣們三天的時間思考問題

(三) 生詞
shēngcí

	生詞	漢語拼音	解釋
1	國王	guówáng	rey
2	群	qún	grupo, manada, rebaño (palabra clasificador de un número de personas, animales reunidos juntos o un número de islas cercas)
3	大臣	dàchén	ministro de una monarquía
4	一望無際	yí wàng wú jì	sin fin, tan lejos hasta donde la vista llega
5	突然	túrán	repentinamente, abruptamente
6	心血來潮	xīn xiě lái cháo	ser promovido por un impulso súbito
7	身邊	shēnbiān	al lado, cerca
8	總共	zǒnggòng	en total

	生詞	漢語拼音	解釋
9	桶	tǒng	Clasificador de contenedores de água, aceite, ...
10	大眼瞪小眼	dà yǎn dèng xiǎo yǎn	dos personas mirándose uno al otro sin saber qué hacer
11	便	biàn	entonces, en ese caso
12	思考	sīkǎo	pensar
13	重賞	zhòngshǎng	buena recompensa
14	處罰	chǔfá	castigar
15	尋找	xúnzhǎo	buscar
16	國內	guónèi	interior (de una ciudad), doméstico
17	無法	wúfǎ	incapaz, no poder
18	確定	quèdìng	determinar, afirmar, asegurar
19	答案	dáàn	respuesta, solución
20	一眨眼	yìzhǎyǎn	un piscar de ojos
21	期限	qíxiàn	tiempo límite
22	集合	jíhé	reunir, armar
23	宮殿	gōngdiàn	palacio
24	詢問	xúnwèn	preguntar sobre
25	掃地	sǎodì	barrer el piso
26	僕人	púrén	sirviente
27	稟告	bǐnggào	informar, reportar
28	以此類推	yǐ cǐ lèi tuī	y así sucesivamente
29	角度	jiǎodù	ángulo
30	賞	shǎng	otorgar
31	難題	nántí	problema difícil, pregunta difícil

四十一、水餃 的故事
shuǐjiǎo de gùshì

(一)文章
wénzhāng

　　去餐廳 吃飯的 時候，我們　常　常 可以在菜單
qù cāntīng chīfàn de shíhòu　wǒmen chángcháng kěyǐ zài càidān

上　看到「水餃」這個食物。很多 外國 人來到 臺
shàng kàndào shuǐjiǎo zhège shíwù　hěnduō wàiguó rén láidào Tái

灣，也一定會 嚐　嚐 這個 中國　傳　統的食
wān　yě yídìng huì chángcháng zhège Zhōngguó chuántǒng de shí

物。你知道嗎？關於「水餃」，還有一個小故事。
wù nǐ zhīdào ma guānyú shuǐjiǎo hái yǒu yíge xiǎo gùshì

張仲景是中國古代一位很厲害的醫生。
Zhāng Zhòngjǐng shì Zhōngguó gǔdài yíwèi hěn lìhài de yīshēng

據說，水餃就是他發明的。他不但是位很厲害的
jùshuō shuǐjiǎo jiùshì tā fāmíng de tā búdàn shì wèi hěn lìhài de

醫生，也很有愛心，不管是富人還是貧窮的
yīshēng yě hěn yǒu àixīn bùguǎn shì fùrén hái shì pínqióng de

人，他都很認真地幫大家看病，因此救了很多
rén tā dōu hěn rènzhēn de bāng dàjiā kànbìng yīncǐ jiùle hěnduō

人的生命。
rén de shēngmìng

有一次，他回到家鄉，發現很多人不但沒東
yǒu yícì tā huídào jiāxiāng fāxiàn hěnduō rén búdàn méi dōng

西吃，天氣冷也沒衣服可以保暖，耳朵都被凍爛
xi chī tiānqì lěng yě méi yīfú kěyǐ bǎonuǎn ěrduǒ dōu bèi dònglàn

了。張仲景看到這個現象，決定要想個
le Zhāng Zhòngjǐng kàndào zhège xiànxiàng juédìng yào xiǎng ge

方法救救大家。他回到家之後，叫他的學生在空
fāngfǎ jiùjiu dàjiā tā huídào jiā zhīhòu jiào tā de xuéshēng zài kòng

地上準備一個好大的鍋子，在鍋子裡煮藥湯，準
dìshàng zhǔnbèi yíge hǎodà de guōzi zài guōzilǐ zhǔ yàotāng zhǔn

備在冬至那天分給那些生病的人喝。
bèi zài dōngzhì nàtiān fēngěi nàxiē shēngbìng de rén hē

這個藥湯的名字叫「祛寒嬌耳湯」。作法是把
zhège yàotāng de míngzì jiào qū hán jiāo ěr tāng zuòfǎ shì bǎ

一些 食物、藥材 用 麵皮 包起來下鍋 煮熟。人 們 喝
yìxiē shíwù　yàocái yòng miànpí bāoqǐlái xiàguō zhǔshóu rénmen hē

完 湯 之後 全 身發熱，變 得比較 不怕冷 了，吃了
wán tāng zhīhòu quánshēn fārè　biànde bǐjiào bú pà lěng le　chīle

幾次病 也 全 好了。張　仲 景 的藥 湯一直分到了
jǐcì bìng yě quán hǎo le Zhāng Zhòngjǐng de yàotāng yìzhí fēndào le

大年 三十 這天，隔天 大年 初一，人 們 爲了慶 祝
dànián sānshí zhè tiān gétiān dànián chū yī rénmen wèile qìngzhù

新年，也 慶祝耳朵 好了，就模仿「嬌耳」的樣子做
xīnnián yě qìngzhù ěrduǒ hǎo le jiù mófǎng jiāoěr de yàngzi zuò

食物。於是 人 們 就把 這種 食物叫「餃耳」、「水
shíwù yúshì rénmen jiù bǎ zhèzhǒng shíwù jiào jiǎoěr shuǐ

餃」，在 冬至和大年 初一的時 候 吃，以紀念 張
jiǎo zài dōngzhì hé dànián chūyì de shíhòu chī yǐ jìniàn Zhāng

仲 景 的愛心。
Zhòngjǐng de àixīn

(二)問題
wèntí

_____ 1.「水餃」原 先 是 用來做 什麼的 東西？
shuǐjiǎo yuánxiān shì yònglái zuò shénme de dōngxi

(A)只有富人才可以吃的食物

(B)可以治病的食物

(C)過年時會送的禮物

(D)天氣冷一定要吃的食物

_____ 2. 誰才可以喝 張 仲景 準備的藥湯？
shéi cái kěyǐ hē Zhāng Zhòngjǐng zhǔnbèi de yàotāng

(A) 張仲景的弟子

(B) 富人

(C) 貧窮的人

(D) 不管是誰，只要是生病的人都可以喝

_____ 3. 爲什麼現在人們會在冬至的時候
wèishénme xiànzài rénmen huì zài dōngzhì de shíhòu

吃水餃？
chī shuǐjiǎo

(A) 生病的人在冬至這一天都好了

(B) 張仲景在冬至的時候分藥給大家喝

(C) 因爲冬至這一天最冷，所以一定要吃

(D) 張仲景在冬至的時候想出了救大家的方法

_____ 4. 第三段在說什麼？
dìsānduàn zài shuō shénme

(A) 張仲景發明水餃的原因

(B) 藥湯是怎麼做的

(C) 水餃是怎麼做的

(D) 張仲景是一個什麼樣的人

_____ 5. 水餃又叫做「餃耳」，它和耳朵有什麼
shuǐjiǎo yòu jiàozuò jiǎoěr tā hé ěrduǒ yǒu shénme

關係？
guānxì

(A) 吃了之後，耳朵可以聽的更清楚

(B) 它是照著耳朵的樣子做出來的

(C) 原先是用來治耳朵的藥

(D) 「耳」跟「二」的聲音很像，意思是那時候一個人只
能吃兩個水餃

_____ 6. 下面哪個是「深色包著淺色」？
xiàmiàn nǎge shì shēnsè bāozhe qiǎnsè

(A)   (B)   (C)   (D)

_____ 7. i. 我 決 定 要 買 這 件 衣服，請 你 幫 我 □□□
wǒ juédìng yào mǎi zhèjiàn yīfú qǐng nǐ bāng wǒ

ii. 謝 謝 你 的 禮物，我 可以□□□嗎？
xièxie nǐ de lǐwù wǒ kěyǐ ma

iii. 小 心 一 點，不 要□□□了！
xiǎoxīn yìdiǎn búyào le

iv. 你 可以 幫 我 把 那個 箱 子□□□嗎？
nǐ kěyǐ bāng wǒ bǎ nàge xiāngzi ma

哪個 是 對 的？
nǎge shì duì de

(A) 搬過來 / 打開來 / 摔下來 / 包起來

(B) 包起來 / 搬過來 / 打開來 / 摔下來

(C) 打開來 / 搬過來 / 摔下來 / 包起來

(D) 包起來 / 打開來 / 摔下來 / 搬過來

_____ 8. 哪 個 是 對 的？
nǎge shì duì de

(A) 人們常常在冬至和新年的時候吃水餃

(B) 「水餃」是一種很新的食物，所以在餐廳很少看到

(C) 從故事中可以知道那時候是夏天

(D) 雖然張仲景不是一位很厲害的醫生，但是他常常關心
其他人

(三) 生 詞
shēngcí

	生詞	漢語拼音	解釋
1	水餃	shuǐjiǎo	dumpling chino hervido, ravioles chinos hervidos
2	臺灣	Táiwān	Taiwán
3	嚐	cháng	probar

	生詞	漢語拼音	解釋
4	傳統	chuántǒng	tradicional; tradición
5	關於	guānyú	sobre, con respecto a
6	古代	gǔdài	antiguo
7	厲害	lìhài	feroz, terrible; poderoso, inteligente
8	愛心	àixīn	compasión, benevolencia
9	富	fù	rico
10	貧窮	pínqióng	pobre
11	看病	kànbìng	ver a un doctor, visitar a un paciente
12	因此	yīncǐ	por lo tanto
13	救	jiù	rescatar, salvar
14	生命	shēngmìng	vida
15	家鄉	jiāxiāng	ciudad natal
16	保暖	bǎonuǎn	mantener caliente (tibio)
17	凍爛	dònglàn	Congelarse hasta podrir
18	現象	xiànxiàng	fenómeno
19	空地	kòngdì	terreno vacante
20	鍋子	guōzi	olla
21	藥湯	yàotāng	sopa medicinal china
22	冬至	dōngzhì	solsticio de invierno
23	分	fēn	separar
24	做法	zuòfǎ	forma de hacer
25	藥材	yàocái	materiales medicinales, medicamentos sin elaborar
26	麵皮	miànpí	envolturas de harina
27	包	bāo	envolver, contener, paquete de
28	煮熟	zhǔshú	hervido

	生詞	漢語拼音	解釋
29	發熱	fārè	tener fiebre, estar acalorado
30	模仿	mófǎng	imitar, seguir ejemplo de
31	紀念	jìniàn	conmemorar, conmemoración

四十二、空 中 飛人——麥可喬 登
kōng zhōng fēi rén　　Màikěqiáodēng

㈠文 章
wénzhāng

　　麥可喬 登（Michael Jordan）1963年2 月17日在 美國
　　Màikěqiáodēng　　　　　　　　　　　nián yuè　　rì zài Měiguó

紐約 出生，他在五個 兄弟中 排行 第四。他 從
Niǔyuē chūshēng tā zài wǔge xiōngdì zhōng páiháng dì sì　　tā cóng

小 就很 有 運動 的天分。高 中 的 時候，他參加了
xiǎo jiù hěn yǒu yùndòng de tiānfèn　gāozhōng de shíhòu　tā cānjiāle

學校 的籃球隊，可是因為 教練 覺得他有 點矮，所
xuéxiào de lánqiúduì　　kěshì yīnwèi jiàoliàn juéde tā yǒu diǎn ǎi　suǒ

以只能　當「二軍」。不過他 並不 因此氣餒，反而 更
yǐ zhǐnéng dāng　èrjūn　　búguò tā bìngbù yīncǐ qìněi　fǎnér gèng

努力練習 自己的 籃球技巧，只要 是 有他參加的 籃球比
nǔlì　liànxí zìjǐ de lánqiú jìqiǎo zhǐyào shì yǒu tā cānjiā de lánqiú bǐ

賽，他都 幫 球隊拿到 很多 分數。在他高 中 的
sài　tā dōu bāng qiúduì nádào hěnduō fēnshù　zài tā gāozhōng de

最後一年，他突然 長 到190公分，所以他 終 於可以
zuìhòu yìnián　tā túrán zhǎngdào　gōngfēn　suǒyǐ tā zhōngyú kěyǐ

進入「一軍」球隊，又 因為他平 常 很努力練習，所
jìnrù　　yìjūn　qiúduì　yòu yīnwèi tā píngcháng hěn nǔlì liànxí　suǒ

以北卡羅來納大學 籃球隊的 教練，也 請 他一起來大學
yǐ Běikǎluóláinà dàxué lánqiúduì de jiàoliàn　yě qǐng tā yìqǐ lái dàxué

籃球隊 練球。教練 並 不是因為 麥可喬 登 的 籃球
lánqiúduì liànqiú　jiàoliàn bìng búshì yīnwèi Màikěqiáodēng de lánqiú

天分 很 高，才 請他一起來練球，而是 看到他精 湛
tiānfèn hěn gāo　cái qǐng tā yìqǐ lái liànqiú　érshì kàndào tā jīngzhàn

的 籃球技巧 背後，努力練習的 精 神。
de lánqiú jìqiǎo bèihòu　nǔlì　liànxí de jīngshén

　　麥可喬 登 在大學三 年級的 時候加入了NBA，
　　Màikěqiáodēng zài dàxué sān niánjí de shíhòu　jiārùle

一打就是15年。在他15年 的NBA籃球 生涯 中，總
yì dǎ jiùshì nián。zài tā nián de　lánqiú shēngyá zhōng zǒng

共 獲得了6次 總 冠軍、5次最有價值 球員、6次 總
gòng huòdéle cì zǒngguànjūn　cì zuìyǒu jiàzhí qiúyuán　cì zǒng

決賽 最有 價值 球員，還 得到 了10次的 得分 王。很 多
juésài zuì yǒu jiàzhí qiúyuán hái dédàole cì de défēnwáng hěn duō

人 認爲他是 目前 成 就 最高 的 籃球 運 動 員。麥
rén rènwéi tā shì mùqián chéngjiù zuìgāo de lánqiú yùndòngyuán Mài

可喬 登 曾經 說過：「在我 的NBA生涯 中，有 超
kěqiáodēng céngjīng shuōguò zài wǒ de shēngyá zhōng yǒu chāo

過9000球 沒 投進，輸了近300場 球賽，我 有26次失手，
guò qiú méi tóujìn shūle jìn chǎng qiúsài wǒ yǒu cì shīshǒu

沒有 投進 關 鍵的 最後 一球，我的 生 命 中 充
méiyǒu tóujìn guānjiàn de zuìhòu yìqiú wǒ de shēngmìng zhōng chōng

滿了一次又 一次的 失敗，因爲 這 樣，所以我 成 功。」
mǎnle yícì yòu yícì de shībài yīnwèi zhèyàng suǒyǐ wǒ chénggōng

就是 因爲 麥可喬登 不怕 失敗、努力 嘗 試 的 精 神，
jiù shì yīnwèi Màikěqiáodēng bú pà shībài nǔlì chángshì de jīngshén

他才能 有現在的地位與 成 就。
tā cái néng yǒu xiànzài de dìwèi yǔ chéngjiù

 (二)問題
wèntí

_____ 1. 第一 段 裡面 沒有 說 到 什 麼？
dì yī duàn lǐmiàn méiyǒu shuōdào shénme

　　(A) 麥可喬登的生日

　　(B) 麥可喬登高中的身高

　　(C) 麥可喬登有幾個兄弟

　　(D) 麥可喬登什麼時候參加NBA

_____ 2. 麥 可 喬 登 高 中 的 時 候 爲 什 麼 一 開 始
Màikěqiáodēng gāozhōng de shíhòu wèishénme yìkāishǐ

只 能 　 當「二軍」？
zhǐnéng dāng èrjūn

(A) 身高不夠高

(B) 不夠努力練習

(C) 教練不喜歡他

(D) 籃球打不好

_____ 3. 如果 麥 可 喬 登 因 爲 只 能 　 當「二軍」所以
rúguǒ Màikěqiáodēng yīnwèi zhǐnéng dāng èrjūn suǒyǐ

「氣餒」，他 可 能 　 會 做 什 麼 事 情？
qìněi tā kěnéng huì zuò shénme shìqíng

(A) 更努力練球

(B) 想辦法長高

(C) 再也不打籃球了

(D) 幫球隊拿下更多分數

_____ 4. 下 面 　 哪個 錯 誤？
xiàmiàn nǎge cuòwù

(A) 學生可以選擇要進「一軍」還是「二軍」

(B) 身高太矮的人只能在「二軍」

(C) 籃球打得不夠好的人只能在「二軍」

(D) 通常來說，「一軍」比「二軍」厲害

_____ 5. 爲 什 麼 大 學 籃 球 隊 的 教 練 　 請 讀 高 　 中
wèishénme dàxué lánqiúduì de jiàoliàn qǐng dú gāozhōng

的 麥 可 喬 登 一起 練 球？
de Màikěqiáodēng yìqǐ liàn qiú

(A) 因爲麥可喬登長高到190公分

(B) 因爲麥可喬登有籃球天分

(C) 因爲麥可喬登的高中在那間大學附近

(D) 因爲教練覺得麥可喬登非常努力

_____ 6. 關於第二段，哪個不對？
guānyú dì èr duàn nǎge búduì

(A) 麥可喬登在籃球方面的成就非常高

(B) 麥可喬登大學的時候加入NBA

(C) 麥可喬登從小到大，一共打了15年的籃球

(D) 麥可喬登在NBA的時候拿到了6次總冠軍

_____ 7. 第三段中最想告訴我們的是什麼？
dìsānduàn zhōng zuì xiǎng gàosù wǒmen de shì shénme

(A) 麥可喬登很多球沒投進

(B) 麥可喬登輸了很多場球賽

(C) 麥可喬登失手很多次

(D) 麥可喬登因為不怕失敗，所以才會成功

_____ 8. 哪個不對？
nǎge búduì

(A) 麥可喬登是家中最小的孩子

(B) 麥可喬登在籃球生涯中失敗過許多次

(C) 麥可喬丹在大學三年級的時候加入了NBA

(D) 麥可喬登小時候就很會運動

(三) 生詞
shēngcí

	生詞	漢語拼音	解釋
1	排行	páiháng	orden de antigüedad, categoría, rango
2	天分	tiānfèn	talento
3	籃球隊	lánqiúduì	equipo de baloncesto
4	二軍	èrjūn	segunda entrada
5	氣餒	qìněi	desalentarse

	生詞	漢語拼音	解釋
6	技巧	jìqiǎo	técnica, habilidad
7	球隊	qiúduì	equipo
8	分數	fēnshù	puntuación. nota
9	突然	túrán	repentinamente, abruptamente
10	終於	zhōngyú	al fin, finalmente
11	進入	jìnrù	entrar
12	一軍	yìjūn	primeros entrantes
13	教練	jiàoliàn	entrenador
14	精湛	jīngzhàn	exquisita, magistral, perfecto, hábil
15	背後	bèihòu	atrás
16	生涯	shēngyá	carrera profesional
17	總共	zǒnggòng	totalmente, en suma
18	獲得	huòdé	ganar, adquirir
19	冠軍	guànjūn	campeón
20	最有價值球員	zuì yǒu jiàzhí qiúyuán	el jugador más valioso
21	總決賽	zǒngjuésài	final
22	得分王	défēnwáng	mejor anotador del NBA
23	成就	chéngjiù	éxito, logro
24	運動員	yùndòngyuán	deportista
25	曾經	céngjīng	una vez
26	失手	shīshǒu	caer accidentalmente; torpeza, juego erróneo
27	投	tóu	lanzar
28	關鍵	guānjiàn	lo esencial
29	充滿	chōngmǎn	estar repleto de

	生詞	漢語拼音	解釋
30	失敗	shībài	ser derrotado
31	嘗試	chángshì	intentar, tratar
32	地位	dìwèi	posición

四十三、不能 說 的祕密
bùnéng shuō de mìmì

(一)文 章
wénzhāng

你 聽 過「露 馬 腳」這個詞嗎？「露 馬 腳」這個詞
nǐ tīngguò　lòu mǎ jiǎo　zhège cí ma　　　lòu mǎ jiǎo　zhège cí

的意思是 說一件 事情 的 眞 相，或 是不 想 讓大
de yìsi　shì shuō yíjiàn shìqíng de zhēnxiàng　huò shì bù xiǎng ràng dà

家 知道的 祕密被 洩漏 出來。「洩漏 祕密」跟「露 馬 腳」
jiā zhīdào de mìmì bèi xièlòu chūlái　　xièlòu mìmì　gēn　lòu mǎ jiǎo

有 什麼 關係呢？為什麼不 説 露「羊」腳呢？據
yǒu shénme guānxì ne wèishénme bù shuō lòu yángjiǎo ne jù

説， 這 有一個有趣的 故事。
shuō zhè yǒu yíge yǒuqù de gùshì

很久以前， 中 國 有一個 皇帝叫「朱 元 璋」。
hěnjiǔ yǐqián Zhōngguó yǒu yíge huángdì jiào Zhū Yuánzhāng

朱 元 璋 本來只是個平凡的老百 姓，生 活 過
Zhū Yuánzhāng běnlái zhǐshì ge píngfán de lǎo bǎixìng shēnghuó guò

得 並 不太好，他 當 時和一位姓 馬的女生 結了
de bìng bú tài hǎo tā dāngshí hé yíwèi xìng mǎ de nǚshēng jiéle

婚。這個女 生 的 樣子 還 過得去，但是就是有一
hūn zhège nǚshēng de yàngzi huán guòdequ dànshì jiùshì yǒu yì

雙「大腳」。當 時的人們 覺得女 生 的腳 越 小
shuāng dàjiǎo dāngshí de rénmen juéde nǚshēng de jiǎo yuè xiǎo

越 好看，只要 女生 的腳 越 小， 就越 有機會嫁給
yuè hǎokàn zhǐyào nǚshēng de jiǎo yuè xiǎo jiù yuè yǒu jīhuì jiàgěi

比較 好 的人。所以在 那個時 候，有一 雙 「大腳」就 被
bǐjiào hǎo de rén suǒyǐ zài nàge shíhòu yǒu yìshuāng dàjiǎo jiù bèi

視為一種 忌諱，是一件不能 説 出去的事情。
shìwéi yìzhǒng jìhuì shì yíjiàn bùnéng shuōchūqù de shìqíng

後來朱 元 璋 當 上了皇帝。他為了感謝馬
hòulái Zhū Yuánzhāng dāngshàngle huángdì tā wèile gǎnxiè mǎ

姑 娘 的 幫助，就把她封 為馬 皇后。馬 皇 后一
gūniáng de bāngzhù jiù bǎ tā fēng wéi Mǎ huánghòu Mǎ huánghòu yì

直覺得自己有一 雙 大腳很 醜，她不想 讓 別人
zhí juéde zìjǐ yǒu yìshuāng dàjiǎo hěn chǒu tā bùxiǎng ràng biérén

看到 她的 腳，所以就一直　穿著　長　長　的裙子來
kàndào tā de jiǎo　suǒyǐ jiù yìzhí chuānzhe chángcháng de qúnzi lái

遮 住 她的 大腳。
zhēzhù tā de dàjiǎo

　　有一天，馬　皇　后突然　想　出去看看風景，她
yǒu yìtiān　Mǎ huánghòu túrán xiǎng chūqù kànkàn fēngjǐng　tā

坐在 轎子裡經 過 街上。很 多 人都 聚集在 路旁，想
zuòzài jiàozilǐ jīngguò jiēshàng hěnduō rén dōu jùjí zài lùpáng xiǎng

看看馬　皇　后的　樣子。突然，一陣　好大的 風　吹
kànkàn Mǎ huánghòu de yàngzi　túrán　yízhèn hǎo dà de fēng chuī

過來，把 轎子的布　吹起來，結果 她的 大腳 就露出來
guòlái　bǎ jiàozi de bù chuīqǐlái　jiéguǒ tā de dàjiǎo jiù lùchūlái

了。後來，所有 的人 都 知道馬　皇　后 原 來有一
le　hòulái　suǒyǒu de rén dōu zhīdào Mǎ huánghòu　yuánlái yǒu yì

　雙　大腳，而「露 馬 腳」這個 詞也 就流　傳　下來了。
shuāng dàjiǎo　ér　lòu mǎ jiǎo　zhège cí yě jiù liúchuán xiàlái le

(二)問題
wèntí

＿＿＿＿＿ 1.「露 馬 腳」和「馬」的　關 係是？
　　　　　　 lòu mǎ jiǎo hé　mǎ　de guānxì shì
　　(A)一個很會騎馬的女生的故事
　　(B)朱元璋的馬不見了
　　(C)一個姓「馬」的女生的故事
　　(D)朱元璋原來的工作是在賣馬

_____ 2. 為什麼馬皇后要把自己的腳藏起來？
wèishénme Mǎ huánghòu yào bǎ zìjǐ de jiǎo cángqǐlái
(A) 她的腳太小了，大家覺得很奇怪
(B) 她的腳太美了
(C) 她的腳太黑了，不好看
(D) 因為她的腳太大了，不好看

_____ 3. 哪個是不對的？
nǎge shì búduì de
(A) 在那個時候，女生的腳越小，大家就覺得她越能做事
(B) 在那個時候，大家都喜歡小腳的女生
(C) 在那個時候，如果大家覺得一個女生很好看，她可能
也有一雙小腳
(D) 在那個時候，腳越小的女生，嫁給比較好的人的機會
就越大

_____ 4. 大家怎麼知道馬皇后有一雙大腳？
dàjiā zěnme zhīdào Mǎ huánghòu yǒu yìshuāng dàjiǎo
(A) 她自己跟大家說的
(B) 不小心被別人看到的
(C) 朱元璋跟大家說的
(D) 賣鞋子給馬皇后的人說的

_____ 5. 「起來」／「出來」，可以放進下面哪個句子？
qǐlái chūlái kěyǐ fàngjìn xiàmiàn nǎge jùzi
(A) 快點動□□，我們要做的事情還有很多／他沒了工
作，不知道怎麼活□□。
(B) 麻煩你站□□，我要打掃這個地方／他們一開始只是
吵架，後來就打□□了。
(C) 一說到這件事，他馬上就哭了□□了／你吃□□了
嗎？這盤菜好像壞了。
(D) 你再等一等，他等一下就走□□了／你可以□□一下
嗎？我有件事情想跟你說。

_____ 6. 這個女生 的 樣子還「過得去」，意思是
zhège nǚshēng de yàngzi huán guòdequ　　yìsi shì
馬 皇 后？
Mǎ huánghòu

(A) 長得非常地醜

(B) 很久以前的事情了，忘了她的樣子

(C) 不是很漂亮也不是很醜，還可以

(D) 長得非常漂亮

_____ 7. 「忌諱」的意思 是？
jìhuì　de yìsi shì

(A) 是一件很好，可以說出去的事情

(B) 可怕的事情，說出去大家都不敢聽的事情

(C) 大家都不太喜歡，不太能說出去的事情

(D) 大家都知道的事情

_____ 8. 下 面 哪個 是 對 的？
xiàmiàn nǎge shì duì de

(A) 朱元璋當了皇帝之後，才和姓馬的女生結婚

(B) 在那個時候，腳越小的女生，大家就越喜歡

(C) 小時候朱元璋的家裡很有錢

(D) 馬皇后很喜歡自己的腳

(三)生 詞
shēngcí

	生詞	漢語拼音	解釋
1	露馬腳	lù mǎ jiǎo	venderse, traicionar la própria identidad
2	意思	yìsi	significado
3	真相	zhēnxiàng	situación verdadera, la verdad, un hecho
4	祕密	mìmì	secreto

	生詞	漢語拼音	解釋
5	洩漏	xièlòu	hacer conocer, divulgar
6	關係	guānxì	relación, relacionamiento
7	據說	jùshuō	se dice que...
8	皇帝	huángdì	emperador
9	本來	běnlái	originalmente
10	民間	mínjiān	en circulos no Gubernamentales
11	平凡	píngfán	ordinario, común
12	當時	dāngshí	en ese tiempo
13	結婚	jiéhūn	casar, casarse
14	過得去	guòdequ	pasable, más o menos
15	機會	jīhuì	oportunidad
16	被視為	bèi shìwéi	considerado como
17	忌諱	jìhuì	tabú
18	感謝	gǎnxiè	agradecer, agradecido
19	幫助	bāngzhù	ayudar
20	封為	fēngwéi	ennoblecer
21	皇后	huánghòu	emperatriz, reina
22	醜	chǒu	feo
23	遮（住）	zhēzhù	ocultar de la vista, cubrir, bloquear
24	突然	túrán	repentinamente, abruptamente
25	轎子	jiàozi	silla de manos
26	聚集	jùjí	reunir, juntar
27	一陣	yízhèn	un periodo de tiempo
28	布	bù	tela
29	結果	jiéguǒ	resultado

	生詞	漢語拼音	解釋
30	露	lòu	mostrar, revelar
31	後來	hòulái	más tarde, después
32	流傳	liúchuán	difundir, transmitir

四十四、統一發票
tǒngyī fāpiào

㈠文章
wénzhāng

在臺灣，在 商 店 買完 東西以後 我們 常
zài Táiwān　zài shāngdiàn mǎiwán dōngxi yǐhòu wǒmen cháng

常 可以拿到一 張　小 小 的紙，這 叫做「統一發
cháng kěyǐ nádào yìzhāng xiǎoxiǎo de zhǐ　zhè jiàozuò　tǒngyī fā

票」。你可別 小 看 這　張　薄薄的紙，有了它，你可
piào　nǐ kě bié xiǎokàn zhè zhāng bóbó de zhǐ　yǒule tā　nǐ kě

能 會 成 爲一位 千萬 富翁！
néng huì chéngwéi yíwèi qiānwàn fùwēng

統一發票 有 很 多 功能，發票 上 面 會 有一
tǒngyīfāpiào yǒu hěnduō gōngnéng fāpiào shàngmiàn huì yǒu yì

些資料，像 是你買 的 東西是什麼？這些 東西多 少
xiē zīliào xiàngshì nǐ mǎi de dōngxi shì shénme zhèxiē dōngxi duōshǎo

錢？你是 什麼時 候 買 的？或是 在 什麼 地方買 的？
qián nǐ shì shénme shíhòu mǎi de huòshì zài shénme dìfāng mǎi de

這些在 發票 上 都 可以 找 的 到。因爲 這些資料，你
zhèxiē zài fāpiàoshàng dōu kěyǐ zhǎodedào yīnwèi zhèxiē zīliào nǐ

也 能 清楚 地 知道自己把錢 花在 什麼地方，控 制
yě néng qīngchǔ de zhīdào zìjǐ bǎ qián huāzài shénme dìfāng kòngzhì

自己的 花費。如果 你對 買 的 東西有 問題或 是不 滿
zìjǐ de huāfèi rúguǒ nǐ duì mǎi de dōngxi yǒu wèntí huòshì bù mǎn

意，你也可以拿著 發票 問 問 店 員，是否可以 幫 你
yì nǐ yě kěyǐ názhe fāpiào wènwèn diànyuán shìfǒu kěyǐ bāng nǐ

換 新的 商 品或 是退還 你 原來的 錢。
huàn xīn de shāngpǐn huò shì tuìhuán nǐ yuánlái de qián

此外，統一發票 還可以監督 商 店 是否 誠 實
cǐwài tǒngyī fāpiào hái kěyǐ jiāndū shāngdiàn shìfǒu chéngshí

繳稅。每次 商 店 開出 統一發票，就代表它們 有
jiǎoshuì měicì shāngdiàn kāichū tǒngyī fāpiào jiù dàibiǎo tāmen yǒu

責任要 繳稅給 政府，政府的 稅 收 才 能 穩定。
zérèn yào jiǎoshuì gěi zhèngfǔ zhèngfǔ de shuìshōu cái néng wěndìng

而且 由於 統一發票 還可以對獎，所以 更 多 的人就
érqiě yóuyú tǒngyī fāpiào hái kěyǐ duìjiǎng suǒyǐ gèngduō de rén jiù

會　想要　買　東西，因此也能　刺激經濟。
huì xiǎngyào mǎi dōngxi　yīncǐ yě néng　cìjī jīngjì

　　統一發票　上　有一排　號碼，每個奇數月　的25號，
tǒngyī fāpiàoshàng yǒu yìpái hàomǎ　měige jīshù yuè de　hào

像是　三月25號　或是五月25號，政府都會　開出
xiàngshì sānyuè　hào huòshì wǔyuè　hào zhèngfǔ dōu huì kāichū

中　獎　的　號碼。開出的　號碼　有大獎也有　小獎，
zhòngjiǎng de hàomǎ　kāichū de hàomǎ yǒu dàjiǎng yě yǒu xiǎojiǎng

只要發票　上　最後　三個　號碼和頭獎　開出的　號碼
zhǐyào fāpiàoshàng zuìhòu sānge hàomǎ hé tóujiǎng kāichū de hàomǎ

一樣，就可以得到六獎（最　小　的獎）200元。如果　跟特
yíyàng　jiù kěyǐ dédào liùjiǎng zuì xiǎo de jiǎng　yuán rúguǒ gēn tè

別　獎　的八個號碼　全部一　樣，那麼你就可以好好　想
biéjiǎng de bāge hàomǎ quánbù yíyàng　nàme nǐ jiù kěyǐ hǎohǎo xiǎng

　想你想　買　的　東西或是　想　去旅遊的地方，因為你
xiǎng nǐ xiǎng mǎi de dōngxi huò shì xiǎng qù lǚyóu de dìfāng　yīnwèi nǐ

將　會得到一　千　萬　的　獎金！
jiānghuì dédào yìqiānwàn de jiǎngjīn

(二)問題
wèntí

_____ 1. 什麼　時　候不會拿到　統一　發票？
shénme shíhòu búhuì nádào tǒngyī fāpiào

(A) 去百貨公司的餐廳吃東西

(B) 去麵包店買麵包

(C) 搭完計程車之後

(D) 去便利商店買東西

_____ 2. 如果 你 去 一 間 麵 包 店 買 東 西，統 一 發 票
rúguǒ nǐ qù yìjiān miànbāodiàn mǎi dōngxi tǒngyī fāpiào

　　上 面 不 會 有 什 麼？
shàngmiàn búhuì yǒu shénme

(A) 去買麵包的時間

(B) 麵包是用什麼做的

(C) 麵包店在什麼地方

(D) 麵包店的名字

_____ 3. 什 麼 時 候 統 一 發 票 會 開 出 中 獎 的
shénme shíhòu tǒngyī fāpiào huì kāichū zhòngjiǎng de

　　號 碼？
hàomǎ

(A) 2月25號

(B) 3月27號

(C) 7月25號

(D) 10月25號

_____ 4. 哪 個 不 是 統 一 發 票 的 作 用？
nǎge búshì tǒngyī fāpiào de zuòyòng

(A) 有了它，下次可以用比較少的錢買一樣的東西

(B) 讓自己不會隨便花錢

(C) 讓更多的人想要買東西

(D) 有問題的時候可以拿著它請問店員

_____ 5. 第3行 的「小 看」是 什 麼 意思？
dì háng de xiǎokàn shì shénme yìsi

(A) 覺得很重要、不能沒有的意思

(B) 覺得不好、不重要的意思

(C) 東西原來很大，但覺得它很小的意思

(D) 字很小，看不清楚的意思

_____ 6. 請 選 出 對 的？
qǐng xuǎnchū duì de

① 像 是西瓜、蘋果，或是 葡萄。
xiàngshì xīguā píngguǒ huòshì pútáo

②就有 許多 水果 隨便你 選擇，非 常
jiùyǒu xǔduō shuǐguǒ suíbiàn nǐ xuǎnzé fēicháng

方 便。
fāngbiàn

③臺灣 有 很多 好吃的 水果，
Táiwān yǒu hěnduō hǎochī de shuǐguǒ

④不管 什麼 時候，都 有 好吃的 水果 可
bùguǎn shéme shíhòu dōu yǒu hǎochī de shuǐguǒ kě

以買，
yǐ mǎi

⑤你只需要 走進 超級市場，
nǐ zhǐ xūyào zǒujìn chāojí shìchǎng

(A)①③⑤②④

(B)③④②①⑤

(C)③①④⑤②

(D)④②⑤①③

_____ 7. 明 華 的 統一發票 號碼 是
Mínghuá de tǒngyī fāpiào hàomǎ shì

「4491811」，請 問 他 中 了
qǐngwèn tā zhòngle

什麼 獎？
shéme jiǎng

特別獎 tèbiéjiǎng	6537811
頭獎 tóujiǎng	4491302

(A)特別獎，一千萬

(B)頭獎，200萬

(C)六獎，200元

(D)他沒有中獎

_____ 8. 哪個 是 對 的？
nǎge shì duì de

(A)統一發票最小的獎是「六獎」，可以換到2000元

(B)統一發票只是一張沒有用的紙，買完東西以後不必留

下來

(C) 很多人因為統一發票可以對獎，所以更想要買東西

(D) 很多商店沒有開統一發票，這是一件很正常的事情

(三)生詞 shēngcí

	生詞	漢語拼音	解釋
1	統一發票	tǒngyī fāpiào	factura unificada
2	小看	xiǎokàn	degradar, menospreciar
3	薄	bó	delgado, endeble, fino
4	成為	chéngwéi	volverse
5	千萬富翁	qiānwàn fùwēng	multimillonario
6	功能	gōngnéng	función
7	資料	zīliào	datos, información
8	清楚	qīngchǔ	estar claro
9	花	huā	gastar, costar
10	控制	kòngzhì	controlar, dominar
11	花費	huāfèi	gastos
12	滿意	mǎnyì	satisfecho
13	店員	diànyuán	asistente de ventas, dependiente
14	是否	shìfǒu	si o no
15	商品	shāngpǐn	mercancía, bienes
16	退還	tuìhuán	devolver
17	此外	cǐwài	en suma, además
18	監督	jiāndū	supervisar

	生詞	漢語拼音	解釋
19	誠實	chéngshí	honesto, sincero
20	繳稅	jiǎoshuì	pagar impuestos
21	開（發票）	kāi	emitir factura
22	代表	dàibiǎo	representar, indicar
23	責任	zérèn	responsabilidad
24	政府	zhèngfǔ	gobierno
25	稅收	shuìshōu	impuestos, los ingresos tributarios
26	穩定	wěndìng	estable
27	對獎	duìjiǎng	igualar los dígitos de los números ganadores
28	刺激	cìjī	emocionar, estimular
29	經濟	jīngjì	economía
30	奇數	jīshù	números impares
31	獎	jiǎng	premio
32	得到	dédào	obtener, ganar, recibir
33	獎金	jiǎngjīn	premio, recompensa

四十五、運 動家的精 神
yùndòngjiā de jīngshén

㈠文 章
wénzhāng

如果 你是一位 田 徑 運 動員，你前 面 的 競 爭
rúguǒ nǐ shì yíwèi tiánjìng yùndòngyuán　nǐ qiánmiàn de jìngzhēng

對 手 在比賽的時候 跌倒 受 傷 了，你會怎麼做？
duìshǒu zài bǐsài de shíhòu diédǎo shòushāng le　　nǐ huì zěnmezuò

在2012年6月 美國俄亥俄州 舉行 的3200公尺 田徑賽，
zài　　nián yuè Měiguó éhàié zhōu jǔxíng de　　　gōngchǐ tiánjìngsài

梅根（Meghan Vogel）選擇了扶著　受　傷　的對手艾
Méigēn　　　　　　　　　xuǎnzéle fúzhe shòushāng de duìshǒu Ài

登（Arden McMath），一起走完　全　程。
dēng　　　　　　　　　　yìqǐ zǒuwán quánchéng

　　當　時梅根是跑在最後面的選手，不過在
　　dāngshí Méigēn shì pǎo zài zuì hòumiàn de xuǎnshǒu　búguò zài

距離終　點　大約50公尺的地方，跑在她前面　的選
jùlí zhōngdiǎn dàyuē gōngchǐ de dìfāng pǎo zài tā qiánmiàn de xuǎn

手艾登　跌倒　受　傷　了。一般遇到　這樣　的情形，
shǒu Àidēng diédǎo shòushāng le　yìbān yùdào zhèyàng de qíngxíng

通　常　會趕　快把握機會，追過　跌倒　的人，讓自己
tōngcháng huì gǎnkuài bǎwò jīhuì　zhuīguò diédǎo de rén　ràng zìjǐ

不要　當　最後一名。可是　梅根　並　沒有　這樣　做，
búyào dāng zuìhòu yìmíng　kěshì Méigēn bìng méiyǒu zhèyàng zuò

她看見艾登　跌倒以後，她　選擇把艾登　扶起來，兩個
tā kànjiàn Àidēng diédǎo yǐhòu　tā xuǎnzé bǎ àidēng fúqǐlái　liǎngge

人一起慢　慢地　走到　終　點。在經過　終　點　線的
rén yìqǐ mànmànde zǒudào zhōngdiǎn zài jīngguò zhōngdiǎn xiàn de

時候，梅根還刻意讓艾登　先　過，自己再過去，梅根
shíhòu Méigēn hái kèyì ràng Àidēng xiān guò　zìjǐ zài guòqù Méigēn

的行為讓全　場　的觀　眾　都非常　佩服，兩個
de xíngwéi ràng quánchǎng de guānzhòng dōu fēicháng pèifú　liǎngge

人都通過　終　點的時候，全　場　的觀　眾　都
rén dōu tōngguò zhōngdiǎn de shíhòu quánchǎng de guānzhòng dōu

為梅根以及艾登　拍手、歡呼。
wèi Méigēn yǐjí Àidēng pāishǒu huānhū

按照比賽的規定，如果 選 手 在比賽的 過 程
ànzhào bǐsài de guīdìng　rúguǒ xuǎnshǒu zài bǐsài de guòchéng

中 幫助另外一名 選 手，將 會失去那一 場 比
zhōng bāngzhù lìngwài yìmíng xuǎnshǒu jiānghuì shīqù nà yìchǎng　bǐ

賽的資格，可是 主辦單 位 並 沒有這 樣 做，主辦
sài de zīgé　kěshì zhǔbàndānwèi bìng méiyǒu zhèyàng zuò　zhǔbàn

單位把她們 兩 個人的 成 績保留下來，艾登 的 成
dānwèi bǎ tāmen liǎngge rén de chéngjī bǎoliú xiàlái　Àidēng de chéng

績是12分29秒90，梅 根 則是12分30秒24。梅 根 認爲，幫
jī shì fēn miǎo　Méigēn zé shì fēn miǎo　Méigēn rènwéi bāng

助艾登 通 過 終 點，比 贏 得比賽 冠軍還要開
zhù Àidēng tōngguò zhōngdiǎn　bǐ yíngdé bǐsài guànjūn hái yào kāi

心。
xīn

梅 根 的 教 練 杭特（Paul Hunter）也對 梅 根 的
Méigēn de jiàoliàn Hángtè　　　　　yě duì Méigēn de

行 爲 感到 驕傲，他 認爲 梅根 本來 能 夠 超 越
xíngwéi gǎndào jiāoào　tā rènwéi Méigēn běnlái nénggòu chāoyuè

對 手 的，但 梅根卻 選擇幫 助對手，他 從來
duìshǒu de　dàn Méigēn què xuǎnzé bāngzhù duìshǒu　tā cónglái

沒有在比賽 看過 這 樣 的 情形，梅根 這 樣 的 行
méiyǒu zài bǐsài kànguò zhèyàng de qíngxíng　Méigēn zhèyàng de xíng

爲才是 眞 正 的 運動家精神。
wéi cái shì zhēnzhèng de yùndòngjiā jīngshén

(二)問題
wèntí

_____ 1. 關於 梅 根，下 面 哪 件 事 情 是 不 對 的？
guānyú Méigēn xiàmiàn nàjiàn shìqíng shì búduì de

　(A)梅根是一位田徑運動員

　(B)梅根差一點就可以得到3200公尺比賽的冠軍

　(C)梅根的比賽成績是12分30秒24

　(D)梅根的田徑教練是杭特

_____ 2. 梅 根 看 見 艾 登 跌 倒 了，她 沒 做 什 麼
Méigēn kànjiàn Àidēng diédǎo le tā méi zuò shénme

　事 情？
shìqíng

　(A)追過艾登

　(B)讓艾登先通過終點

　(C)扶艾登起來

　(D)和艾登一起努力走到終點

_____ 3. 甲：艾 登 跌 倒
Àidēng diédǎo

　乙：梅 根 幫 助 艾 登 通 過 終 點
Méigēn bāngzhù Àidēng tōngguò zhōngdiǎn

　丙：梅 根 扶 起 艾 登
Méigēn fúqǐ Àidēng

　丁：全 場 觀 眾 拍 手
quánchǎng guānzhòng pāishǒu

　　上 面 幾 件 事 情，從「先 發 生」 到「最 後
shàngmiàn jǐjiàn shìqíng cóng xiān fāshēng dào zuìhòu

　發 生」應 該 怎 麼 排 才 是 對 的？
fāshēng yīnggāi zěnme pái cái shì duì de

　(A)甲→乙→丙→丁

　(B)丁→乙→甲→丙

　(C)甲→丙→乙→丁

　(D)丙→甲→丁→乙

_____ 4. 「梅 根 還 刻意 讓 艾登　先 過」，句子　中　的
Méigēn hái kèyì ràng Àidēng xiān guò　jùzizhōng de
「刻意」換　成　下　面　哪一個，意思 差 不 多？
kèyì huàn chéng xiàmiàn nǎ yíge　yìsi chàbùduō

(A) 特別注意

(B) 生意

(C) 立刻

(D) 上面的答案都不對

_____ 5. 如果 劉 同 學 參 加 俄亥俄州　舉 行 的 田 徑
rúguǒ Liú tóngxué cānjiā éhàié zhōu jǔxíng de tiánjìng
賽，他 在 比賽 的 過　程　中　幫　助　另外一
sài tā zài bǐsài de guòchéngzhōng bāngzhù lìngwài yì
名　選 手，按照　比賽 的 規 定，劉　同　學 會
míng xuǎnshǒu ànzhào bǐsài de guìdìng Lliú tóngxué huì
怎 麼　樣？
zěnmeyàng

(A) 全場觀眾會為劉同學拍手

(B) 劉同學的比賽成績會變好

(C) 劉同學以後永遠不能參加田徑比賽

(D) 劉同學在這一場比賽將會沒有成績

_____ 6. 「本 來……卻」在 下 面　哪個 句 子　中　的　用法
běnlái　què zài xiàmiàn nǎge jùzizhōng de yòngfǎ
是 錯 的？
shì cuò de

(A) 我□□想出門逛街，我媽媽□不准我去，因為我的作
　　業還沒寫完。

(B) 他□□很喜歡吃速食，□因為女朋友的一句話，再也
　　不吃了。

(C) 早上天氣□□很好，下午□開始下雨了。

(D) 我□□就不是很喜歡她，經過這次的事情後，我□討
　　厭她了。

_____ 7. 杭 特 覺 得　梅 根　怎 麼 樣？
Hángtè juéde Méigēn zěnmeyàng

(A) 梅根很驕傲

(B) 梅根應該要超越對手

(C) 梅根有運動家精神

(D) 杭特從來沒在比賽中看過梅根

_____ 8. 哪 個 不　對？
nǎge búduì

(A) 梅根認爲得到比賽冠軍比幫助艾登還要開心

(B) 杭特覺得梅根幫助艾登的行爲很好

(C) 主辦單位沒有取消兩個人的比賽資格

(D) 艾登的比賽成績比梅根好一點

(三) 生 詞
shēngcí

	生詞	漢語拼音	解釋
1	田徑	tiánjìng	atletismo
2	運動員	yùndòngyuán	deportista
3	競爭	jìngzhēng	competir
4	對手	duìshǒu	adversario, oponente
5	跌倒	diédǎo	caerse
6	受傷	shòushāng	sufrir lesiones o heridas
7	田徑賽	tiánjìngsài	atletismo en pista
8	扶	fú	apoyar con la mano
9	選手	xuǎnshǒu	atleta
10	距離	jùlí	distancia
11	終點	zhōngdiǎn	punto de llegada
12	大約	dàyuē	aproximadamente, posiblemente

	生詞	漢語拼音	解釋
13	一般	yìbān	en general
14	通常	tōngcháng	generalmente, normalmente
15	把握	bǎwò	garantía, certeza
16	追	zhuī	perseguir
17	終點線	zhōngdiǎnxiàn	línea final
18	刻意	kèyì	cuidadosamente, diligentemente
19	觀眾	guānzhòng	espectador, audiencia
20	佩服	pèifú	admirar
21	拍手	pāishǒu	aplaudir
22	歡呼	huānhū	aclamar
23	按照	ànzhào	de acuerdo a, sobre la base de
24	規定	guīdìng	establecer normas
25	過程	guòchéng	proceso, curso
26	另外	lìngwài	otro, además
27	將	jiāng	estar a punto de
28	失去	shīqù	perder
29	資格	zīgé	cualificaciones
30	主辦單位	zhǔbàndānwèi	organizador (es)
31	保留	bǎoliú	reservar, retener
32	贏得	yíngdé	ganar, ganancia
33	冠軍	guànjūn	campeón
34	驕傲	jiāoào	estar orgulloso, enorgullecerse de
35	超越	chāoyuè	exceder
36	運動家	yùndòngjiā	atleta, deportista

四十六、臺灣 的 小吃
Táiwān de xiǎochī

㈠文 章
wénzhāng

　　到 哪裡 玩 必須 帶 著 護照、現金 以及 夠 大 的 胃 呢？
　　dào nǎlǐ wán bìxū dàizhe hùzhào xiànjīn yǐjí gòu dà de wèi ne

答案 就是 臺灣。
dáàn jiùshì Táiwān

　　美國 有線 電 視 新聞 網CNN的CNN GO網 站，在
　　Měiguó yǒuxiàndiànshì xīnwénwǎng de wǎngzhàn zài

2012年6月13日刊 出了一篇 文章，篇名 是「40種
nián yuè　　　rì kānchūle yìpiān wénzhāng piānmíng shì　　zhǒng

不能　沒有的 臺灣 食物」。文章 介紹 了40種　臺
bùnéng méiyǒu de Táiwān shíwù　　　wénzhāng jièshàole zhǒng Tái

灣 熱門 的小吃，例如 像 山一樣 高 的刨冰、像
wān rèmén de xiǎochī　lìrú xiàng shān yíyàng gāo de bàobīng　xiàng

臉一樣 大的雞排、鳳梨酥、蚵仔煎、珍 珠奶茶 等。
liǎn yíyàng dà de jīpái　fènglísū　ézǎijiān　zhēnzhūnǎichá děng

　文章 還 説明了臺灣 小吃因爲 融合了閩南、
wénzhāng hái shuōmíngle Táiwān xiǎochī yīnwèi rónghéle Mǐnnán

　潮 州、福建以及日本 等各個地方 食物的特色，所
Cháozhōu Fújiàn yǐjí Rìběn děng gège dìfāng shíwù de tèsè　suǒ

以，才能 有各式各 樣 風味獨特的 小吃。
yǐ　cáinéng yǒu gè shì gè yàng fēngwèi dútè de xiǎochī

　　　文章 更 提醒 想要 來臺灣旅遊 的人：如果
wénzhāng gèng tíxǐng xiǎngyào lái Táiwān lǚyóu de rén　rúguǒ

來臺灣 旅遊，就不 應該 遵守「一天吃 三餐」的習
lái Táiwān lǚyóu　jiù bù yīnggāi zūnshǒu yìtiān chī sāncān　de xí

慣，而是隨時隨地，只要你的胃有 空間，就該 品
guàn érshì suíshí suídì　zhǐyào nǐ de wèi yǒu kōngjiān　jiù gāi pǐn

　嚐 臺灣的美食，因爲 臺灣 的美食 眞的太多了。
cháng Táiwān de měishí　yīnwèi Táiwān de měishí zhēnde tài duō le

舉例來說，臺北就有大約20條 專 門賣 小吃的街
jǔlì lái shuō Táiběi jiù yǒu dàyuē tiáo zhuānmén mài xiǎochī de jiē

道。每 當你以爲你已經 找 到最棒 的路邊攤，例如味
dào měidāng nǐ yǐwéi nǐ yǐjīng zhǎodào zuìbàng de lùbiāntān　lìrú wèi

道 令你難 忘 的 臭豆腐，或者 是令你 垂 涎 三
dào lìng nǐ nánwàng de chòudòufǔ huòzhě shì lìng nǐ chuí xián sān

尺的牛肉 麵，結果 過些時候，你 又 會在另一條
chǐ de niúròumiàn jiéguǒ guò xiē shíhòu nǐ yòu huì zài lìng yìtiáo

街道 找 到比之前 更 好吃的路邊攤。
jiēdào zhǎodào bǐ zhīqián gèng hǎochī de lùbiāntān

　　文 章 的最後 還打趣地 說，如果你問 幾個臺灣
　　wénzhāng de zuìhòu hái dǎqù de shuō rúguǒ nǐ wèn jǐge Táiwān

朋 友：在 臺灣，什麼 是 最好 吃的食物？那幾個 臺
péngyǒu zài Táiwān shénme shì zuì hǎo chī de shíwù nà jǐge Tái

灣人可能 會因此而 吵架呢！如果你 想 知道40 種
wānrén kěnéng huì yīncǐ ér chǎojià ne rúguǒ nǐ xiǎng zhīdào zhǒng

臺灣熱門 的 小吃是 什麼，請 自行到 網 站 上
Táiwān rèmén de xiǎochī shì shénme qǐng zìxíng dào wǎngzhànshàng

一探 究 竟吧！
yí tàn jiù jìng ba

(二)問題
wèntí

＿＿＿＿ 1. 這篇 文 章 介紹 了 什麼 東西？
zhèpiān wénzhāng jièshàole shénme dōngxi
(A)臺灣好玩的地方
(B)臺灣漂亮的風景
(C)臺灣好吃的食物
(D)臺北熱門的小吃

_____ 2. 在 第4 段 中，「打趣」這個詞，你覺得 換
zài dì duàn zhōng dǎqù zhège cí nǐ juéde huàn

成 下 面 哪一個詞以後，意思差 不 多？
chéng xiàmiàn nǎ yíge cí yǐhòu yìsi chàbùduō

(A) 開玩笑

(B) 例如

(C) 有趣

(D) 打算

_____ 3. 爲 什 麼 文 章 在 最 後 一 段 說「那 幾 個
wèishénme wénzhāng zài zuìhòu yíduàn shuō nà jǐge

臺 灣 人 可 能 會 因此而 吵 架 呢！」？
Táiwānrén kěnéng huì yīncǐ ér chǎojià ne

(A) 臺灣人不喜歡回答這個問題

(B) 臺灣有太多好吃的食物

(C) 臺灣的食物都不好吃

(D) 臺灣人喜歡用吵架決定事情

_____ 4. 臺 灣 有 各 式 各 樣 風 味 獨特 小 吃 的
Táiwān yǒu gè shì gè yàng fēngwèi dútè xiǎochī de

原 因 是 什 麼？
yuányīn shì shénme

(A) 有鳳梨酥、蚵仔煎、珍珠奶茶、雞排以及刨冰

(B) 臺北就有大約20條專門賣小吃的街道

(C) 臺灣的小吃有閩南、潮州、福建以及日本等各個地方
食物的特色

(D) 臺灣人有一天吃很多餐的習慣

_____ 5. 文 章 認爲來 臺灣 旅遊 的 人 應 該 做
wénzhāng rènwéi lái Táiwān lǚyóu de rén yīnggāi zuò

什 麼？
shénme

(A) 遵守一天吃三餐的習慣

(B) 到臺北去吃牛肉湯麵

(C) 準備好護照跟現金

(D) 吃各式各樣臺灣的美食

_____ 6. 關 於 用「一探究竟」寫 成 的句子，下 面
guānyú yòng yí tàn jiù jìng xiěchéng de jùzi xiàmiàn
哪個錯誤？
nǎge cuòwù

(A) 聽到外面有人大叫，媽媽立刻跑出門外「一探究
竟」。

(B) 人到底是不是猴子變成的？佩玉為了想知道這個問
題，找了同學一起去圖書館「一探究竟」。

(C) 大家都說那部電影很好看，讓我忍不住花錢買票到電
影院「一探究竟」。

(D) 警察在路上「一探究竟」，就把小偷抓住了。

_____ 7. 甲：爸爸對我的愛像 海一樣□
bàba duì wǒ de ài xiàng hǎi yíyàng

乙：這棟 房子像 山一樣□
zhèdòng fángzǐ xiàng shān yíyàng

丙：她眼珠子的 顏色跟 海水一樣□
tā yǎnzhūzi de yánsè gēn hǎishuǐ yíyàng

丁：他的手 跟我的臉一樣□
tā de shǒu gēn wǒ de liǎn yíyàng

上 面四個□裡面 的詞應 該是什麼？
shàngmiàn sì ge lǐmiàn de cí yīnggāi shì shéme

(A) 甲：深 乙：高 丙：藍 丁：大

(B) 甲：高 乙：大 丙：深 丁：小

(C) 甲：遠 乙：矮 丙：多 丁：大

(D) 甲：藍 乙：高 丙：深 丁：高

_____ 8. 哪個不 對？
nǎge búduì

(A) 到臺灣玩必須帶著護照、現金以及夠大的胃

(B) CNN GO網站上介紹了40種臺灣沒有的食物

(C) 雞排、鳳梨酥、蚵仔煎、珍珠奶茶都是臺灣有名的小
吃

(D) 只要你還吃得下，就該多多品嚐臺灣的美食

(三)生詞
shēngcí

	生詞	漢語拼音	解釋
1	現金	xiànjīn	efectivo
2	胃	wèi	estómago
3	有線電視新聞網	yǒuxiàndiànshì xīnwénwǎng	red de noticias por cable
4	刊	kān	publicar en periódico
5	篇名	piānmíng	título
6	熱門	rèmén	en grande demanda, popular
7	小吃	xiǎochī	bocadillo
8	刨冰	bàobīng	hielo rayado, un postre hecho de hielo rayado o finamente aplastado con condimento
9	雞排	jīpái	filete de pollo frito
10	鳳梨酥	fènglísū	pastel de piña
11	蚵仔煎	ézǎijiān	tortilla de ostras
12	珍珠奶茶	zhēnzhūnǎichá	té con leche y perlas
13	融合	rónghé	mezclar todo junto
14	閩南	Mǐnnán	la parte meridional de la provincia de Fukien, República Popular de China
15	潮州	Cháozhōu	una ciudad en el este de la provincia de Guangdong de la República Popular de China

	生詞	漢語拼音	解釋
16	福建	Fújiàn	una provincia en la costa sureste de la República Popular de China
17	特色	tèsè	característica distintiva
18	各式各樣	gè shì gè yàng	de todo tipo, varios
19	風味	fēngwèi	sabor local o estilo local
20	獨特	dútè	único, distintivo
21	提醒	tíxǐng	recordar, advertir, alertar
22	遵守	zūnshǒu	cumplir, obedecer, respetar
23	隨時隨地	suíshí suídì	en cualquier momento y en cualquier lugar
24	品嚐	pǐncháng	probar
25	舉例	jǔlì	dar un ejemplo
26	大約	dàyuē	aproximadamente, posiblemente
27	專門	zhuānmén	especializado; especialmente
28	街道	jiēdào	calle
29	路邊攤	lùbiāntān	vendedor ambulante
30	令	lìng	hacer, causar
31	臭豆腐	chòudòufǔ	soja cuajada maloliente
32	垂涎三尺	chuí xián sān chǐ	anhelar algo
33	牛肉麵	niúròumiàn	sopa de fideos con ternera
34	打趣	dǎqù	bromear, provocar, burlarse de
35	吵架	chǎojià	pelear
36	一探究竟	yí tàn jiù jìng	mirar más de cerca

參考資料：美國CNN Co網站文章：40種不能沒有的臺灣食物。2012/06/13

網址：http://www.cnngo.com/explorations/eat/40-taiwanese-food-296093?page=0,0

四十七、讀萬 卷 書不如行 萬里路
dú wànjuànshū bùrú xíng wànlǐlù

(一)文 章
wénzhāng

你聽 過 臺灣 女歌手 蔡依林 唱 的世博臺灣
nǐ tīng guò Táiwān nǚgēshǒu Cài Yīlín chàng de Shìbó Táiwān

館 代表 歌曲「臺灣 心跳 聲」嗎？如果 你有機會 到
guǎn dàibiǎo gēqǔ Táiwān xīntiàoshēng ma rúguǒ nǐ yǒu jīhuì dào

臺灣，你一定 要去歌詞 中 提到 的 地方。
Táiwān nǐ yídìng yào qù gēcí zhōng tídào de dìfāng

臺灣 哪裡好 玩？如果你到 臺灣 的北部，淡 水 是
Táiwān nǎlǐ hǎo wán　rúguǒ nǐ dào Táiwān de běibù　Dànshuǐ shì

你非去不可 的地方。無論 是古蹟或是 小吃，都 非常
nǐ fēi qù bù kě de dìfāng　wúlùn shì gǔjī huòshì xiǎochī　dōu fēicháng

受到大家的 歡迎。淡 水 還有 規劃 得非常 好的
shòudào dàjiā de huānyíng　Dànshuǐ háiyǒu guīhuà de fēicháng hǎo de

自行車 車道，你可以一邊 騎車 運動，一邊 欣賞 沿
zìxíngchē chēdào　nǐ kěyǐ yìbiān qíchē yùndòng　yìbiān xīnshǎng yán

途美麗的 風景，可以說 是一舉兩 得呢！
tú měilì de fēngjǐng　kěyǐ shuō shì yì jǔ liǎng dé ne

如果你到 臺灣 的 中部，那你非去 三義不可。三
rúguǒ nǐ dào Táiwān de zhōngbù　nà nǐ fēi qù Sānyì bù kě　Sān

義的木雕 非常 有名，如果你去 參觀 木雕 博物
yì de mùdiāo fēicháng yǒumíng　rúguǒ nǐ qù cānguān mùdiāo bówù

館，你一定 會 讚歎 木雕 作者的 雕刻技巧。除了木
guǎn　nǐ yídìng huì zàntàn mùdiāo zuòzhě de diāokè jìqiǎo　chúle mù

雕以外，三義的客家菜 跟 油桐 花也非 常 有名。
diāo yǐwài　Sānyì de kè jiā cài gēn Yóutónghuā yě fēicháng yǒumíng

每年 的四月是 油桐花 盛 開的季節，這時候來到
měinián de sìyuè shì Yóutónghuā shèngkāi de jìjié　zhèshíhòu lái dào

三義，不但可以欣賞 油桐 花，還可以吃到「油桐 花
Sānyì　búdàn kěyǐ xīnshǎng Yóutónghuā　hái kěyǐ chī dào Yóutónghuā

餐」，可以說 是既「大飽 眼福」又「大飽口福」了。
cān　kěyǐ shuō shì jì　dà bǎo yǎn fú　yòu　dàbǎokǒufú　le

臺灣 東部的風景也非常 美麗，尤其是 花蓮
Táiwān dōngbù de fēngjǐng yě fēicháng měilì　yóuqí shì Huālián

太魯閣 國家 公 園 各 種 特別 的地形。無論是 峽谷 或
Tàilǔgé guójiā gōngyuán gèzhǒng tèbié de dìxíng wúlùn shì xiágǔ huò

是 斷崖，你看了以後 一定 會 讚歎 大自然 的力量。看
shì duànyái nǐ kànle yǐhòu yídìng huì zàntàn dàzìrán de lìliàng kàn

完了這樣 的 風景，無論你有 什 麼 壓力或是 煩惱，
wánle zhèyàng de fēngjǐng wúlùn nǐ yǒu shénme yālì huòshì fánnǎo

都可以 暫 時 放到一 邊 了。
dōu kěyǐ zhànshí fàngdào yìbiān le

歌詞 中 提到 的 好 玩 的地方 當然 不止這些，
gēcízhōng tídào de hǎowán de dìfāng dāngrán bùzhǐ zhèxiē

俗話 說 得好：「讀萬 卷 書 不如行 萬里路」。等你
súhuà shuō de hǎo dú wànjuànshū bùrú xíng wànlǐlù děng nǐ

親自到 臺灣，你就能 親耳聽 到 臺灣 最 動人的「心
qīnzì dào Táiwān nǐ jiùnéng qīněr tīngdào Táiwān zuì dòngrénde xīn

跳 聲」了。
tiàoshēng le

 (二)問題
wèntí

_____ 1.「淡 水 是你非去 不可的 地方」，你覺得「非去
Dànshuǐ shì nǐ fēi qù bù kě de dìfāng nǐ juéde fēi qù
不可」的意思是？
bù kě de yìsi shì
(A) 不可以去
(B) 可以不去
(C) 一定要去
(D) 不去也可以

_____ 2. 到　淡　水　玩，你可能　沒辦法做　到　的事
dào Dànshuǐ wán　nǐ kěnéng méibànfǎ zuòdào　de shì

情　是？
qíng shì

(A) 吃小吃

(B) 騎自行車

(C) 拜訪古蹟

(D) 欣賞斷崖、峽谷地形

_____ 3. 如果　你　冬　天　去　三義　玩，你可能　無法做　哪
rúguǒ nǐ dōngtiān qù Sānyì wán　nǐ kěnéng wúfǎ zuò nǎ

些　事情？
xiē shìqíng

(A) 欣賞油桐花

(B) 吃客家菜

(C) 看木雕

(D) 上面寫的事情都可以做到

_____ 4. 臺灣　有　許多　不　同　的　地形，在哪裡你可以
Táiwān yǒu xǔduō bùtóng de dìxíng zài nǎlǐ nǐ kěyǐ

同　時看　到　斷崖和峽谷？
tóngshí kàndào duànyá hé xiágǔ

(A) 臺灣南部

(B) 臺灣東部

(C) 臺灣中部

(D) 臺灣北部

_____ 5. 下　面　哪個句子有　問題？
xiàmiàn nǎge jùzi yǒu wèntí

(A) 那個地方很好玩，你非去不可！

(B) 臺灣的香蕉很好吃，你非吃不可。

(C) 我喜歡演員陳妍希，她演的電影我非看不可。

(D) 這個東西對身體不好，為了你的健康，你非吃不可。

_____ 6.「讀 萬 卷 書 不 如 行　萬里路」的意思是？
dú wànjuànshū bùrú xíng　wànlǐlù de yìsi shì

(A) 讀書對我們沒有幫助

(B) 健康比較重要，必須多走路。

(C) 只要用功讀書，就可以得到一切

(D) 除了了解書上的知識以外，還必須多旅行、多看看。

_____ 7. 文 章 中 沒有　說 到臺 灣 哪個地
wénzhāngzhōng méiyǒu shuōdào Táiwān nǎge dì

方？
fāng

(A) 臺灣北部

(B) 臺灣中部

(C) 臺灣南部

(D) 臺灣東部

_____ 8. 關 於 這 篇　文 章，下 面　哪 個 不 對？
guānyú zhèpiān wénzhāng xiàmiàn nǎge búduì

(A) 三義的木雕很有名

(B) 淡水只有小吃受到大家的歡迎

(C) 喜歡觀察斷崖和峽谷地形的人可以去花蓮玩

(D) 四月到三義不但可以欣賞油桐花，還可以吃油桐花餐

(三)生 詞
shēngcí

	生詞	漢語拼音	解釋
1	讀萬卷書不如行萬里路	dú wànjuànshū bùrú xíng wànlǐlù	Es mejor viajar lejos que leer cientos de miles de libros. La experiencia práctica es mucho más de lo que se aprende de libros.
2	世博	shìbó	Exposición Mundial

	生詞	漢語拼音	解釋
3	歌曲	gēqǔ	canción
4	臺灣心跳聲	Táiwān xīntiàoshēng	Latidos de corazón de Taiwán (nombre de la canción)
5	歌詞	gēcí	letras de una canción
6	提到	tídào	mencionar
7	淡水	Dànshuǐ	Danshui (una ciudad al norte de Taiwán)
8	無論	wúlùn	no importa qué, independientemente
9	古蹟	gǔjī	sitio histórico, monumento
10	受到	shòudào	conseguir, recibir, padecer
11	規劃	guīhuà	plan, programa
12	車道	chēdào	carril
13	沿途	yántú	a lo largo del camino
14	欣賞	xīnshǎng	apreciar, disfrutar, admirar
15	一舉兩得	yì jǔ liǎng dé	lograr dos objetivos de un solo golpe, matar dos liebres al mismo tiempo
16	三義	Sānyì	Sanyi (ciudad en la sección central de Taiwán)
17	木雕	mùdiāo	escultura en madera
18	博物館	bówùguǎn	museo
19	讚歎	zàntàn	suspirar de admiración, elogiar
20	作者	zuòzhě	autor, escritor
21	雕刻	diāokè	esculpir, escultura
22	技巧	jìqiǎo	técnica, habilidad, destreza
23	客家菜	kèjiācài	cocina Hakka
24	油桐花	yóutónghuā	Vernicia fordii

	生詞	漢語拼音	解釋
25	盛開	shèngkāi	floreciente
26	大飽眼福	dà bǎo yǎn fú	deleitarse con los ojos
27	花蓮	Huālián	Hualien (una cuidad en el este de Taiwán)
28	太魯閣國家公園	Tàilǔgé guójiā gōngyuán	Parque Nacional Taroko
29	地形	dìxíng	terreno, topografía
30	峽谷	xiágǔ	garganta, abismo
31	斷崖	duànyái	acantilado
32	大自然	dàzìrán	naturaleza
33	力量	lìliàng	fuerza física, poder, fuerza
34	壓力	yālì	presión, estrés
35	暫時	zhànshí	temporario
36	不止	bùzhǐ	no estar limitado, interminable
37	親耳	qīněr	con los oídos propios
38	心跳聲	xīntiàoshēng	latidos del corazón

四十八、傘的故事
sǎn de gùshì

㈠文章
wénzhāng

下雨的時候，如果 忘了帶傘 總是很不方便，
xiàyǔ de shíhòu　rúguǒ wàngle dài sǎn zǒngshì hěn bù fāngbiàn

你知道第一把「傘」是 誰發明的嗎？
nǐ zhīdào dì yī bǎ　sǎn　shì shéi fāmíng de ma

很久以前，有一個優秀的發明家叫「魯班」。魯班
hěnjiǔ yǐqián　yǒu yíge yōuxiù de fāmíngjiā jiào　Lǔ bān　　Lǔ bān

的個性 很好，只要 別人 有 困難 的 時候 找 他 幫
de gèxìng hěnhǎo　zhǐyào biérén yǒu kùnnán de shíhòu zhǎo tā bāng

忙，他 總 會熱心地 幫 助大家，所以大家都 很 喜歡
máng　tā zǒng huì rèxīn de bāngzhù dàjiā　suǒyǐ dàjiā dōu hěn xǐhuān

他。個性 好 的魯班 對他的老婆也 很好，只要 老 婆肚
tā　gèxìng hǎo de Lǔ bān duì tā de lǎopó yě hěnhǎo　zhǐyào lǎopó dù

子一餓，他就會馬上　送 上　吃的 東西。老婆一覺
zi yí è　tā jiù huì mǎshàng sòngshàng chī de dōngxi　lǎopó yì jué

得 冷，他就馬上　送 上　溫 暖的外套，老婆在店
de lěng　tā jiù mǎshàng sòngshàng wēnnuǎn de wàitào　lǎopó zài diàn

裡看到喜歡 的衣服，魯班也會馬上　買來送 她。
lǐ kàndào xǐhuān de yīfú　Lǔ bān yě huì mǎshàng mǎilái sòng tā

　　有一天，魯 班 的老婆 全 身 濕淋淋地回來，原來
yǒu yìtiān　Lǔ bān de lǎopó quánshēn shīlínlín de huílái yuánlái

是她在　逛街的 時候突然下雨了。老婆希望 魯 班
shì tā zài guàngjiē de shíhòu túrán xiàyǔ le　lǎopó xīwàng Lǔ bān

想 想　辦法，讓 她可以在下雨的 時候 也可以 逛街。
xiǎngxiǎng bànfǎ　ràng tā kěyǐ zài xiàyǔ de shíhòu yě kěyǐ guàngjiē

魯班 發現 下雨天 大家 躲在家裡，是因為有 屋頂可以
Lǔ bān fāxiàn xiàyǔtiān dàjiā duǒzài jiālǐ　shì yīnwèi yǒu wūdǐng kěyǐ

擋 雨。所以他 想了 想，如果 在路 上 蓋 很多 像
dǎng yǔ　suǒyǐ tā xiǎngle xiǎng　rúguǒ zài lùshàng gài hěnduō xiàng

這 樣 的小屋頂，這樣 出門也不會淋到雨了，這
zhèyàng de xiǎo wūdǐng zhèyàng chūmén yě búhuì líndào yǔ le　zhè

就是 之後 的「涼亭」。
jiù shì zhīhòu de liángtíng

過了幾天，老婆告訴魯班，她覺得這樣還是不太
guòle jǐtiān lǎopó gàosù Lǔ bān tā juéde zhèyàng háishì bú tài

好，涼亭和涼亭中間的路還是會淋到雨。魯班
hǎo liángtíng hé liángtíng zhōngjiān de lù háishì huì líndào yǔ Lǔ bān

想起他無意間看到小孩拿著荷葉在擋雨，於是他
xiǎngqǐ tā wúyìjiān kàndào xiǎohái názhe héyè zài dǎng yǔ yúshì tā

照著荷葉的樣子，用竹子做了一個器具。他一開始
zhàozhe héyè de yàngzi yōng zhúzi zuòle yíge qìjù tā yì kāishǐ

先在上面鋪上樹葉，發現這樣還是會淋到
xiān zài shàngmiàn pūshàng shùyè fāxiàn zhèyàng háishì huì líndào

雨，後來鋪上了布，但是布還是會滴水。最後，他鋪
yǔ hòulái pūshàngle bù dànshì bù háishì huì dīshuǐ zuìhòu tā pū

了羊皮，發現羊皮不透水，可以擋雨，後來魯班就
le yángpí fāxiàn yángpí bú tòushuǐ kěyǐ dǎngyǔ hòulái Lǔ bān jiù

把這種東西叫做「雨傘」！
bǎ zhèzhǒng dōngxi jiàozuò yǔsǎn

(二)問題
wèntí

_____ 1. 為什麼魯班想發明雨傘？
wèishénme Lǔ bān xiǎng fāmíng yǔsǎn

(A) 老婆喜歡雨傘，但是店裡賣的傘太貴了

(B) 讓老婆不要淋到雨

(C) 想幫助那一群孩子

(D) 想賺很多錢

_____ 2.「雨傘」的　樣子是　照　什麼東西的　樣子
　　　　　yǔsǎn de yàngzi shì zhào shénme dōngxī de yàngzi
　　　　做 的？
　　　　zuòde
　　　　(A) 竹子
　　　　(B) 涼亭
　　　　(C) 樹葉
　　　　(D) 荷葉

_____ 3. 這 篇 文 章　主要 在 說　什麼？
　　　　　zhèpiān wénzhāng zhǔyào zài shuō shénme
　　　　(A) 如果幫助別人，在你有困難的時候，別人也會幫助你
　　　　(B) 為什麼會有「雨傘」的原因
　　　　(C) 下雨天的時候記得要帶傘
　　　　(D) 為什麼會有「涼亭」的原因

_____ 4.　剛　開始 蓋「涼 亭」的　原 因 是　為了？
　　　　　gāng kāishǐ gài liángtíng de yuányīn shì wèile
　　　　(A) 下雨的時候有地方可以擋雨
　　　　(B) 可以坐著看風景的地方
　　　　(C) 讓走很多路的人有地方可以休息
　　　　(D) 中午吃午餐的地方

_____ 5. 哪一 張　圖 片 是「荷葉」？
　　　　　nǎyìzhāng túpiàn shì héyè
　　　　(A) 　(B) 　(C) 　(D)

_____ 6. 哪個句子是　錯 的？
　　　　　nǎge jùzi shì cuò de
　　　　(A) 愛迪生（Edison）發明了電燈。
　　　　(B) 他在學校「發現」了這隻狗。
　　　　(C) 上課睡覺被老師「發現」就不好了。
　　　　(D) 這本書是誰「發明」的？

———— 7. 第19行「無意間 看 到」的意思是？
dì háng wúyìjiān kàndào de yìsi shì

(A) 不想看，但看到了

(B) 本來就想這樣做

(C) 不小心看到，本來沒有這個意思

(D) 想看，卻看不到

———— 8. 哪 個 不 對？
nǎge búduì

(A) 魯班對他的老婆很好

(B) 涼亭可以擋雨，但是還是不方便。

(C) 原來的雨傘是用竹子做的

(D) 魯班最後鋪在雨傘上的是「布」

(三)生 詞
shēngcí

	生詞	漢語拼音	解釋
1	發明	fāmíng	inventar, invento
2	優秀	yōuxiù	excepcional, excelente
3	發明家	fāmíngjiā	inventor
4	個性	gèxìng	personalidad, carácter individual
5	困難	kùnnán	dificultad
6	熱心	rèxīn	corazón cálido
7	肚子	dùzi	estómago, panza
8	餓	è	hambre
9	馬上	mǎshàng	inmediato
10	冷	lěng	frío
11	溫暖	wēnnuǎn	cálido, calentarse
12	外套	wàitào	chaqueta, abrigo

	生詞	漢語拼音	解釋
13	全身	quánshēn	todo el cuerpo
14	濕淋淋	shīlínlín	mojado
15	逛街	guàngjiē	ir de compras, pasear
16	突然	túrán	repentinamente, abruptamente
17	希望	xīwàng	desear
18	辦法	bànfǎ	método
19	躲	duǒ	esconderse
20	屋頂	wūdǐng	techo
21	擋	dǎng	alejar, bloquear, poner en el camino de
22	蓋	gài	construir
23	淋	lín	empapar, verter
24	涼亭	liángtíng	pabellón al borde del camino
25	中間	zhōngjiān	entre
26	無意間	wúyìjiān	sin intención, accidentalmente, inesperadamente
27	荷葉	héyè	hojas de loto
28	照	zhào	de acuerdo a
29	樣子	yàngzi	apariencia, forma
30	竹子	zhúzi	bambú
31	器具	qìjù	utensilios, implemento
32	鋪	pū	ampliar, desplegar, pavimentar
33	樹葉	shùyè	hojas (de árboles)
34	發現	fāxiàn	descubrir, encontrar
35	布	bù	tela
36	滴	dī	gotear
37	羊皮	yángpí	piel de carnero, badana
38	透	tòu	pasar o filtrarse a través, penetrar

四十九、月 餅
yuèbǐng

（一）文 章
wénzhāng

農曆的八月 十五是華人的 中 秋節。和 元 宵節
nónglì de bāyuè shíwǔ shì huárén de Zhōngqiūjié hé Yuánxiāojié

吃湯 圓、端午節吃粽子一樣，中 秋節 吃月餅是
chī tāngyuán Duānwǔjié chī zòngzi yíyàng Zhōngqiūjié chī yuèbǐng shì

華人的習俗。你知道 爲什麼 中 秋節要 吃月餅嗎？
huárén de xísú nǐ zhīdào wèishénme Zhōngqiūjié yào chī yuèbǐng ma

關於 中秋節 吃 月餅 的 由來，有 許多不同 的
guānyú Zhōngqiūjié chī yuèbǐng de yóulái yǒu xǔduō bùtóng de

說法。最 常 聽 到 的 説法是：在 唐 朝 的 時候，
shuōfǎ zuì cháng tīngdào de shuōfǎ shì zài Tángcháo de shíhòu

唐 朝 北方的 突厥族一直來騷擾 唐 朝 的 邊界，
Tángcháo běifāng de Tújuézú yìzhí lái sāorǎo Tángcháo de biānjiè

讓 住在 邊界的人民 很 困擾，也威脅 到了 唐 朝
ràng zhùzài biānjiè de rénmín hěn kùnrǎo yě wēixié dào leTángcháo

的 國家安全。唐 朝 的 皇帝 爲了解決 這個 問題，請
de guójiā ānquán Tángcháo de huángdì wèile jiějué zhège wèntí qǐng

他 手 下 最 棒 的 將軍——李靖去 攻打突厥族。李靖
tā shǒuxià zuì bàng de jiāngjūn Lǐjìng qù gōngdǎ Tújuézú Lǐjìng

沒有辜負 皇帝的期待，邊界一直 傳 來好 消息。
méiyǒu gūfù huángdì de qídài biānjiè yìzhí chuánlái hǎo xiāoxí

就在 八月 十五日這天，李靖 帶著 軍隊 凱旋。爲了
jiù zài bāyuè shíwǔ rì zhè tiān Lǐ jìng dàizhe jūnduì kǎixuán wèile

慶祝 李靖的 勝利，城 内與 城 外不停地放 鞭
qìngzhù Lǐjìng de shènglì chéngnèi yǔ chéngwài bùtíng de fàng biān

炮、演奏 祝賀的音樂，軍隊與人民 都非常 高興。
pào yǎnzòu zhùhè de yīnyuè jūnduì yǔ rénmín dōu fēicháng gāoxìng

有一個吐蕃人到 唐 朝 做 生意，聽 到了這個 消
yǒu yíge Tǔfānrén dào Tángcháo zuò shēngyì tīngdàole zhèige xiāo

息，於是就把包 裝 得很 漂亮的 圓餅 獻給
xí yúshì jiù bǎ bāozhuāng de hěn piàoliàng de yuánbǐng xiàngěi

皇帝，當 作 祝賀軍隊 凱旋 的禮物。
huángdì dāngzuò zhùhè jūnduì kǎixuán de lǐwù

皇帝 看到 吐蕃人 送 的 圓餅，非常 高興。
huángdì kàndào Tǔfānrén sòng de yuánbǐng fēicháng gāoxìng

他 一手 拿著 圓餅，一手 指著 天空 中 又 圓
tā yìshǒu názhe yuánbǐng yìshǒu zhǐzhe tiānkōngzhōng yòu yuán

又 大 的 月亮，說 了 一句 「應 將 胡餅 邀 蟾蜍」，
yòu dà de yuèliàng shuōle yíjù yīng jiāng húbǐng yāo chánchú

說 完 以後，就 把 圓 餅 分給 了 其他 人。大家 看到
shuō wán yǐhòu jiù bǎ yuánbǐng fēngěile qítā rén dàjiā kàndào

皇帝 這麼 做，於是 也 跟著 這麼 做，所以，中秋節
huángdì zhème zuò yúshì yě gēnzhe zhème zuò suǒyǐ Zhōngqiūjié

吃 月餅 的 習俗，就 這 樣 流 傳 了 下來。
chī yuèbǐng de xísú jiù zhèyàng liúchuánle xiàlái

(二) 問題
wèntí

_____ 1. 下 面 討論 第一段 內 容 的句子，哪個 正確？
xiàmiàn tǎolùn dì yīduàn nèiróng de jùzi nǎge zhèngquè

(A) 吃月餅、湯圓、粽子，都是華人的習俗

(B) 湯圓跟粽子是一樣的東西

(C) 八月十五是中秋節，也是元宵節

(D) 中秋節的習俗是吃湯圓

_____ 2. 如果 你 想 知 道「吃 月 餅 的 由來」，你 可以
rúguǒ nǐ xiǎng zhīdào chī yuèbǐng de yóulái nǐ kěyǐ

怎 麼 問 這個 問題？
zěnme wèn zhège wèntí

(A) 怎麼吃月餅？

(B) 爲什麼要吃月餅？

(C) 月餅裡面有什麼東西？

(D) 去哪裡可以吃到月餅？

_____ 3. 下 面 哪個 句子 用「獻」這 個 詞 不太 好？
xiàmiàn nǎge jùzi yòng xiàn zhège cí bú tài hǎo
(A) 小花把她的第一名「獻」給他的父母。
(B) 我把最好吃的東西「獻」給我最喜歡的爺爺。
(C) 他把最棒的水果「獻」給總統。
(D) 小明把他的玩具「獻」給他的弟弟。

_____ 4. 「應 將 胡 餅 邀 蟾 蜍」這 句 話 中，胡
yīng jiāng húbǐng yāo chánchú zhè jù huà zhōng hú
餅 跟 蟾 蜍 應 該 是 什 麼？
bǐng gēn chánchú yīnggāi shì shénme
(A) 胡餅是月餅，蟾蜍是月亮
(B) 胡餅是一種餅乾，蟾蜍是一種動物
(C) 胡餅是月餅，一種動物
(D) 胡餅是一種餅乾，蟾蜍是月亮

_____ 5. 「邊 界 一直 傳 來 好 消 息」這 句 話 中 的
biānjiè yìzhí chuánlái hǎo xiāoxí zhè jù huà zhōng de
「好 消 息」是 什 麼？
hǎo xiāoxí shì shénme
(A) 邊界發生了很多好事情
(B) 李靖打贏了突厥族
(C) 邊界的天氣很好
(D) 以上都不對

_____ 6. 「凱 旋」在 文 章 中 是 什 麼 意思？
kǎixuán zài wénzhāngzhōng shì shénme yìsi
(A) 李靖帶著軍隊回到唐朝
(B) 李靖和軍隊一起慶祝勝利
(C) 李靖打贏了突厥族，帶著軍隊回到唐朝
(D) 李靖和軍隊、人民一起放鞭炮

_____ 7. 李靖 帶著 軍隊 凱 旋 以後，沒有 發 生 什
Lǐ jìng dàizhe jūnduì kǎixuán yǐhòu méiyǒu fāshēng shén
麼 事 情？
me shìqíng

(A) 城內與城外不停地放鞭炮
(B) 吐蕃人把禮物獻給皇帝
(C) 突厥族又來騷擾唐朝的邊界
(D) 城內與城外到處都可以聽到祝賀的音樂

_____ 8. 下 面 討 論 這 篇 文 章 的句子，哪個 正
xiàmiàn tǎolùn zhè piān wénzhāng de jùzi nǎge zhèng
確？
què

(A) 這篇文章說了兩個中秋節吃月餅的由來。
(B) 中秋節吃月餅的習慣是吐蕃人告訴皇帝的。
(C) 李靖回唐朝以後，許多人民把月餅獻給皇帝。
(D) 這篇文章告訴我們為什麼中秋節要吃月餅。

(三) 生 詞
shēngcí

	生詞	漢語拼音	解釋
1	月餅	yuèbǐng	pastel de luna
2	農曆	nónglì	calendario lunar
3	華人	huárén	chino
4	中秋節	Zhōngqiūjié	Festival del Medio Otoño (en el día 15 del octavo mes lunar)
5	元宵節	Yuánxiāojié	Festival de la Linterna visto en la primera luna llena del año lunar
6	湯圓	tāngyuán	tangyuan, comida típica china
7	端午節	Duānwǔjié	Festival del Barco Dragón (en el dia 5 del quinto mes lunar)

	生詞	漢語拼音	解釋
8	粽子	zòngzi	rellenos de arroz, comida típica
9	習俗	xísú	costumbre, convención
10	關於	guānyú	sobre, acerca de
11	由來	yóulái	origen, causa
12	說法	shuōfǎ	forma de decir algo, versión, argumento
13	唐朝	Tángcháo	Dinastia Tang
14	突厥族	Tújuézú	pueblos túrquicos
15	騷擾	sāorǎo	acosar, molestar
16	邊界	biānjiè	límite, frontera
17	困擾	kùnrǎo	incomodado, perplejo
18	威脅	wēixié	amenazar, poner en peligro
19	皇帝	huángdì	emperador
20	為了	wèile	por, por el bien de, a fin de que
21	攻打	gōngdǎ	atacar, asaltar
22	辜負	gūfù	decepcionar, decepción
23	期待	qídài	esperar
24	傳	chuán	pasar, dictar, transmitir
25	軍隊	jūnduì	fuerzas armadas, ejército, tropas
26	凱旋	kǎixuán	volver en triunfo
27	勝利	shènglì	ganar victoria o éxito
28	鞭炮	biānpào	petardos
29	演奏	yǎnzòu	concierto instrumental
30	祝賀	zhùhè	felicitar
31	吐蕃人	Tǔfānrén	tibetanos
32	包裝	bāozhuāng	embalar; paquete, bulto

	生詞	漢語拼音	解釋
33	獻	xiàn	presentar (regalo), entregar, ofrecer
34	當作	dāngzuò	considerar, tratar como
35	將	jiāng	va a, estar a punto de; con, por medio de; indica influencia sobre alguiqn o algo
36	邀	yāo	invitar
37	蟾蜍	chánchú	sapo
38	於是	yúshì	luego, por lo tanto, como consecuencia
39	流傳	liúchuán	circular, transmitir

五十、蟑螂
zhāngláng

在你的國家，容易看到 蟑 螂 嗎？臺灣 的 天氣
zài nǐ de guójiā　róngyì kàndào zhāngláng ma　Táiwān de tiānqì

溫暖 且 潮濕，所以居家 環境 中 常 常 容易
wēnnuǎn qiě cháoshī　suǒyǐ jūjiā huánjìngzhōng chángcháng róngyì

看到 蟑 螂。全 世界的 蟑 螂 有4000多 種，在臺
kàndào zhāngláng quán shìjiè de zhāngláng yǒu　duō zhǒng zài Tái

灣，有76種　蟑　螂。在　臺灣　最多、最　常　見　的
wān　yǒu zhǒng zhāngláng　zài Táiwān zuì duō　zuì cháng jiàn de

蟑　螂 是 美 洲　蟑　螂。
zhāngláng shì Měizhōuzhāngláng

美 洲　蟑　螂 來自於 非洲　的熱帶地區。身體的
Měizhōuzhāngláng láizì yú Fēizhōu　de rèdài dìqū　shēntǐ de

長　度是35-43公分，牠們　有一對　觸角、兩　對 翅　膀、
chángdù shì　gōngfēn　tāmen yǒu yíduì chùjiǎo liǎngduì chìbǎng

六隻　腳。牠們　雖然　有　翅膀，可是 不太 會飛。牠們
liùzhī jiǎo　tāmen suīrán yǒu chìbǎng　kěshì bú tài huì fēi　tāmen

是 夜 行 性　動 物，畫　伏夜出，所以白天 不太　容易見
shì yèxíngxìng dòngwù　zhòu fú yè chū　suǒyǐ báitiān bú tài róngyì jiàn

到　牠們。牠們　的身體 非　常　扁平，所以遇到　攻擊的
dào tāmen　tāmen de shēntǐ fēicháng biǎnpíng　suǒyǐ yùdào gōngjí de

時候，可以 藏在　牆壁、地板 的　縫隙 中，以躲　過 危
shíhòu　kěyǐ cángzài　qiángbì dìbǎn de fèngxìzhōng　yǐ duǒguò wéi

險。美 洲 蟑　螂　最喜歡　溫 暖、潮濕 的　環境，所
xiǎn Měizhōuzhāngláng zuì xǐhuān wēnnuǎn cháoshī de huánjìng　suǒ

以臺灣 地區非 常　適合 美 洲　蟑　螂 的 繁殖。美 洲
yǐ Táiwān dìqū fēicháng shìhé Měizhōuzhāngláng de fánzhí　Měizhōu

蟑　螂 最喜歡　待在地下室、排 水 溝、下水道、糞
zhāngláng zuì xǐhuān dāi zài dìxiàshì　páishuǐgōu xiàshuǐdào fèn

坑 等 地方。所以　蟑　螂 大多 是 沿著 排 水 管
kēng děng dìfāng　suǒyǐ zhāngláng dàduō shì yánzhe páishuǐguǎn

向　上 爬，從　廚房、浴室、陽台的排水孔 進到
xiàng shàng pá　cóng chúfáng　yùshì　yángtái de páishuǐkǒng jìndào

人類 的 家 中。爲了 增加 生 存的機會，美 洲 蟑
rénlèi de jiāzhōng wèile zēngjiā shēngcún de jīhuì Měizhōuzhāng

螂 是 雜食性 的，牠們幾乎 什麼 都 吃，例如廚 餘、垃
láng shì záshíxìng de tāmen jīhū shénme dōu chī lìrú chúyú lè

圾、死掉 的 動 物 等。
sè sǐdiào de dòngwù děng

對付 蟑 螂 的 方法 有 很 多，例如 用 殺 蟲劑、
duìfù zhāngláng de fāngfǎ yǒu hěnduō lìrú yòng shāchóngjì

蟑 螂藥、熱水 等。不過，專 家 認爲，蟑 螂 到 人
zhānglángyào rèshuǐ děng búguò zhuānjiā rènwéi zhāngláng dào rén

類的家裡後，還是必須 找 到 食物和 水 才能 生 存。
lèi de jiālǐ hòu háishì bìxū zhǎodào shíwù hé shuǐ cáinéng shēngcún

所以，保持居家 環 境 整 潔，讓 蟑 螂 找 不 到
suǒyǐ bǎochí jūjiā huánjìng zhěngjié ràng zhāngláng zhǎobúdào

食物與 水，才是 最 有效 的 辦法。
shíwù yǔ shuǐ cái shì zuì yǒuxiào de bànfǎ

(二)問題
wèntí

_____ 1. 關 於第一 段 的 內容，哪個 是 對 的？
guānyú dì yī duàn de nèiróng nǎge shì duì de
(A) 臺灣最常見的蟑螂是非洲蟑螂
(B) 美國有很多蟑螂
(C) 全世界的蟑螂大約有76種
(D) 蟑螂在臺灣非常常見

2. 爲什麼臺灣 容易有 蟑 螂？
wèishénme Táiwān róngyì yǒu zhāngláng

　(A) 因爲臺灣有很多夜市

　(B) 蟑螂喜歡臺灣溫暖、潮濕的環境

　(C) 臺灣的環境太髒太亂了

　(D) 以上的答案都不對

3. 關 於 美 洲 蟑 螂，下 面 哪 一 個 不 對？
guānyú Měizhōuzhāngláng xiàmiàn nǎ yí ge búduì

　(A) 身體的長度大約是35-43公分

　(B) 有一對觸角、兩對翅膀、六隻腳

　(C) 是雜食性的

　(D) 有翅膀，跟鳥一樣很會飛

4. 下 面 關 於「晝 伏 夜 出」的 解 釋，哪 個 正
xiàmiàn guānyú zhòu fú yè chū de jiěshì nǎge zhèng
確？
què

　(A) 白天休息，晚上才出來活動。

　(B) 不管是白天還是晚上，都出來活動。

　(C) 不管是白天或是晚上，都在休息。

　(D) 晚上休息，白天出來活動。

5. 蟑 螂 遇到 攻擊 的 時候 會 做 什麼 事
zhāngláng yùdào gōngjí de shíhòu huì zuò shénme shì
情？
qíng

　(A) 待在地下室、排水溝等地方

　(B) 沿著排水管向上爬

　(C) 躲在牆壁、地板的隙縫中

　(D) 不會做任何事情

_____ 6. 什麼是對付 蟑 螂 最有效的辦法？
shénme shì duìfù zhāngláng zuì yǒuxiào de bànfǎ

(A) 噴殺蟲劑

(B) 放蟑螂藥

(C) 用熱水燙

(D) 保持居家環境整潔

_____ 7. 哪個不 對？
nǎge búduì

(A) 美洲蟑螂只吃人類的食物

(B) 美洲蟑螂最喜歡待在下水道、糞坑等地方

(C) 蟑螂大多是從排水孔進到人類的家中

(D) 蟑螂的身體非常扁平

(三) 生 詞
shēngcí

	生詞	漢語拼音	解釋
1	蟑螂	zhāngláng	cucaracha
2	溫暖	wēnnuǎn	cálido, calentarse
3	且	qiě	[formal] incluso
4	潮濕	cháoshī	mojado, húmedo
5	居家	jūjiā	hogar
6	美洲蟑螂	Měizhōuzhāngláng	cucarachas americanas
7	來自	láizì	venir, oriundo de
8	非洲	Fēizhōu	África
9	熱帶	rèdài	los trópicos
10	觸角	chùjiǎo	antena
11	翅膀	chìbǎng	alas

	生詞	漢語拼音	解釋
12	夜行性動物	yèxíngxìng dòngwù	animales nocturnos
13	晝伏夜出	zhòu fú yè chū	se esconde de día, sale por la noche
14	扁平	biǎnpíng	aplanado
15	攻擊	gōngjí	atacar, asaltar
16	牆壁	qiángbì	pared
17	地板	dìbǎn	piso
18	縫隙	fèngxì	grieta, brecha
19	以	yǐ	a fin de que, para
20	躲	duǒ	esconderse, evitar, esquivar
21	適合	shìhé	apropiado
22	繁殖	fánzhí	reproducir, criar, propagar
23	待	dāi	permanecer
24	地下室	dìxiàshì	sótano
25	排水溝	páishuǐgōu	canal, drenaje
26	下水道	xiàshuǐdào	alcantarilla
27	糞坑	fènkēng	fosa séptica
28	沿	yán	a lo largo
29	排水管	páishuǐguǎn	tubo de drenaje
30	浴室	yùshì	baño, cuarto de baño
31	陽台	yángtái	balcón
32	排水孔	páishuǐkǒng	agujero de drenaje
33	人類	rénlèi	espécie humana
34	生存	shēngcún	vivir, existir
35	雜食性	záshíxìng	omnívoro

	生詞	漢語拼音	解釋
36	幾乎	jīhū	casi
37	廚餘	chúyú	sobras de cocina
38	垃圾	lèsè	basura
39	對付	duìfù	tratar con, arreglarse con los que hay
40	殺蟲劑	shāchóngjì	insecticida
41	蟑螂藥	zhānglángyào	mata cucaracha
42	專家	zhuānjiā	experto, especialista, profesional
43	保持	bǎochí	mantener, preservar, guardar
44	整潔	zhěngjié	limpio y ordenado
45	有效	yǒuxiào	eficaz, efectivo, válido

解答

單元一　表格

一、臺灣高鐵時刻表

1.(A)　2.(B)　3.(D)　4.(B)　5.(D)
6.(C)　7.(B)　8.(C)

二、門診時間表

1.(C)　2.(B)　3.(B)　4.(D)　5.(A)
6.(D)　7.(C)　8.(A)

三、顧客意見調查表

1.(B)　2.(D)　3.(C)　4.(B)　5.(A)
6.(C)　7.(D)　8.(D)

四、舒服飯店房間價目表

1.(B)　2.(B)　3.(C)　4.(C)　5.(D)
6.(D)　7.(D)　8.(A)

五、永建夜市地圖

1.(A)　2.(D)　3.(B)　4.(C)　5.(D)
6.(B)　7.(D)　8.(D)

六、藥袋

1.(C)　2.(D)　3.(B)　4.(C)　5.(D)
6.(A)　7.(B)　8.(B)

七、訂婚喜帖

1.(B)　2.(A)　3.(A)　4.(A)　5.(C)
6.(B)　7.(B)　8.(D)

八、產品保證卡

1.(D)　2.(B)　3.(B)　4.(A)　5.(B)
6.(C)　7.(C)　8.(A)

九、音樂會門票

1.(A)　2.(D)　3.(C)　4.(A)　5.(B)
6.(C)　7.(A)　8.(D)

十、集點活動

1.(B)　2.(B)　3.(A)　4.(A)　5.(D)
6.(C)　7.(D)　8.(B)

單元二　對話

十一、夫妻對話

1.(C)　2.(B)　3.(A)　4.(C)　5.(C)
6.(C)　7.(D)　8.(A)

十二、買東西（一）

1.(D)　2.(D)　3.(A)　4.(C)　5.(B)
6.(D)　7.(C)　8.(B)

十三、朋友聊天

1.(B)　2.(B)　3.(B)　4.(A)　5.(C)
6.(D)　7.(A)　8.(C)

十四、買東西（二）

1.(C)　2.(B)　3.(D)　4.(A)　5.(C)
6.(D)　7.(B)　8.(A)

十五、搭捷運

1.(C)　2.(B)　3.(A)　4.(B)　5.(C)
6.(C)　7.(B)　8.(B)

十六、蜜月旅行

1.(C)　2.(A)　3.(A)　4.(B)　5.(D)
6.(B)　7.(A)　8.(C)

十七、失眠

1.(B)　2.(D)　3.(D)　4.(A)　5.(D)
6.(C)　7.(B)　8.(D)

十八、有趣的故事

1.(C)　2.(B)　3.(B)　4.(D)　5.(B)
6.(C)　7.(A)　8.(C)

十九、約會

1.(C)　2.(B)　3.(A)　4.(D)　5.(B)
6.(B)　7.(C)　8.(A)

二十、學校宿舍

1.(B)　2.(D)　3.(C)　4.(A)　5.(C)
6.(A)　7.(B)　8.(D)

單元三　短文

二十一、消夜

1.(D)　2.(A)　3.(A)　4.(D)　5.(C)
6.(B)　7.(A)　8.(D)

二十二、手指長度研究

1.(B)　2.(A)　3.(A)　4.(C)　5.(D)
6.(B)　7.(A)　8.(A)

二十三、老王賣瓜，自賣自誇

1.(D)　2.(D)　3.(A)　4.(C)　5.(C)
6.(D)　7.(B)　8.(C)

二十四、誰是對的？

1.(B)　2.(C)　3.(B)　4.(B)　5.(D)
6.(A)　7.(C)　8.(D)

二十五、父親節的由來

1.(A)　2.(D)　3.(B)　4.(D)　5.(B)
6.(D)　7.(D)　8.(D)

二十六、難寫的萬字

1.(D)　2.(D)　3.(C)　4.(B)　5.(A)
6.(C)　7.(B)　8.(D)

二十七、杞人憂天

1.(A)　2.(A)　3.(D)　4.(B)　5.(D)
6.(D)　7.(C)　8.(A)

二十八、微笑

1.(D)　2.(B)　3.(A)　4.(B)　5.(C)
6.(A)　7.(C)　8.(B)

二十九、聰明的使者

1.(D)　2.(D)　3.(B)　4.(D)　5.(C)
6.(A)　7.(A)　8.(C)

三十、送　禮

1.(A)　2.(B)　3.(D)　4.(C)　5.(B)
6.(D)　7.(D)　8.(A).

三十一、吃「醋」

1.(A)　2.(A)　3.(D)　4.(B)　5.(D)
6.(C)　7.(B)　8.(C)

三十二、數字「四」

1.(B)　2.(C)　3.(A)　4.(B)　5.(B)
6.(C)　7.　8.(D)

三十三、熟能生巧

1.(D)　2.(B)　3.(A)　4.(C)　5.(D)
6.(A)　7.(B)　8.(D)

三十四、我們來「講八卦」！

1.(C)　2.(B)　3.(D)　4.(D)　5.(A)
6.(C)　7.(B)　8.(B)

三十五、「樂透」樂不樂？

1.(B)　2.(C)　3.(D)　4.(C)　5.(B)
6.(D)　7.(D)　8.(D)

三十六、愚人節

1.(C)　2.(A)　3.(B)　4.(B)　5.(D)
6.(B)　7.(D)　8.(D)

三十七、「低頭族」小心！

1. (A)　　2. (C)　　3. (B)　　4. (D)　　5. (B)

6. (C)　　7. (A)　　8. (D)

三十八、咖啡時間

1. (D)　　2. (D)　　3. (C)　　4. (B)　　5. (B)

6. (D)　　7. (C)　　8. (B)

三十九、失眠

1. (D)　　2. (B)　　3. (C)　　4. (D)　　5. (C)

6. (D)　　7. (C)　　8. (D)

四十、有幾桶水？

1. (B)　　2. (B)　　3. (A)　　4. (A)　　5. (D)

6. (C)　　7. (C)　　8. (B)

四十一、水餃的故事

1. (B)　　2. (D)　　3. (B)　　4. (A)　　5. (C)

6. (C)　　7. (D)　　8. (A)

四十二、空中飛人——麥可喬登

1. (D)　　2. (A)　　3. (C)　　4. (A)　　5. (D)

6. (C)　　7. (D)　　8. (A)

四十三、不能說的祕密

1. (C)　　2. (D)　　3. (A)　　4. (B)　　5. (C)

6. (C)　　7. (C)　　8. (B)

四十四、統一發票

1. (C)　　2. (B)　　3. (C)　　4. (A)　　5. (B)

6. (C)　　7. (D)　　8. (C)

四十五、運動家的精神

1. (B)　　2. (A)　　3. (C)　　4. (D)　　5. (D)

6. (D)　　7. (C)　　8. (A)

四十六、臺灣的小吃

1. (C)　　2. (A)　　3. (B)　　4. (C)　　5. (D)

6. (D)　　7. (A)　　8. (B)

四十七、讀萬卷書不如行萬里路

1. (C)　　2. (D)　　3. (A)　　4. (B)　　5. (D)

6. (D)　　7. (C)　　8. (B)

四十八、傘的故事

1. (B)　　2. (C)　　3. (B)　　4. (A)　　5. (C)

6. (D)　　7. (C)　　8. (D)

四十九、月餅

1. (A)　　2. (C)　　3. (B)　　4. (A)　　5. (B)

6. (C)　　7. (C)　　8. (D)

五十、蟑螂

1. (A)　　2. (C)　　3. (B)　　4. (D)　　5. (A)

6. (C)　　7. (D)　　8. (A)

Note

國家圖書館出版品預行編目資料

華語文閱讀測驗—中級篇（西班牙語版）／楊琇
惠著.吳琇靈譯 －－初版.－－臺北市：五南，
2017.11
　　面；　公分.－－
　ISBN 978-957-11-9466-0（平裝）

802.86　　　　　　　　106019723

1XGA 華語系列

華語文閱讀測驗
——中級篇（西班牙語版）

編 著 者 ― 楊琇惠(317.1)

編輯助理 ― 林吟屏、曲禹宣

發 行 人 ― 楊榮川

總 經 理 ― 楊士清

副總編輯 ― 黃惠娟

責任編輯 ― 蔡佳伶、簡妙如

封面設計 ― 姚孝慈、謝瑩君

插　　畫 ― 郭千禎

出 版 者 ― 五南圖書出版股份有限公司

地　　址：106台北市大安區和平東路二段339號4樓

電　　話：(02)2705-5066　　傳　真：(02)2706-6100

網　　址：http://www.wunan.com.tw

電子郵件：wunan@wunan.com.tw

劃撥帳號：01068953

戶　　名：五南圖書出版股份有限公司

法律顧問　林勝安律師事務所　林勝安律師

出版日期　2017年11月初版一刷

定　　價　新臺幣420元

※版權所有‧欲利用本書內容，必須徵求本公司同意※